新選組　最後の勇士たち

東京市麻布区鳥居坂上の元・勤番《きんばん》長屋に、「御免、御免、御免」と三度つづけて呼ばわり枝折《しお》り戸を押して庭に駆け込んできた者があった。

男は、足許の茗荷《みょうが》を引き抜いていた沢忠輔《さわちゅうすけ》を見つけ「親父さま、親父さま」と声をあげた。

崖下は、麻布台、青山と続き、谷、小沼、水田が夏に向かう陽の光を浴びて白く耀《かがや》いている。

「陸軍省参謀局二等秘書官・内藤省三《せいぞう》、罷《まか》り越しました」

日比谷の参謀局を訪ねた折りに案内してくれる、沢忠輔《ちゅうすけ》には見知った軍務員だった。大きな眼球を時にかっと見開く癖を見せる二十八の男盛りである。

忠輔は五十を過ぎ、寺の木魚《もくぎょ》に似た四角い顔で、眼がしょぼしょぼと小さい。

「餓鬼の時分から、親にぽん太郎と呼ばれてやして」と、時にでこを叩いたりする。

だが老いた面差《おもざ》しはない。小柄だが、躰に窶《やつ》れはなく壮健である。

元・新選組隊士だった。近藤勇局長や土方歳三副長と死地を潜《くぐ》りぬけてきた。

「おうよう来られた内藤さん、どうかなすったですか」手にあった茗荷の白い花をちぎった。

「安富才助《やすとみさいすけ》将官殿より火急の伝言をお預かりして参りました」

内藤はわざわざ軍帽を脱ぎ、十度の敬礼をした。軍務のことなら、右で挙手をし、軍帽は取らない。軍務ではない、安富の一身に何事か起きたのか。

「言伝《ことづ》て？　なんぞございましたですかの」

「はっ、相馬主計《そうまかずえ》殿が割腹なされたと」

「相馬先生が？　腹を？」

「はっ、いかにも。そのお伝えでございます」

内藤は強く頷きながら、目玉を剝《む》いた。

「まことに？　相馬先生が腹を召されたのでござりますか」

相馬主計は新選組の最後の隊長であった。

五稜郭降伏後、榎本武揚らと東京に移送されたのち、坂本竜馬暗殺の嫌疑で刑部《ぎょうぶ》省《しょう》に身を預けられ、伊豆の島嶼《とうしょ》、新島《にいじま》へ流刑となった。

「新島から戻られた相馬先生に、先日あたっしらおめえさんも一緒に、参謀局でお目にかかったばかりでろ。……なんでえまた、今頃死ななくっていいやね。まことにやったの？」

　右手で腹を掻く真似をした。

「とお伝えしろと」

――人の死は飽きるほど見てきた。愕《おどろ》きはせぬが嘘偽りなく相馬先生が果てたのか。

御赦免で島から戻っていまさらどこに死ぬ名目がある。

「それだけか？　納得いかねえがの。……ほかには」

「いえ何も。浅草蔵前・元旅籠《はたご》町の貸し間で掻き切り、首の脈を裂いて果てたそう
であります。隣りの婆さんが見つけました。障子も蚊帳も血に染まり、白い夏帯の
裏に、妙《みょう》な遺言《いごん》が」

「ほう。帯に妙な遺言でございますか」

「いかにも。一ッと」

「一ッ？　それだけ？」

「はい。……安富将官殿はそうお伝えしろと」

　安富才助も元新選組隊士である。腹を切った相馬主計、いまここで茗荷を引き抜
いていた沢忠輔と三人で土方歳三の最期を看取った。

　忠輔の目に笑みが泛《うか》んだ。

――一ッ……そりゃいいわい。

忠輔の含み笑いに、内藤が円《まる》い眼を歪《ゆが》めた。

「それはまたどうしてですか。相馬殿は安富将官殿に推輓《すいばん》されて嚮導團《きょうどうだん》に出仕を始めたばかりでございます」

内藤は帽子を脇に抱えたまま直立不動の姿勢を変えない。

「親父さまはなにかお心当たりがございますか」

「いやぁ、天晴《あっぱ》れか、今時分しまったと思っておるか。……されどまあ、あんお方は十分生きられたで」

「まだ三十をいくらか越えたほどですよ」

「なんの。ぱさっと斬ったり斬られたり……新選組なら、んで十分」

大庭籠《おおにわこ》の番《つが》いが同時に空気を裂く甲高い啼き声をあげた。

「カナリヤとか申すものですか」

内藤は籠に手を差し出した。

「ぴー公という名でしてな。……長崎に渡ってきた代がやっとこ生き継いでおりましての」

エサの牡蠣殻《かきがら》をねだる時間だった。

「これ、ぴー公……はあ、ちっと失礼を致しやして」

忠輔は、当たり小鉢でつぶした牡蠣殻を中気の震える指先で籠の中に差し入れ、水を取り替えた。小さい餌鉢が揺れて水が撥《は》ねた。

「そうかなるほどな。一ッ、ですかい」

もういちど呟いてから縁台に腰をおろし、てらついた頭頂を撫でた。

「さすがに新選組というべきかの。相馬先生、やっぱり身じまいしなすったか。残るは、このぽん太郎ぐらい。ちょっくらお待ち下されよと、もそもそ長生きしてんのは」

「はあ。一ッとはなんでしょうか」内藤は首を左右にゆるく振った。

「一ッは一ッ。難しいものではございません」

「左様で。ではなにか、安富将官殿にお伝えすることはございますか」

「いや、死んだお方のことを今更いうてもの。また日比谷に訪ねるで。楽しみにしております とお伝えくだされ」

創設されてまだ間もない陸軍省参謀局は、地誌編纂《へんさん》、間諜《かんちょう》活動などを通じて作戦の立案、統括をする軍令機関である。

内藤は「はっ」と顔の前に軍礼式の手を挙げた。

「相馬先生がそうか、腹を召された。……安富先生はどうしなさっておるな」

「はい。控えの間で。こういっては壁に耳を押っつけていたようでありますが、将官殿が声を殺して泣いておられたのを僕《ぼ》かぁ耳にしました。おふたりは長の年月、ともによろこびともに泣き……武士の礼法に生きてこられたのだと、扉越しに僕かぁ、粛然とさせられました」

「海の向こうの島の暮らしは、あたっしには分かりようもねえが。そうでござえますか。安富先生、おのれが生き片っぽが殉じたのは天の曲事《くせごと》と涙されたのかもしれんですの」

「天の曲事ですか」

「一ッ、一ッでござるからな」

謎に包まれた顔のまま、内藤は高輪の中川嘉兵衛店の牛肉を土産だと差し出し、宮内省に納めるミルクの一件でこれから青山南町の開拓使庁にひとっ走りするが戻って来る、今宵は相馬先生を悼《いた》んで新選組の話を聞かせてくださいと、出かけた。

少し風が出てきたか。暑熱がいくぶん和らいできた。

崖下の古川一之橋から麻布台地に群れ生えている青々と背を伸ばした葦が小嵐に一斉に首を揺すられている。

――相馬先生が腹を召され、安富先生は今をときめいて……。ともに島流しに遭ったふたりはどこでどう道を岐《わ》けたか。

沢忠輔は、いやいまさら何を思っても世はすべて変わったのだと思い返し、屋敷を振り向いた。

勤番長屋の荒れた建てつけである。

明治東京に残ったどの藩屋敷も、手入れの余裕はなく下見板も連子格子《れんじごうし》もこわれてひしゃげ、屋根瓦の桟止めが垂れ下がっているありさまだった。この曲り屋敷も例に洩《も》れぬが、「ムッシュ」と忠輔が呼ぶ主人の喜ぶように再三、修理をほどこしている。

元新選組隊士・沢忠輔……馬上の近藤局長の轡《くつわ》を取り、土方副長に侍《はべ》った過ぎし日は疾《と》うに捨てた。

新政府の軍制改正掛は、幕府の庇護《ひご》をうけていた横浜の仏蘭西《フランス》語伝習所を廃校とした。

そこで教鞭をとっていた軍事顧問団、ジュ・ブスケ（Du Bousquet）に仕えていた沢忠輔も、ムッシュの異動に従って横浜からこの鳥居坂上に転居してきた。

主人が横浜の公使館で仕事をしているあいま、馬丁が留守を預かる恰好である。

すでに五十一、隠居に入る年齢を越した老身である。

新選組で走りまわっているうちに、人生の有頂天を通り越した。

しかし、ご一新を越した国の先に新しい風が吹いて来るに違いないと、晴朗な思いを胸に湧かせている。躰のふしぶしをつなぐ筋肉の隙間から、かつて鍛えた力の残り火が熾《おこ》ってくると、錯覚することもある。

早朝から寝るまで途切れない二頭の馬の世話も苦にはならない。月に一度鳥居坂に戻ってくるムッシュが代々木原や駒場野の陸軍練兵場などに遠乗りして帰ってきたあとは、馬の汗を竹べらで搾《しぼ》り取り、藁《わら》で擦《こす》る。艶々と輝く青毛から、汗は大きな水晶玉となって噴《ふ》き出てくる。そうして馬の世話だけではなく、薪割り、風呂の掃除、畑仕事から井戸浚《さら》えもする。

「どなたかお見えでしたか。向こうの畑からはよく見えませんでした。お構いもしなくてよろしゅうございましたか」

ジュ・ブスケの御内儀・音羽《おとは》さんが、春に干しきれなかった指ほどの太さの姫竹を笊《ざる》に盛って庭にまわってきた。

「日比谷の参謀局からの使いでございますで」

「まあ、安富将官殿の」

音羽は何か訊きたそうにしたが、男の用に踏み込む代わりに空を見上げて明るい声をあげた。

「久しぶりになにもかもぱっと晴れたようで、よい気持ちでございますね」

麻布善福寺門前から日下窪《ひがくぼ》町にかけた空の下の緑が、雨の薄幕を一枚取り払われて生き生きと光り渡っている。

浅草寺、増上寺領に次ぐ大刹《たいさつ》の善福寺の山内には、併《あわ》せて十二カ寺が建つ。

目の下に展がる黒い甍《いらか》が、夏に駆け上がる陽に照り映えて白い。

「はい、いかにもそうでごぜえます」

忠輔は音羽の丁度倍まわりの歳《とし》になる。音羽さんに話しかけられるといつも緊張を覚える。

ぴー公どもはまだ啼くのに忙しい。水を強く吸いさすたびに鋭い声を庭中に響かせている。

姫竹を盛った笊を縁台の脇に置いた音羽は、腰の裏を叩いて「はえっ」と声をあげた。さらに爪先立ちになり「あぁ」と、大きな伸びをした。

もともと明るい俠《きゃん》肌の気配を持っていた。その気質になにものにも囚われない洋風が加わった。ムッシュに仏蘭西式作法の手ほどきを受け、洋袴《ズボン》を着け、飾り羽根の帽子をかぶって外出する。

フォルク（肉刺し）、ナイフ（包丁）を使い、横浜にいるころはパン、ビスケットを食べ、ミルクを飲んだ。

そして、聡明で美貌であった。

富士額《びたい》の下でよく動く双眸《そうぼう》の尻は少し吊り上がり、鼻梁《びりょう》がゆるやかな弧を描いている。

故国・仏蘭西では見られない、その目の張りと鼻のなだらかなかたち、ときどきあっけらかんと見せる快活が、ジュ・ブスケに西洋のどこの国でも出会えぬ才を包み匿《かく》した上質な女性と思わしめた。リボンと呼ぶ細《ほそ》切れ、あるいは、ヘレアピン(留め針)でいつも前髪を留めている。

忠輔が内藤秘書官からの到来物《とうらいもの》を差し出した。

「中川屋の牛肉を戴きまして。ほら、これが。内藤さんが戻ってきますので、皆で」

「まあ、それはいいわ賑やかで。マリと居留地にいるときみたいね」

音羽は、ときどき「ムッシュ」ではなく、夫を仏蘭西読みで「マリ」と呼ぶ。

ぴー公どもが啼き熄《や》んだ。

坂下から吹きあがってくる風の向きが変わっていた。

木々の緑にも地にも降り溜まった長雨が、青山台地の夕刻前の光景に靄《もや》をかけている。

カナリヤの声が途絶えると、物音はなにもなくなった。

わずかに、夾竹桃《きょうちくとう》の葉擦れが残った。大して強くも吹いていない風に、竹笹に似た葉が上下に揺らいで擦られた音を立てる。

一

相馬主計が果てたと聞いたこの時より四年前、陸軍省参謀局将官・安富才助は八丈島に在った。

襤褸《ぼろ》着同然の黄八丈の裾をひきずり、島中央部に位置する大賀郷《おおかごう》の薬師堂に向かっていた。人殺しの腕を見込まれた。

強い海風を日々受けている四角張った顔面に、皹《ひび》が走り、鋏《はさみ》を入れない髪がよもぎ葉のように紊《みだ》れて三十を越えたばかりの全身から異臭がたつ。

だが、その臭いより何より安富を特徴づけているのは左の四本、第三関節から指の先まで欠いていることだった。拇指《おやゆび》以外の四本が途中で切断されていて拳骨《げんこつ》がつくれぬ。

背後を、地役人組頭の立花伊兵衛と五人組の男たちが首を竦《すく》めながら続く。伊兵衛は矍鑠《かくしゃく》と歩けるが七十に近い老翁である。

膝丈ほどに、羊歯《しだ》、石蕗《つわぶき》、極楽鳥花の低い草が、上空には蘇鉄《そてつ》、檳榔椰子《びんろうやし》などの肉厚の亜熱帯樹林が突き出している。

それらの植生が覆いかぶさってむっと蒸している山裾を這い上っていく。

一同が息を荒くし始めてからほどなく、薬師堂の棕櫚《しゅろ》葺《ぶ》き屋根がのぞける空き地に出た。

「あの堂にいるのでございますか」

安富の問いに伊兵衛が唾を呑みこみ、他の者たちは頷いた。

「たしかですな」

「へえ、いかにも」

物音も鳥の声も波の音もない。

八丈島は、長い秋雨が降り始める季節になっていた。

山からも空からも海からも雨は繁吹《しぶ》いてくる。幾日も幾日も、ものみな腐らせかねぬようすで、島の北西部と南東部に頂きを出す西山と三原山、ふたつの火山の低い山肌を雨風が伝う。

塩気を孕《はら》んだ濃密な緑の水滴が横なぐりで樹林に注ぐ。

流人御用船に乗せられて八丈島・神湊浜《かみなとはま》の陣屋に島揚がりした早々、島名主、浜番、地役人組頭の尋問で元・新選組隊士安富才助の身分は知れていた。

「抜《ひら》き状に新選組とあるが、まことにお手前は?」

立花伊兵衛と名乗った組頭は島送りの請取《うけとり》流人証文から目をあげた。

浜に船が着いたことを島中に報《しら》せた法螺《ほら》貝を、小机に載せている。

江戸城が東京城となって間もない。

トウケイともトウキョウとも呼び慣れていない成ったばかりの新都から海上七十余里の遠島の島役所である。

役所は年に二度、春秋の御用船に乗ってきた役人や流人たちから旧幕府、新政府の消息を仕入れる。流人の前歴は彼らに強い関心を掻き立てる。

「新選組をご存じか」安富は訊き返した。

伊兵衛以下、男たちは一様に首を左右に振った。

「京で暴れたという話だけは聞いとるが」胡瓜《きゅうり》に目鼻をつけたような細長い顔の男が応えた。

「お手前、まことに新選組？」伊兵衛は安富にかさねた。

それから半年……その折りの問答が伏線だった。

――まことか、嘘か。手並みを披露させよう。

人殺し・橋本藤九郎を斬れ。

地役人たちの衆議に従わざるをえず、安富は久しぶりに刀を差してきた。

薬師堂に立てこもっている橋本藤九郎は幕府直轄領・甲府勤番で武具整備を預か

っていたという男だった。旧幕府の誇りを匿《かく》さない身の出である。昔なら友軍の士だった。

刀、槍を横流ししていったんは死罪と決まったが、流した先が倒幕後の新政府出入りの横浜商人だったため、格別な計らいに与《あずか》って八丈遠島と罪一等を減じられた。

すでに三年、塩を焼く燃料になる藻拾い、薪伐《たきぎこ》りで生き永らえている。隠居準備に入る年齢で瘠《や》せ細ってはいるが、磯を歩きまわり、密林から木を伐り出す年月のあいだに、引締った筋と膂力《りょりょく》を養ってきた。

その腕でおのれの身を預けている五人組のひとりを斬り殺した。すべての流人は五人組に監視され、囲われている。藤九郎が意趣討ちされるのは当然だった。

それ以前に、水汲み女などへの狼藉もあった。

いわば、島の掟で預かった五人組が手を焼いている流人である。

安富は藤九郎について組頭の伊兵衛に、蘇鉄の葉を編み合わせた浜辺に建つ粗末な出張《では》り陣屋で問うた。

「手前、その者を喜んで斬るわけではござらん。ひと仕事して何も見返りがないともいくまい。と申して、こんな島で大したものを求めるわけにも参らぬ。……そこで申し入れがござる。三宅島《みやけじま》、新島《にいじま》に数日渡ることは許されるか」

安富の申し入れに、組頭、浜番らは膝を交えた。

島から脱する抜け船は、堅く法度《はっと》とされている。

だが、安富の願いは抜け船ではない。春三月、秋十月に東京と島を行き来する御用船に乗せてもらえまいか、行き違う帰りの船ですぐに戻るという願い出だった。

元・新選組隊士・相馬主計という者が三宅か新島に島流しになって来る。その報が八丈の役所に届いたならば数日渡りたい。その者に会いに行く。

「お聞き届けいただけるなら、元・甲府勤番のその御仁を斬ってもよい」

東京に帰る船と来る船が、御新政の暦でいえば一週間ほどのうちに行き違う。許しさえあれば話は叶う。

「会いに行かれるお相手は相馬主計殿といったか。まさか抜け島を謀《はか》るわけではあるまいな。かならずや、御赦免の日が来る。短慮は起こすまいぞ」伊兵衛は念を押した。

「相馬主計殿とわれは、箱館戦でともに戦い、維新政府によって牢屋奉行の手にかかりました」

相馬は菅編笠《すげあみがさ》をかぶって顔を匿し、隅田川永代橋の口から安富を乗せた御用船の出帆を見送ってくれた。その折りに「島で会おうぞ、必ず」と誓った。

「なにも謀るつもりはないとな」

「手も足も出ぬこの島で命を終《しま》う。これほどの快事はござらんと決めてあり申す」

伊兵衛は安富の思い切りに少し気圧された。

「流されてきたのが快事とな？」

「薩長のつくる新政になんの願い用がありましょうか」

「むっ」伊兵衛は皺口《しわくち》を引き結んだ。

――五稜郭から東京にさ迷い戻り、とうに肚を据えてきた。流された島で朽ちるべし。侍は、無私無欲で身を惜しむな、命を捨てよ。

「お前さまが会おうとされる相馬主計という咎人《とがにん》も同じ思いか」

「いや、相馬殿は手前と正反対。たとえ物乞い風体《ふうてい》となろうと新代の国づくりに身を挺したいと願っておる方でございます。生き抜いて、薩長どもに新選組の面目を見せてくれると意気壮《さか》んでありました」

――しかし私は新選組で終わった命です。係累もなくこの先もない。そして左手、ここから指がない。死して、薩長の辱《はずかし》めをふたたび受けず。この南海の島で果つれば彼らの手にかからぬ。これが私の面目でございます。

相馬にしか明かしていない安富の思いだった。

博徒、非人、無宿、僧……春と秋に島に渡ってくる国奴《くんぬ》と呼ばれる流人は、江戸や新政府の気運や時事のようすを運んでくる。総じて島民に歓迎された。

乱暴狼藉を働かず、黙々と島に馴染んで磯辺や山中でわずかな食糧にありついている者は、ときに五人組の酒宴に招《よ》ばれることもあった。ことに御家人、武家の出は下へも置かぬ持て成しを受けた。

安富たちは密林と火山岩を踏み分け、薬師堂前の小さな空き地に出た。息は荒いままだった。

拝殿に扁額《へんがく》もかかっていない、二十人ほどが車座になれる広さの小堂である。堂裏の椰子叢林《そうりん》から、だしぬけに銀鼠色の怪鳥《けちょう》が羽音を立てて飛び立った。海面を何里も行く鳥か。

しかしそれから、堂の内、外、なんの物音もない。

「斬らねばならぬのは橋本藤九郎と申したな。手前には無縁のことながら、なぜ五人組のひとりを斬る狼藉におよんだかいわくを聞いておこうか」

「はい。稗《ひえ》の握り飯を二個、甘藷《かんしょ》を三本盗んだのでございます。見つけた弥五という男が返り討ちで命を落としました。わしども棒っくらで追いましたがこの堂に逃げ込まれまして」

伊兵衛の応答に、安富は力抜けした。

「私が……どうあっても斬らねばならぬ相手か」

次いですでに念押ししたことを、もういちど尋ねた。

「春には御用船が参ります。名主様もお約束したとおり、相馬殿なる方がいずれか伊豆の島に参りましたならば、かならずやお目にかかれますようお取り計らい申しあげますゆえ」

「島で朽ちる姿を相馬殿に見せとうてな」

——所詮、かねて捨てしこの身。穏やかに肚をつくって瞑《めい》すべし。

安富は土方歳三の教えを思い出してから、伊兵衛に藤九郎という男の手並みを腕をたたいて尋ねた。

「立つのか」

よもや斬られることはなかろうが、なにも知らぬでは按配も悪い。

堂宇の格子戸から洩れ入る秋澄みの弱陽を頼りに息を潜めて外のようすを窺っている男の息遣いが、安富の耳に届いた。

要慎《ようじん》に越したことはない。

安富がひと足進めると、皆が息を殺した。

間合いを詰め、そろりと右手で刀身を抜いた。

背後に従《つ》いてきた五人組を動かぬよう左手首で制し、堂前に躙《にじ》り寄る。

いかなる相手がどう出てこようと、心を清浄に保って相手の殺気をさぐるのが、神道無念流の奥伝《おうでん》のひとつである。また、我と敵のあいだがどれほど離れていようと、距離はないとも教えられている。敵と剣がぶつかって鋼《はがね》の音が立ち、初めて斬ったか、斬られたかが分かる。

ただ意を決して斬りこむのが極意だった。

伊兵衛ら五人組は、空き地に腰をかがめた。

ひとり安富が、椰子葉で編んだ草鞋《わらじ》の先で赤茶けた砂礫《されき》を踏みしめていく。

熱風で変成して尖った岩とさざれ石のこすれる音が立つ。

草鞋の先から蟋蟀《こおろぎ》が二匹、低い葉叢《はむら》に跳び込んで空気が動いた。

そのあるかなきかの気の震えに一瞬目を送ってから、安富は剣を握る片手の人差し指と拇指の力を抜いた。力が入っていては、全身をめぐる経脈の気が断たれる。

上段、中段、下段、左と右、五形《ごぎょう》は柔軟に構えるが、突き、引き回し、斬りこみなどの打ち太刀は堅く厳しい体勢を取る。それがこの流儀の命勝負である。

陽は中空にあり、風が磯辺から這いあがっている。

堂に閉じ込めておいて、相手が気を散ずるか疲労を募らせるのを待つ途《みち》はあるが、なにしろおのれは片手殺法。ひと息に仕留めて仕舞おう、堂の格子扉を蹴倒して突き込んで行こう、と安富は蟋蟀の気が動いた瞬息に決めた。

抜くべきときは抜く、斬るべきときは斬る。

堂宇に踏み込む手前で、しかし、ひと息戻された。

されど、敵は堂のどこに匿れているのか。

陽の射し入ってくる方角にじっと目をこらしているに違いない。

安富はひとつだけ足を進めた。

「寄るな」初めて男の声があがった。「寄るでない」

扉の向こうの右奥で声は焦《じ》れていた。

さっきの蟋蟀か。また草鞋の先にたかってふたたび身を動かすまで、沈黙があった。

男は辛抱がきかなかった。「こっちから出て行こうぞ」

扉を蹴破って飛び出してきた姿は安富以上の襤褸着をまとっていた。着衣というよりは、おのれで蘇鉄の繊維を編み、頭と首だけを突き出して羽織る筵織《むしろおり》である。口と顎に生やし放題にした髭で顔の半分は隠れているが、骨の浮き出た青白い顔貌が覗く。

「ほう」と橋本藤九郎は髭でかくれた顎をしゃくった。「ほう。ここの百姓ではなかったか。そなたも島送りか」

安富は無言で応じた。正中線を保っていた刃を片腕の青眼に構え直し、一足一刀の間合いに入った。左手首で右の前腕部を支えた。

淡い青いろの硬い秋の日差しが額に降りかかっている。

男は息をととのえ、安富の気を誘うように剣先を小刻みに煽《あお》った。煽り続けて一瞬止めた。

安富が敵に斬り結んでいったのはそのひと呼吸のあとだった。勝負は早いに限る。

男が再び煽り始めたところへ横薙《な》ぎを払った。

無念流より、小野派一刀流に近い横払いの筋が、安富の指と腕から咄嗟に迸《ほとばし》り出た。

その初めの一刀で、敵の骨と肉を削る応えが柄《つか》を握る指と掌に精確に伝わってきた。

だが、藤九郎は斃《たお》れたわけではない。

「うぐっ」と喉口から呻きをあげて、「ぬしゃ、何者じゃ？」と声を発した。

五人組が固唾《かたず》を呑んでふたりを見守っている。

顔面の骨を浮き出させ、目を尖らせ、総身の毛を立てた針鼠のように戦意を失わない藤九郎を目にして、安富は酷薄な感情に摑まった。

──死ね。旧幕軍は潰《つい》えた。芋を盗んで逃げるしかない奴の行く道など、もはやない。

胴を抉《えぐ》る横薙ぎの払いは、男の蘇鉄着の太い繊維の下から黒みのまさった血を滲み出させた。血の流れが秋の陽にたちまち乾いて、黒く平らに延びる。

安富の酷い感情に変わりはない。

――こ奴には。この島で死して鬼にも枯れ木にもなる器量も沽券もない。

さらに突きを入れようとしたとき、男は砂礫に両膝を折った。

脾腹《ひばら》から噴きだしてくる血を手のひらで確かめ、ややあってから刀を膝の脇に力なく落として乞うた。

「助けてくれ。殺さんでくれ」

その戯《ざ》れごとは、安富をさらに容赦余裕のない痛切に迫りあげた。

藤九郎の喉前に指し示していた剣先をいったん引いて片手八相に構えなおし、間髪入れず顔面を上段から二つに斬り裂いた。

獣の声が飛び散り、赫みのまさった鮮血が細いしぶき柱になって噴きあがった。

命乞いをしたにも拘わらず、顔面を斬り開かれた男を目の前にして、伊兵衛ら五人組は一様に「ひえっ」と悲鳴をあげて腰を抜かした。

安富は振り返って、わなわなと震えているこの者どもも斬って捨てたくなった。

殺してくれと頼んできた百姓どもも、いざ殺すと腰を抜かして立ち上がれぬ。

武士の世が終わってまことにこれら百姓、町民の世がやって来るというのか。御一新とはなんと醜いのか。天朝さまはこんな不格好な世を見に東京城に住まわれることになったのか。

安富は声を放って嗤《わら》いたくなった。

——新選組で血のやりとりをしてきたのは、このような義も勇もない百姓どもの世をつくるためであったのか。こ奴らは無私無欲で試練を重ねる自制心もない。あるのは露わな慾《よく》ばかりか。

秋暑《しゅうしょ》の陽がじりっと照りつける。

南海の分厚い雲が降らす雨は、赤茶けた溶岩や砂礫にただの一滴も溜まらず、すべて擂《す》り鉢島の中央に滑り落ちる。川溜まりも池塘《ちとう》もない島は秋もなおむせ返る。

安富才助は、数寄屋橋門内の南町奉行所で死罪の次に重刑の八丈島流しを申し渡された。

五稜郭の役で最後まで新政府に抗した罪を問われ、小伝馬町の獄に入牢した。町人の入る牢ではなく幕臣、僧侶らが留め置かれる揚屋《あがりや》牢である。

土手に囲われ、濠《ほり》も掘られた厳重な造りの獄は処刑場を備え、牢役人八十、入牢者ほぼ四百という規模であった。

御用船が出航する霊岸島《れいがんじま》には江戸初期から御船手組《おふなてぐみ》の番所が置かれ、伊豆の浦々や南部藩宮古沖に廻船が出入りした。

——死罪をまぬがれた。忍耐をかさねてもう一度生き直してみせる。

と、安富は初め挫《くじ》けなかった。だが、これより生きることは薩長に従することになるのかとおのれに問う日が続いて肚を決めた。

——八丈で朽ちよう。

橋本藤九郎なる元・甲府勤番を斬ってからも、安富は五人組に与えられた間口二間の蘇鉄葉の高床《たかゆか》小屋に変わらずに起き伏した。

島に流されて来て以来、密林に入って木の実を採り、浜で貝、昆布、小魚を掬《すく》って生きた。

藤九郎の一件は、島中に広まっている。島人《しまびと》はそれを話す折りに、新選組、鳥羽伏見、箱館という語を尾につけた。

しかし、彼らは鳥羽伏見、箱館の戦いのありさまなど知っているわけではない。

どうやら、外国地衆《そとくんち》で左様の戦さがあり、徳川の幕府が仆《たお》れた、されど、われらの暮らし向きに些《いささ》かの変わりもない、というのが相通じる思いだった。

強い風が吹き雨が降りつづける土地は貧弱だが、鰹《かつお》の大群に取り巻かれる初夏だけ、生き返った。

僧も按摩も博徒も、江戸東京となにもかも違うこの懸け離れた島に流されて来た者すべては生きる途を変えなければならぬ。

安富も変わった。新選組でも剣をふるうでもなく、大漁に沸いた鰹をいぶす作業に加わり、磯辺で塩を焼く流木を拾いに出た。それで黙々と日が暮れた。遺恨を捨て穏やかに生きる。それが武士に残された試練だと発心《ほっしん》することにした。

藤九郎一件ののち、水汲みを志願する女が増えて小舎に訪ねてきて居つこうとしたが、払いのけた。

島に流されてきた早々に、なもいという水汲みが日々の暮らしの世話で通ってきていた。それで用が足りた。

なもいは十九になったばかりの村役人の娘だった。村役人といえど食うに困る暮らしである。娘を持った親はみな、引き取ってくれる流人を捜していた。でき得れば夫婦《めおと》にしてもらいたい。

娘らも、それでしか生きていけぬ心構えを幼い頃より親に言い含められている。初めの頃、なもいは夜になっても家に戻ろうとしなかったが、結ばれることは金輪際ないと説いて距離を保ってきた。

いまでは、なもいの親も娘の縁結びを諦めた暮らしをしている。藤九郎を斬った噂を聞きつけてほかの親が娘を送りこんで来ても安富に受け入れる心積もりはない。

——新選組隊士は女ひとりとの係累も求めてはならぬ。殆《ほとん》どがそうして孤独に行《い》き斃《だお》れた。私も新しい時世とは無縁にいずれ朽ち果てる。

と、安富は胸で反芻《はんすう》する。

そこに節々、相馬主計の声が聞こえる。

「旧幕に義を立てたい、立派に果てる。俺の節義はそんなところにはない。これから向かっていく時世に腕を揮《ふる》ってみたい」

――いや相馬の申すことは矢張り理に悖《もと》る。新政府出仕が、無念に朽ちていった新選組隊士の本願に適《かな》うとは思えぬ。

私はここでひとりで朽ちなければならない。

だが折節《おりふし》、安富の胸は、剝き出しの若い生気が漲《みなぎ》った十九のなもいの腿《もも》肉を眼前にすると騒ぐ。

白いうなじ、襤褸着の下に匿されているはち切れるほどに膨らんだ乳房、腰の張りに、血の巡りだす気がする。

牢屋奉行・石出帯刀《いしでたてわき》から『譚海《たんかい》』という書が差し下されてきたことがあった。

安富は石出に、新政府に最後まで抗した剛の者として遇された。

幕府抱えの医師を長とする一行十六人が、八丈島に二か月とどまり、薬草採集の話をまとめた書である。安富は、この八丈島細見で島の女についての知識を得た。

色白で地面に届くほどに伸ばした黒髪を折り畳んで背負っている。

定まった夫を持つ前に「弥五郎《やごろう》」して出産する。

弥五郎は野合《やごう》に相違なく、概して八丈の女は多淫である、とあった。江戸から北極星が二度ずれる地点に島はあり、一年は三季で冬がないとも綴ってある。

甘藷粥《がゆ》を炊き、蘇鉄葉と山牛蒡《やまごぼう》を蒸しているなもいに安富は声をかけた。

「明日は草焼きでござる」季節の用意のことである。

だが、なもいは、近頃ときに返事をしない。

薬師堂で藤九郎を仆して以来、小屋に訪ねてくる女が多くいる。なもいは、女たちや、その女たちと立ち話をする安富に拗《す》ね感情を抱いて口をきかぬことがあった。そしてこの時叫んだ。

「ばか。ばか親父。草焼きなんだば、ここに来る女っこに手伝ってもらえ」

手にしていた山牛蒡を抛《ほう》り投げて、小屋を飛び出した。

胸に撓《たわ》めているものがあるに違いなかった。

草焼きとは、密林や崖山のものではない。浜に打ちあがった海藻である。海藻を焼いた灰を海水に溶き、布で漉《こ》しだして塩分濃度の高い鹹水《かんすい》を得る。この液に漬けこんだ鯥鯵《むろあじ》、飛魚は、黄八丈と共にかつては小田原藩へ年貢に納められたものだった。

夏場の島は蒸しあがった熱気と潮にぐるりを囲まれ、浜風山風の吹く日は少なく、海も時化《しけ》ない。海水をたっぷり含んだ藻を運び、乾かし、燃やすのは女子には重労働であった。

だが、なもいは細い腕で抱きかかえて浜と干し場、焼き場を生き生きと往復した。ひきしまった小さく硬い尻が歩くと左右交互に振り動く。安富はその尻と彫り込みの深い面立《おもだ》ちと滑らかに光る肌、膨らんだ胸から目が離せない。

「ここにずっと置いてくれろ」としがみついてきたこともあった。

ばか親父は辛うじて欲情をこらえた。

旧幕軍にあった中には、仕える主人をたやすく取り替えて、東京で官吏《かんり》の途についている者、北海道開発に向かう者もあると聞く。

──だが私はそんな道を選ばぬ。薩長との戦いに命を散らした歳《とし》先生に、いかな忠義を立てられる。まして、ぬくぬくとした島で女を抱いていられるか。

と、なもいが飛び出して行った小屋でひとり、五稜郭の最期に思いが移りかけたとき、

「御免」という声とともに、雨戸代わりの筵《むしろ》を押し開いて組頭・伊兵衛がぬっと顔を出した。

「安富殿。ほれ安富殿。すぐに陣屋に、すぐに来てくれろ」

「なにごとでございますか?」

「ほれ、せんに、新選組の、相馬主計《かずえ》殿というたか。会いに行かれる許しが出たと」

「なんと、相馬殿は流されて来たのですか。どこですか。島は」

「それは分からんが。こん八丈ではない。二日もせぬうちにそこらの島に流されて来る。陣屋がお呼びでござる」

その夜、安富は、油紙にくるんだ脇差用の赤い下げ緒《さお》を葛籠《つづら》の底から取り出した。この緒には、土方歳三から貰い受けた以上の曰《いわ》くがあった。

指《ゆび》のない左の掌に載せ、右の、中の二本指で撫でた。

五分芯ランプの硝子の火舎《ほや》に細い風が吹き紛《まぎ》れるたびに、芯の火が一瞬膨らんでじじっと音を立て照度を上げる。

今宵は陸軍省参謀局・内藤二等秘書官の携《たずさ》えてきた牛鍋が馳走だった。

今戸焼きの鍋から、たれ味噌で煮込んだ葱白《ねぎしろ》と賽子《さいころ》型にぶつ切りした肉の濃汁の香りがあがった。

「士農工商老若男女、賢愚貧富おしなべて牛鍋食わねば、世の中明けねえぞっと」

秘書官が声をよろけさせた。

鍋をつつき終えてから、御内儀の音羽《おとは》は隣りの寝間で早々に寝《やす》んだ。

「で、御内儀がお寝みになったところで、はい、新選組の血腥《ちなまぐさ》い――」

「そんな話を今さらする気はねえ。しかもあたっしなど、新選組の末席の末席でござんして」

「いえ、親父さん。やっ、なんとお呼びしたらいいのか。あいや、先生だ」

「先生はやめてくれ。こちらは馬回りの下僕、おめえっち、でどうだ」

「いや、そうも参りません。親父さんは、甲州勝沼戦で近藤局長の馬前にあって褌一枚で獅子奮迅の活躍をなされたお方。矢張り親父さんだ」

内藤は団栗《どんぐり》まなこで忠輔の顔を覗きこんだ。

忠輔はぐっと迫ってくる秘書官の若さに臆して、平べったい木魚顔のでこをぺたぺた叩いた。

「いや秘書官殿。新選組たって貴兄《きけい》、あんなもの聞いて戴くほどの手柄など何もありゃしませんで」

「いや手前、新選組殿はいかように武士の一義を通されたのかを知りたいわけで」

「そんな一義もへちまもありゃせんわ。仲間じゃろと勤王佐幕じゃろうと、誰でも叩っ斬った。斬って斬って、へい御免なすってと、ずいぶんと行儀の悪い叩っ斬りの寄り合いでござぃます。左様な京の新選組の行儀話《ばなし》、あたしゃもう耳にも口にも飽き飽きしております。それで近藤局長が果てたのは三十五。歳先生も三十五の同い歳。みな若くして散り申した。に、較べたらあたっし、五十をひとつ越した老い馬、いよいよ切羽詰まって参りました」

「いや親父さま」内藤秘書官は崩していた膝を突然戻して正座し、畳に両手をついた。

「これからは、いかに旧弊ではない国をつくるかが問われるのでございます。親父殿とそれがしは歳も違いますが、気概だけは同じくにして、ともに志を立てようではございませんか」

田舎臭く垢抜けない仁だが、身形《みなり》は入欧のありさま……黒のメルトンズボンで片坐りし、右手で黒羅紗《らしゃ》上着のチョッキ釦《ボタン》を外しながら、左手で持ちあげた猪口をくっと呷《あお》った。

「待て待て。秘書官ああた。そんな立派なことをあたっしにいうなて。申しあげましたでろ。あたっしは親からぽん太郎ぽん太郎と呼ばれて育ちまして、うまれながらのぽんつく、アー太郎。難しいことは分からんで。――時に、おのしは幾つになられておられましょうや」

「なに、歳ですか。二十と八。あと十年お国のために尽くす所存」

「いかにも、十年は働いてくだされ」忠輔は皺喉をひくつかせた。「その後はまあ、四十近くになれば大体、有為《ゆうい》の人物は果てておる。長生きにろくな者はおりゃせん。新選組の御重臣方もみなさっさと往った」

「はあ」

「夢の世は一瞬に過ぎ申しますで。新選組も、昼時分にいっときだけ鳴いた蟬《せみ》のようでごぜました。浅葱《あさぎ》色の袖をだんだら染めに抜いた羽織を着て、姿かたちも威勢もよろしいのですが、会津の藩兵から見れば、おまえたちは臨時雇いでわれらが本筋。ともに徳川さまのために働いておるのに衝突もございまして」

ときおり、鳥居坂の崖上の客間に涼風が巻き込んでくる。

そのたびに唐紙《からかみ》に映っているランプの灯が揺らぐ。

「やっ、いまなんどきですかの」

忠輔は部屋の隅の卓に載っている西洋時計に振り返った。

長針と短針がアラビアという国の数字の内側をめぐる丸時計である。

アウアー、ムニッツ、セコンドと数えるらしいが、謂いがさっぱり分からない。

「亥《い》の刻をいくらか過ぎ申したか」

「亥の刻でございますか。というと四ッ、十アウアーですね。

僕の住まいは溜池の工学寮の原っぱの手前です。ここからずっと下り坂を人力を拾うまでもなく歩いて帰れます」

「たしかにのぅ。こんな宵が二度とあるもんでもねえな。まだちくっといけますな」

「はっ、ありがたき幸せ。これを最後にいたしますので、もういっぺん、そのなに、樽の方に行ってきて、お宝水を些《ち》っと掬ってきてもよろしいでありましょうか」

「なに、まだ宵の口。樽ごと担《かつ》いで参れ。ちろりで猪口など、のろくさくてやってられん。杓か桝で呑み干せい」

内藤はしゃっくりをひとつして、台所に向かった。戻ってきたとき、また喉をヒッとひくつかせた。

「僕かぁ、思ったのでありますが」坐るなり、桝の宝水をくっと呑み干した。「いや、結構な宵であります。相馬主計殿をお悔み申しあげます。……もう一杯」

忠輔も倣《なら》った。内藤が続ける。

「そうそう、思ったのでございますが。刀を腰に差しておるのは日比谷、三宅坂の軍人と巡査だけとは世はあまりにも変わり過ぎました。武士道に背く者はたたっ斬るぞと。……いま、その志《こころざし》を継がんとしているのはわれら陸軍だけでしょうか」

「いや、時世などどう変わるか分からんて。新選組もいよいよ隆昌有頂天の秋《とき》がござった。隊員百五十名。屯所は西本願寺内の北集会所《しゅうえしょ》、丸に三つ葵の御紋を染め抜いた大幕を張りめぐらした。そりゃあたっしも誇らしかったものでございます。

なにしろ、些っと前までは干乾《ひぼ》し浪人の集まりがいまや葵の御紋ですから。へえ、集会所と申しますのは、親鸞御上人の御遺訓を聞く五百畳間、元の仮御堂でございます。これを幾つにも仕切り、本堂との境に青竹の矢来を組み、門には〈新選組本陣〉の看板を掲げました」

「大した羽振りでございましたね」

ひっ。内藤は思いだしたようにまたしゃっくりをした。

「いや、そうでもねえな。思い出すのは、うたた寥々《りょうりょう》……話は飛ぶに飛ぶが、戊辰の役、淀川べり橋本の陣屋で。砲弾の爆ぜる音も錦旗を高々と立てた薩軍のミニエー銃の音も消え申し、川縁を洗う水音が聞こえるだけでしてな。

最後の頼りとした淀藩の裏切りで幕軍は退却、それ逃げろやれ逃げろ。あたっしも矢尽き刀折れ、京街道から楠葉《くずは》という地にさ迷い出て篠竹と葦がびっしりと生えております原を、ともかく下流を行けば大坂に出ると、ほうほうの態でござえました。

楠葉に近い枚方《ひらかた》宿に野戦医学所があったそうですが、そんなもの葦原の向こうのどこにあるのか分かるわけもねえ。瀕死のあたっしども、川を下るしか先はねえの。淀の流れが大きくぐっと西に押し曲がる大山崎の対岸から少し下った辺りでござんしょうか……京の都と大坂城の丁度中ほどになる辺りだの」

「地理の按配など分からんでも、おおよそ分かればそれでよし。と、おのし、うた
た寥々とはまあ聞け、その折りでございます。鉢金《はちがね》は割られ、具足、鎖帷子《くさりかたびら》をずた
ずたに切り裂かれ、葦原の水溜まりに顔を突っ込んでおる者があった。そ奴が最後
の力を振り絞ったか、ぽん太郎に顔をあげました。あたっしのことね。
やっ、お手前。あたっし声をあげた。
なんと、新選組隊士・荒木信三郎殿の逃げ惑う姿でごぜました。
伊東甲子太郎《かしたろう》先生が近藤局長の小家で酔っ払った帰り油小路で闇討ちされた折り
の、あの夜の供の者であります。直弟子ですね。
と荒木殿、ぬかるみにまみれながらにじり寄ってきましてな。血糊の乾かぬ喉か
ら息もたえだえに申すのでございます、あたっしに。
拙者、今生の別れにどうしても聞いて戴かねばならぬことがある、と、こういう
の。
伊東先生の徒党に組み入っておったのは偽りの姿、実は近藤局長から間諜を命ぜ
られた身であったと。
近藤局長は荒木殿に言うたそうであります。油小路、本光寺南側の板塀に刺客を
ふたり隠しておくでな。おめえ、伊東の野郎をうまいことといってそこに連れ申せ。

で、ばっさりやるべ。

手前、荒木信三郎、なんとしても、新選組のどなたかにこれを明かさねば士道に背く。

だが意気地なくこれまで誰にも明かせなかった。……今わの際に、沢忠輔殿お聞き届けくだされと絶えかけた身を尺取虫のように起こし、泥溜まりに手を突くのでござぜました。

そしてそれだけ口にして荒木殿、顎を落とした。がくっとな。

あたっしより二つ三つ上だ。荒木殿立て立て死ぬぞと揺り起こしたが、もはや力は残されてねえの。

死ぬな、立ってくだされ。

暫くのちに、荒木殿を励ますのを諦めたあたっしはともかく薩長軍から逃れようと大坂に向かって葦原を這い下ったのでござぜました。

あの後、荒木殿はどうしたのか。

その場で果てたか、命持ちこたえたか、ぽん太郎もさらに消息を追う力はござぜえません。おそらく、残念無念と死んだに違いねえ。一巻の終わり、ね。

ところが、とんでもないことが起きましての。

荒木信三郎殿とふたたび相まみえたのでござります。死んでおらんかった。

しかも、虫の息ではなく、こちらを介抱するまでに恢復しておった。あたっしは落ち武者狩りを怖れ、淀川からはずれた寝屋川のぬかるみを南に下っておりました。

これから大坂までよろばい出て、天満橋南詰め、八軒家《はちけんや》河岸の新選組宿陣・京屋忠兵衛の屋敷に行き着けるかどうか、しばし柳川原に身をひそめておったの。寝屋川かその支流か、淀川に合わさる辺り、傷を負った兵をこぼれるほど乗せた幕軍の三十石舟が下っていくのが見えました。

敵は洋装に鉄砲、こちらは甲冑、陣羽織の戦さ支度、ヤアヤアと刀と槍を振り回し、敵ひとりを斬り倒すと首を奪って腰にぶらさげ、数を勘定。功を誇るその敵首をぶらぶらさせておるうちに、おのれが敵弾に撃ち抜かれる。惨憺たる負け戦さでありました。

呆然と淀川か寝屋川かの大川に目を遣っていたあたっしに、柳の根っこからぬっと顔をあげたものがありました。ぎょっといたしました。

またふたたびの荒木信三郎殿でごぜました。

折れ槍を杖にしているが、上流の大山崎の辺りで半死半生だったのとはありさまが違う。

若《も》しや若しやと、寄り添ってきて、伊東先生をば殺したくはなかった、間者になりとうなかったと、繰り返しました。士道に背いた重荷から解き放たれてえ。その一心のようでごぜえました。汚名を雪《そそ》ぎたい、荒木信三郎殿、

　その後みたび遭うことはなく、江戸に戻ったという噂もござったが行方は知れません。

　あっいや、今宵の大事は新選組の話ではなかった。腹を召した相馬先生のことでしたな。……いずれ。いや、お引き止め申したの。……子《ね》の刻、十二時の少し手前になり申した」

「いえ、本夕《ほんせき》はまことに……お宝水を惜しげもなく馳走になりました。ひとしずく、喉に垂らすともういけません」

手足も身も、皮一枚で包んだ棒杭のような躰である。蓬々《ほうほう》と生やした髭と細い眉に特徴づけられている顔の両の目は鋭い眼光を放っている。

元新選組隊長・相馬主計は伊豆・新島《にいじま》の九尺一間の掘っ立て小屋に起き伏していた。

二

八丈島に流されてきた安富才助と変わらぬ境遇だった。

小屋は張り板が足りず、板と木っ端柱の隙間を棕櫚《しゅろ》と羊歯《しだ》で編み結び、島に自生する大谷渡《おおたにわたり》の肉厚の葉を岩の上に敷いてある。流人の世話と見張りの共同責任を負わされている五人組が掛けてくれた。

小屋の前の広間は密林に囲われたわずかな盆地になっているが、孤島の雨風は濃密な湿り気を孕んで容赦なく小屋の中に吹き込んでくる。

風は小屋の張り板も棕櫚もめくり飛ばし、雨は背中に敷き詰めた葉を濡れ浸す。

八丈島と同様の火山島のこの新島に川と呼べる流れはない。雨は、流紋溶岩の隙間には溜まらず滝となって一気に海に滑り落ち、残りの微《かす》かな流れが褐色や灰白色の岩肌を這うだけである。

丈高く繁茂した樹木相の斜面に挟まれたその細い流れを目の前にする小屋で、一年前の春に島に渡ってきてから夏秋の強い雨風をくぐってきた。

――この島に耐え、この島を出て、再起を期し、跳ね返る撥条《ばね》のごとくに生きてやろう。

相馬主計は、箱館の戦さで左の肩先から下を失っている。

土方歳三の最期に遭ったもうひとり安富才助と同じ時に同じ場所で被弾した。

安富は四本の手指を欠き、相馬は上腕部からが飛ばされた。

さらに相馬は右大腿部から脛骨《けいこつ》も弾に貫かれている。

跛行《はこう》となった右足をわずかにひきずる。腕はないのに、あるようで痛む。

相馬を乗せた四百石積みの流人船は、船頭以下八人の水手《かこ》が帆を操ってきた。

〈流人船〉と奉書した幟《のぼり》を舳《へさき》に掲げた船から遠く目にした新島は、平坦で薄青の島影を見せていたが、近づくと切り立った白い崖をそびえさせた。

東京・永代橋の船手番所から隅田川を下った船は、船底の格子蔵に相馬主計ほか四名の流人を押し入れて霊岸島鉄砲洲で三日停泊した。

そののち、品川沖から浦賀、相模湾、伊豆の浦々を経巡《へめぐ》って下田で風待ちをした。

二日後、黒潮を横切り、鉄砲洲を発って十一日目の夕刻、新島の前浜に近づいた。島影が見えてきて五人のうち相馬だけ、船蔵から出された。他は三宅、八丈に行く。

軍艦奉行の配下である舟番屋敷の警固役人が、島役人、島民に知らせる法螺貝を沖合から吹き鳴らした。流人船が来たぞ、下船《げせん》の準備をするぞ。

波間に響き渡る貝の高い甲音と低い乙音を聞き、目に白い崖を前にしたとき相馬は、必ずや再起を期そうとおのれに誓っている胸を昂ぶらせた。

新選組で転戦し、五稜郭の敗け戦さから逃げ惑い坂本竜馬暗殺の嫌疑をかけられて入牢した。

坂本とはどこの馬の骨か。聞いたこともない名だった。

兵部省の吟味で頑強にかぶりを振ったが、ほどなく刑部省に送られ、新島流刑の御沙汰が下った。薩長で固めた新政府の旧幕府に対する意趣返しを、幕府方の敗走兵が撥ねのけられるわけはない。従った。

──しかし、かならずもう一度生き直す。命も身も捨てぬ。生きて武士の節義を通す。

たとえ、流人の身におちても新しい国づくりの有用の人材になることはできる。腕は一本しかない。だが俺には逆境を撥ねかえす志と力がある。必ず御赦免の日は来る。それまでの辛抱だ。

小屋の張り板をめくる雨風は熄《や》まぬ。

これほどの烈風、豪雨が吹きつけるのは、むしろ爽快の気がしないでもない。小屋を取り囲む密生した羊歯や蔓木《つるき》も風に吹きつけられ、空気を裂き割る鋭い切れ音をあげている。

島で刻限は分からぬ。朝、午、夕、夜、深更……いまは夜の中ほどか。

島も割れよと吹きすさぶ嵐の音を聞きながら、夢とうつつ、皮膜一枚の境で思い出したことがあった。

船役人が前浜の陣屋に提出した流人証文には、元・新選組隊士の身分書が添えられていた。

陣屋で対した、潮風に顔肌を灼かれた五十を越えたほどの正田弥五兵衛という長老が相馬に尋ねた。

「新選組、とここにあるが」

「おう、新選組？」床几《しょうぎ》を囲んでいた六人の男たちから讃嘆か愕《おどろ》きか、短い喉声が放たれた。

あとになって知ったが、弥五兵衛以下、島を治める地役人、神主、年寄らだった。

——敗け戦さの哀れな残党でござる。死にもでき申さなんだ。腕の片っぽが、ねえ。

「……」相馬は筒袖の中の円く盛りあがった肩肉の断端を撫でて声を呑みこんだ。

「新選組の生き残りは初めてのこってす」弥五兵衛はかさねて確かめた。

「……」

「ここではのうて八丈島にな、元・新選組隊士がひとり流されて来たと聞いておるが」

――いかにも八丈島は俺と箱館で生き死にをともにした安富才助なる者が参っておる。島に流される朝、俺は永代橋口に見送った。

「その安富殿からこちらになにか消息はございますか」

相馬の問いに、みな首を左右に振った。

弥五兵衛はこの男が新選組であったとはまだ信じていないようすだった。

「腕の片っぽがのうて、よう戦さができやした。お手前、まことに天下の荒くれ者でごぜましたのか」

弥五兵衛のその疑いが、のちに流人たちにも島の者にも、相馬が新選組だったというのは疑わしいという思いを育て、口にのぼらせた。

口はやがて、腕を見させようぞという手ぐすねを引く気配に変わってきた。敗残を憫笑《びんしょう》する気味と畏怖を裏表に張りあわせて願望に変じさせている。

南海の島に珍しく薄雪が舞った日、弥五兵衛が小屋を訪ねてきた。

「そなた、前から申すとおり紛れものう新選組かや？　皆の口がうるそうてかなわん」

「偽りではありませんが。……その死にぞこないでございます」

「儂《わし》ども、新選組ってのは京の都で人を斬って殺して大暴れしたと。それぐらいしか知りはせんが、いったいどれぐらいの者を斬った、隊士は何人ほどおったのかの」

「相すまぬが、忘れた。みな、忘れ申した」

「さすれば、新選組は御一新の世の中になっていまはどうされておるのじゃろ」

「いや、それも分かりません」

「なんも分からぬと申すんぞ？」

「はい申し訳ござらん。世の中は変わりました」

「添え証文に、蝦夷《えぞ》の五稜郭にもおったとあったが。いかような戦さであったんぞ」

「それも、思い捨て申した」

弥五兵衛はそれからも、答えを聞き収めるまでは引き下がらぬという頑固さを露わに、新選組に関して聞きかじった、士道不覚悟、壬生浪士などの断片を口にして相馬に質《ただ》した。

だがなんべん訊かれても、答えようはないと相馬は首を横に振った。

弥五兵衛は渋々帰って行った。

流人船の運んできた証文添え状に不信を匿さぬ瞭《あきら》かな素振りであった。

果たして旬日後、弥五兵衛はふたたび姿を見せた。

元阿波徳島・蜂須賀家藩士、海部晋兵衛という者が島の東方の羽伏浦《はぶしりら》の五人組に寺門放火の科で囲われておる。

その者がお手前の剣技を見たいと申しておるが立ち合ってはもらえまいか。

まことに新選組であったのなら、腕を見せよという有無をいわさぬ申し入れであった。

相馬は板戸の隅に立てかけて油紙に包んだ刀に顎を振り、蘇鉄の皮を撚《よ》り合わせた帯に差した軍扇を抜いた。

「ご覧のとおり、もはや腰に刀はない。あの板戸にあるだけだ。剣は五稜郭で捨て申した」

軍扇の表は赤地に金の日輪、裏は紺地に北斗七星、骨は黒漆である。

「左様、この通りです。扇ならなんとか持てますが。刀を振り回す力などございません。ほれっ、腕は片っぽ。足はひきずっておる」

その後のいくつかのやりとりで、弥五兵衛はとうとう顔に朱を帯びさせ始めた。

「そなた、なんもかも知らぬ忘れたと、この儂《わし》を鼻の先で笑う気かや」

「滅相もない。剣は捨て申したというだけ」

「いや流人に侮《あなど》られて……おぬし、儂ら島の者みなを敵に回す気か」

季節が戻った半年前の薄雪が舞う日にそういうことがあったのだと、相馬は暴風雨の吹きつける小屋で思い返した。

嵐の音に耳が馴染んできたころ、うつらうつらと寝入った。

目を覚ました刻限に、荒れすさぶ島の一夜は明けていた。

小屋の外に出た。

鋸《のこぎり》の歯に似た鋭い切りこみの入った羊歯の細い葉脈にたかった水のしずくが、小粒の硝子玉のように陽に照り映えている。

京で新選組御役まわりの巡回をし、戦さに明け暮れている間は、ついぞ目にしなかった一瞬の光である。

大樹の剝きだしの根方に着床《ちゃくしょう》した濡れ苔も、同じ陽を浴びて緑の色を艶々《つやつや》と放っている。

水甕《かめ》に吹き入った雨水を、柄杓《ひしゃく》で掬った。

テウは、すでに折れ飛んだ枝を拾って来ていた。

水汲み女として通ってきていて妻女になった炭焼き人・御船預役の二十二になる娘である。

「火穴に入らなくとも濡れませんでしたね。雨より風が強かった」

島の不明瞭な言葉がまじるが、外国地《そとくんち》の言葉を遣おうとしていた。火穴は火山島の洞窟である。

小柄で、静かなもの言いをする女であるが、ときに喉の奥を転がして笑う。

一緒になったことに大層な心掛けがあったわけではない。

五人組が送ってきた水汲み女だった。当然の如く閨《ねや》を共にした。それが娘自身と親、五人組の願いだった。ほどなく島役所で妻女と認められてから、献身に近い情愛を示すテウに相馬の胸は次第に濃く寄り添うようになった。

「うちゃ、怖くて眠れなかんだぞ」

相馬は、この女に安らぎを覚えている。新都・トウキョウに戻り、新政府に出仕する大望を果たしてテウと所帯を構える。新所帯《あらじょたい》と出仕……それが五稜郭から逃げまわってきたおのれのひとつの到達である気がした。テウなら遠く家郷を離れてもわが身を押し殺して従ってくれる。

——大事にしてやらねばならぬ。愛おしんでやらねばならぬ。

「さっ、これで拭いてくだんせ」拭き布を差し出された。高価な黄八丈の切れ端である。「それから」と焼いた青鯵と甘藷を目の前に出された。

「空も海もこんぞう晴れ申した。いかにも気がせいせいとする」相馬は応じる。

この日、嵐が過ぎた後の島人の習いに出ることになっていた。

舟板、木切れ、綱、網、それに桶や菰《こも》、筵《むしろ》までが浜に流れ着き、思いがけず海豚《いるか》や鯨が打ち揚がっていることもある。みなで解体して頒け合う。

日を置かずに密林の縁を歩きまわる。

野生の猪、鹿が死に瀕して浜によろばい降りて来る。そこを罠や槍穂で仕留める。

相馬は日頃、五人組の御慈悲を受けることもあるが、大本は自活で、密林に入って山菜薬草を採り、浜辺に出て海藻を拾った。

漁業期には舟の揚げ降ろしや、舟洗いを手伝って雑魚にありつく。

島の漁師は、かならず何匹かの魚を舟底に残すのがしきたりになっていた。それを鷗《かもめ》と同様に戴く。

主食は、甘藷である。密林を切り拓いて刈り枝、刈り草を焼いた跡に植えると甘藷は強い蔓を伸ばす。

「うちゃあ、ゆうべよく眠れんやったです」また云った。

「雨もあがった。風も熄んだ。もう怖がることはないからな」

頷いたテウの、ほつれ毛が二本這っている白いうなじから女が匂い立っている気がした。

つまんだ野いちごを鼻先に嗅いだような甘やかな匂いだった。

二十二と少し薹《とう》が立った年齢になっているが、目は緊き締まり、鼻梁《ひ》も口許もかっきりとした輪郭を描いて、これから咲き盛る花に似た艶がある。

無防備に全信服を寄せてくるこの女を悲しませてはならないと相馬はまた思う。

刀に懸けてもこの女を衛《まも》らねばならぬ。

浜に出る時間になっていた。

「アニィさま、そろそろ」とテゥに促されたときだった。島では亭主はアニィ、女房はアンマアと呼ぶ。

正田弥五兵衛が息せき切ったようすで駆けこんできた。

「ルズン（流人）の抜け舟でございます。火付けもごぜえました」

テゥが小屋の外に走り出たとき、半鐘がけたたましく打ち叩かれた。

弥五兵衛と慌てふためいて交わしている島言葉が聞こえる。意味不明瞭ではない。

「抜け舟」と「火付け」を繰り返している。

相馬も飛び出した。

島抜けに火付けはつきものである。

ひとりで抜けるのではない。六、七人で徒党を組み、人家や塩焼きの釜屋に火を放ち、島を混乱に陥れた隙に舟を盗む。

抜け舟は言うに及ばず、異変が起きると島は皆で総がかりとなる。

「ではそれがしも浜へ」

何が出来《しゅったい》するか分からぬ。襤褸着を脱ぎ、かねて整えてある肩衣《かたぎぬ》に野袴、風をふせぐ革半纏に着換えた。

御赦免の時のために油紙に包んで板張りの隅に立てかけてある二尺六寸の刀も佩《は》いた。

半鐘が鳴り響いていた。海面、水平線に異常を発見した者が槌で打ち叩く割れ鐘が相馬の頭上で破れ響いた。ぺんぺんと聞こえる安手な深みのない音である。

テウと弥五兵衛に先導され、相馬も浜に急いだ。

つい二月ほど前の梅雨時分、昨夜と同じように激しい雨風が吹き荒れる天狗倒しの嵐の夜があった。

その折りには六人が島抜けしたが、海流で引き戻された。

四名は、木っ端に摑まって浜に打ち揚げられ、二名は溺死した。

生き残った者は、陣屋で首実検ののち罪状を読み上げられ竹矢来が組まれた向畑《むこうばた》の刑場に送られた。だが、斬首、磔、縛り首の仕置きにはならなかった。

――こ奴らの血で島を穢《けが》してはならぬ。

十三社神社の神主が処刑のすべを支配代官に献策した。

胸に岩を棕櫚縄でくくりつけられ、直立に切り立った根浮岬《ねぶさき》の岸壁から波濤が砕ける岩場に順次突き落とされた。

根浮岬は島の東北端に位置するトウキョウにもっとも近い岬である。

強運を得て岩間から這い登った者は以後、島人として遇す。

神主、村役人らはせめてものオンジーを与えた。お慈悲である。

流人は息絶えると向畑墓地の、元・武士なら槍のかたちをした尖った石で、博徒なら賽子型の石で弔われる。酒樽をかたどった塔もある。

だがオンジーを用意されたその折りの生き残り人に、垂直の崖を這い登ってきた者はいなかった。石も塔も墓も供えられなかった。

そしてまたこの日、嵐の朝の抜け舟が出た。嵐は抜け舟を呼ぶ。

相馬は、弥五兵衛、テウと並んで水平線に目を遣った。

伊豆網代《あじろ》、稲取《いなとり》湊の方角に、山並みの薄青い影が横たわっている。

海はまだ小濁《ささにご》りをしていたが、前夜に島も割れよと吹き荒れた嵐が襲ったありさまの欠けらも残していない。

波打ちぎわはそよぎ、浜風は白砂の波紋をくずさない。

山の崖側にも海岸線にも大勢の島人《しまびと》がたかって、海の先を瞪《みつ》めていた。

十艘《そう》ほどが風に向けて帆をふくらませ、伝馬船が櫓をこいでいる。

と、朝の逆光を背にした岩の向こうからぬっと黒い影が突き出した。

「お手前は？」弥五兵衛が強い口調で身構えた。

襤褸《ぼろぎ》着をまとったその長身の男を、弥五兵衛も相馬も島抜けの一味と察した。

すると男は意外にも「弥五兵衛殿」と呼びかけてきた。「海部、海部晋兵衛でござる」

「おおっ」と弥五兵衛は返した。

元阿波徳島・蜂須賀家藩士、海部晋兵衛――。

弥五兵衛は、相馬に向き直った。

「いつか申したな。そなたにお手合わせを願いたいと申し越しておったこれなる者が海部」

――剣は五稜郭で捨てた、と強く返答致したはず。

狭い島とはいえ、こんな折りにだしぬけに姿を見せたことに相馬は業腹《ごうはら》を覚えた。島抜けをする気骨も持たず、しかもこのような騒ぎの朝に剣を揮《ふる》いたいとは軽忽《けいこつ》の者か、さもなければ死にたがっているのか。

弥五兵衛が海部に尋ねた。

「ぬしゃ、こたびの島抜けとは無縁なのだな」

「いかにも。……この堂丸崎……儂の小屋はそこだ。おぬしらが勝手に押し掛けてきて迷惑しておる。だが、片腕の侍……元・新選組、相馬氏《うじ》とお見受けした」

「……」

「良い所で出遭った。かねてより、そなたの手並みを見てやろうと念じておった」

身の丈《たけ》六尺に近い、瘠せてはいるが肩幅は広く、坊主頭の入道を思わせる大男だった。

「……」

「武士ならば胆力を見せよ。そなた、まこと新選組か」

「すでに御一新。武士ではない。穏やかに暮らす島人でござる。新しい太政官府に尽くすのがそれがしの所望」

「莫迦な。忠臣は二君に仕えずだ。おぬしは武士であった誉れはないのか。抜け」

――それほど申すなら。

相馬は敵意をむきだしにしてくる者に不当に追い詰められた気に迫られ、海部晋兵衛が誘いかけて来ている刀をゆっくり抜いた。いかに正中線を崩さずに振りつづけられるか。不安にせりあげられた。

一瞬、瞑目して息を斉《ととの》えた。

すると、一本残っている腕に、抜き身の応えが久しぶりによみがえってきた。

二度と構えることはないだろうと思っていた気魄である。

――歳先生が仆《たお》れた。新選組は終わった。再び取ることはない。忠誠はおのれの胸に仕舞う。

安富殿ともそれを語り合った。

だが取った以上、容赦は無用。

相馬の右手が辺波《へなみ》、海部の右手が崖山という勝負位置となった。

岩間の向こうから七、八の物見《ものみ》たちが集まってきた。

相馬は、ひきずる右足指に砂を噛んで、対した。北辰一刀流である。

白砂を舞い上げる草履の足を二歩踏み込ませ、剣を持つ右腕を少し内に矯《た》めた。

斬り結んで行ったときに、これが反動を生んで打ち込みに強度が増す。

一刀流の極意は一に始まり、一に帰す。

切り落としに始まり、切り落としに終わる。

片腕はないが、ある。

あるように感じる。

ない腕が剣も躰も水平に釣り合わせているように感じる。

なんどめかに押してきた海部の躰が一足一刀の間に入った瞬息《しゅんそく》、相馬は右足をひきずり肩を揺すりながら、左腕と釣り合いを測った右腕一本で青眼に打ち込んでいった。

弥五兵衛とテウの喉から、はっという声が撥ねた。

白砂が舞い散った。

一に始まり一に帰す要諦は、逃げるでもなく避けるでもなく、恐怖を截《き》り落とす、おのれの心を切断することにある。

一瞬前に突き出た相馬の気魄が朝の光をぎらっと浴びて出刃になり海部の胴に突き入った。

あっけない流れだった。

海部の喉から、ウグッと声が洩れた。

物見たちからヤアッと悲鳴か喚声が発せられた。

海部は仆れたわけではなく、よろめく恰好で立っている。

再び相馬は丸く畳んだ腕に反動を生じさせ、突き込んで行った。剣先は海部の胴へ、さっきの一撃より奥深い入り刃《ば》となった。

海部の血しぶきをながめながら、相馬は依然として不思議な感覚にとらわれていた。

右腕とともに左腕も動いて敵の胴に突き入った。

両の腕が同時に、丸く畳み折れて反動を生じさせた。

――突きと反動……ないはずの左腕が、たしかにある。

物見の塩焼き人足たちも弥五兵衛もテウも身動きしなかった。皆、固唾を呑んだ。

海部の背後に、なにもかもを吹き飛ばした海と空がかぎりなく広がっている。

ものみな透明になったのか、遥か伊豆の島影の輪郭が常より鮮明である。

その情景に気をとらわれ、切っ先を捏《こ》ねることなく引いた。生き残るかもしれぬ。

――まあよい。安富殿はどうしているだろうか。

水平線の向こうに、八丈島がある。

海に目を送ったとき、海部が今度はぐわっと声を絞りだした。まだ生きていた。

相馬はとどめを刺しかけて刀を引いた。命あれば生きる、尽きれば死ぬ。それだけのことだ。下郎《げろう》の血で刀を汚すことはあるまい。

水平線の向こうにいる安富に思いがいって、剣先が下を向いた。

すると想いは、五稜郭で左腕を落とし、箱館からトウキョウに帰還する商船ヤンシー号の甲板で交わした旧幕軍・榎本総裁との会話に横滑りした。

片腕がないのにあると感じる、痛むような触覚のことを総裁と問答した折りの、骨に刻むほどの心覚えがあったためだった。

「新選組とはなんだったのだ」と、褐色に濡れたチーク材の甲板に足を踏ん張りながら、だしぬけに総裁が訊いた。

船は津軽海峡を越え、右手に三厩《みんまや》湊を見ながら陸奥湾に向かっていた。左手に下北の釜臥山《かまふせやま》が名の通りのかたちで霞んでいる。

咄嗟には答えられず、暫くして相馬は口を開いた。

「立派に死ねる場所を見つけられる結盟であると思って参りました」

長い沈黙のあとで、総裁は「そうか」と呟いた。

船が揺れて、靴先が防水隔壁の方に滑った。腕が揺れて疼き、相馬は顔を歪ませた。

「まだ痛むや？」

「はい」

箱館一本木関門の最後の戦いで被弾した腕の断端はいまも骨を撃つ痛みがある。刀で見事に斬りおとされたように吹き飛んだ腕の痕を、元は箱館医学所といった箱館病院で処置された。

薬剤も器具も乏しく、湧き出してくる血を止める綿布も少ない。綿布は裏表にしてなんどか使い回し、痛み止めには罌粟《けし》の実から採った阿芙蓉《あふよう》を服《の》んだ。

梅雨のあと頃、薄刃で傷つけられた罌粟の実は、夜半から暁にかけて白い乳液を垂らす。これを竹べらで掻き集め、とろ火で煮詰めると、痛みを和らげる粘液ができる。十全な治療というわけにはいかない運を天に任せるしかない処方だった。

相馬はのちに、箱館病院で手術を施された箱館戦の傷病兵が一三四〇名に及んだことを知った。

——俺はそのうちのひとり……天祐を得ていずれ太政官府・新政府に出仕する。

「ないのに痛むか？」

「いや、ないから痛みます」

——新選組で捨てた命。五稜郭で拾った命。捨てるにしろ拾うにしろ忍耐強くあれ。それが俺の途だ。

総裁が声を伸ばした。

「箱館病院では、高松凌雲どのに止血鉗子《かんし》してもらったのだな。幸運でした」

最後の将軍・慶喜の侍医を務め、渡仏して仏蘭西外科手術を研修帰国後、幕軍に参じて箱館病院に務めた人物である。

相馬の吹き飛んだ腕の断端は、多量の出血をともなったが幸いにも敗血症は起こさず生き残った。

総裁に答えた。

「京伏見でも、躰の方々に弾の破片を受けました。大坂に出て、品川沖に帰ってくる富士山丸の中で、いっそひと思いに息の根をとめてもらいたいと願うありさまでありました。しかし生き永らえ……立派に死ねませんでした。みじめな躰ばかりが残ります」

「いまも立派に死にたいと思っていますか」

「はい。歳先生には置いていかれたと愧《は》じ入っております」

「そうか」

それ以上、総裁は訊きこんでこなかった。

相馬は、そうかと答える総裁に嗤われている気がした。

――徳川将軍という総大将が寝返った、だが、最後まで戦った我らに義と誠などまことにあったのか。

和議を拒み徹底抗戦を貫いてきたのは榎本総裁自身である。にも拘わらず総裁はこの戦さにいかなる天理があったのかと問うてきているのではないか。

果たして、問答をやめたのではなかった。今度は短く吐き捨てた。

「立派に死ねるとは笑止です。新選組とはな、しょせん会津公に飼われた犬の集まりでした」

相馬は思わず息を呑んで、総裁に尖った視線を返した。

だが総裁は依然として下北の低い山並みに目を向けたままで、続ける。

「五箇条の御誓文を読みましたかや。旧来の陋習《ろうしゅう》を破り……智識を世界に求め、とある。足許に新しい時代が来ているのです。……我らはこれから獄につながれるが相馬殿、過ぎたことをいっても始まらんのです。手前どもが蝦夷地で斬りあっていたことなど、わずか数年のうちに、無益であったとみなにいわれるに違いない。江戸城が東京城になった時代にわれらはいま立っておる。すぐそこに、我らの次の機がめぐって来ているのです」

「……」

「トウキョウに戻ったら隼町の軍医寮の本病院に行きなさい。あそこで確かに治して、犬死にから生き返り、新政府に力を尽くしてみませんか」

「はい」

応えるが、相馬の気持ちは捩《ね》じれた。

総裁の考えていることに手招きされた気がした。

たしかに新選組にかぎらずこたびの戦さに敗れた者はみな犬死にの賊軍。……いや、すべては過ぎた。腕は一本になって、なお疼痛があるが、この先に新しい時代が待つ。閣下はそのことを言いたいのか。

相馬は総裁にもういちど「はい」と声を発し、軍令の挙手を返した。

箱館まで追ってきた新政府軍は七千の部隊を有して圧倒的戦力を誇り、戦さののちもなお辛うじて残った一千六百の旧幕軍を圧した。旧幕についた逃亡者を追捕し、箱館大森浜で斬首処刑の戦後処理も行った。

さらに触れを出した。「残賊共、召捕るべし。手余り候わば討ち殺し候も苦しからず」

そのさなかに、総裁、相馬らは東京での収監を許された。

また大きく揺れた上甲板で足を滑らせながら、総裁は付け加えた。

「土方殿はいかにも立派であった。……されど死なずともよい」

「はい、しかし私は後に続きとうございました」

「左様か」

「されどいま、閣下に言い諭《さと》され、新しい時代に腕を揮ってみたい気もいたします」

「そうであれ。よく考えることです。一度死んだ身、二度死ぬことはない」

総裁にそれから何をいわれたのか、思いだせない。

犬死にと、次の機はめぐってくるという言葉だけが相馬の耳に居残った。

ヤンシー号は、青森から東京に回航するはずだったが陸奥湾で新政府に差し止められ、駕籠で東京に行くと決した。

弘前を経て、総裁、相馬ら六名は梅雨に入った奥州路の峻嶮《しゅんけん》の峰と谷を四十日をかけて越え、東京に護送された。

相馬は痛みと疲労で駕籠の中で昏倒し生死をさ迷った。

東京に着いてただちに総裁の指示で麴町区隼町の軍医寮病院に担ぎこまれた。永田町から北へ坂を下りたわずかな先である。内務省や陸軍省の者にとって至便の医療機関だった。

綿布ではなくガーゼという物を日に何度も取り換えられ、化膿菌の増殖を防ぐ石炭酸を投与され、ほぼ二か月ののちに退院した。

治癒を待って丸ノ内の糾問所《きゅうもんじょ》の牢に押し込められ、新政府陸軍参謀・黒田了介じきじきの査問を受けた。しかし、榎本総裁以下全員の旧幕軍の隊士に倣《なら》って、相馬も深い恭順を示して特旨により赦免され、ひとまず深川仙台堀沿い、冬木町の裏長屋に落ち着くことを許された。

だが、坂本竜馬という男を暗殺した嫌疑が厄介ごとになって残っている。いずれ兵部省に身の潔白を明かしに行かねばならないが、総裁の助言もあって、棟割の九尺二間にうずくまった。

じっと膝をかかえて季節を送り暮らしていた相馬に、春三月、思いがけず総裁からの使いが届いた。

伊豆八丈への遠島流しを目前にした安富才助殿がひと目会いたいと申しておる。永代橋口の野田安に来られたし。

土方歳三の最期をともに介抱して以来の再会だった。

安富より四歳若い相馬は新時代のズボン、シャツにマンテル、安富は木綿狩衣《かりぎぬ》に蝙蝠《こうもり》半纏を羽織ってきた。

牛鍋屋の二階の座敷、目を見交わすだけで互いに口を開くことができなかった。

戦さに於ける勇猛の欠けらもせりあがってこない。

何かを言えば、血にまみれた無残の光景がよみがえる。

──あの一瞬、お手前は指を落とし、俺は腕から下を落とした。

相馬の胸の言葉は喉から走り出てこない。

──どれ、手を見せて戴けますか。お手前は幸運であった。俺は腕がない。

そうも話しかけたいが、なお言葉にならない。

年嵩の安富がようやく口を開いた。「死ななかったな」

相馬は無言を返した。

賽の目に切った分厚い肉を煮る匂いが、鍋から立っている。

だが互いに、箸を動かさない。

ややあって、安富が訊ねる。

「いま、どこに」

相馬は初めて安富の顔を正面から見た。

安富の目に覚《さと》りに似た静かな光があるのを見てたじろいだ。

――安富殿のこの奇妙な平安はなにか。

榎本閣下とは正反対にこの男はすべてを投げ出して虚心になっているのだろうか。

箸を動かしていくらか経ち、相馬はようやく安富に語をついだ。

隼町の軍医寮病院をようようのことで退院したが、ほれ矢張り腕はない。時世に置いていかれる焦燥を覚えながら仙台堀沿いの住まいで為すすべも見いだせずに明け暮らしておる。

ここからさほど遠くない冬木町に隠れ住み……坂本暗殺の嫌疑がかかっており……いずれ遠くない日に兵部省に身の証しを立てに行く。間違いなく俺も島流しになろう。

だがいずれ、必ず戻って新政府に出仕する途を見つける、とは口に出来なかった。

安富が柔和の目のままで「そうですか、私は死ぬときを失したと思っております」と応えた。

酒精で胸があたたかみを帯びてきたか。安富の舌にもやや動きが戻った。

「歳先生は潔く散られた。手前どもはなぜ生き残ったのだ。新選組の誰ひとりとしてこんなぶざまな生きようを見せておる者はおらんだろうなあ。指を飛ばされ、腕を落とし……。

おぬし、下げ緒《お》を忘れてはいまい。歳先生から頂戴した三色それぞれの下げ緒。そうか死に損《そこ》ねた莫迦がもうひとりいたな。沢忠輔さん……あの方はどこに生き残った。何をしておる」

「沢さんの消息はまるで聞いておりませぬ。もっとも、新選組の誰が残っておるのか、皆目知らぬが」相馬は答えた。

「歳先生の最期に立ち会った三人が選《よ》りにも選って、生き恥をさらしておる」

「……」

「なんのための戦さであったのかの。もういちど言うが、おぬしは腕、私は指……妙《よう》なめぐりあわせだ。天は何を見ておられるのだろうか。語らぬはずの天がなぜ斯《か》様に次から次とわれらに饒舌《じょうぜつ》に艱難を語られるのか。誠も勇も義も捨てられた天は過《あやま》たれておるぞ」

「いや、安富さん」と声を発してから相馬も酒の勢いをつけた。

――新選組は犬死にであった。

総裁の言葉を安富に伝えた。

安富は笑わなかった。

「ともに戦い、牢屋奉行を通じてなにくれとなく目をかけてくれた閣下に言われると応えるな」

安富は盃を呷った。

「……」

「私は島流しになることを有難いと思った。新選組に仇された方への罪滅ぼしでござる。それに江戸、いや東京にいて新政府の動きに気を騒がされずに済むからな」

「失礼ながら、莫迦な。島に流されて時世に取り残されては終わりですぞ」

安富はまた無言になる。胸に相馬への思いを畳みこむ。

──時世に取り残される？　この男は何をいっているのだ、何を目当てに生きていこうとしているのか。私はあの地で果てる。それが目当てだ。それが武士の始末だ。

無言のうちで、思いが交錯しあう。

──安富さんは、いずれ新政府に帰参する日があることを願っているに違いないと俺を見透かしている。義と忠の魂を売り渡した者だと俺を痛ましい思いで冷笑しているのだ。

相馬は、肉に箸をつける気を失した。

捩じれた思いが伝わったのか、安富の食も進まぬ。

「まあいきましょう」相馬は徳利を持ちあげた。「ところで安富さん、島に行く前になにゆえ俺に会いたいと言ってくれたのですか」

「いかんか」

「いや、いかんということはありませんが」

「歳先生から形見をもらったわれら……私は望みどおりに八丈に行く。相馬殿はこれからどう生きるのか、訊きとうてな」

「そうですか」

それから互いのやりとりがまた途切れた。

「痛むか」不意に安富が相馬の左肩に顎をしゃくった。

「いや」

「あの時は互いに助かったのになあ」

鳥羽伏見で敗走し、大坂から逃げ帰る富士山丸に乗船した千人のうち、傷病兵は六百におよんだ。

安富も相馬も全身に創痍《そうい》を負い、意識を混濁させた重傷者だった。ともに、五体を欠け落とす寸前を這いまわり、辛うじて天の配剤で生き残った。

しかしそれからわずか一年たらずののちの五稜郭で、天はふたりをそれぞれ片腕、指欠損とした。

両人の短いやりとりに、その思いがある。

相馬は新政府帰参の願いを口に出来なかった。われらに次の世がめぐって来ておるとヤンシー号で榎本総裁に告げられた言葉が言えぬ。

――安富殿は島に流されすべてを捨てようとしておるのだ。

話は、発展しなかった。

翌日永代橋口で見送る見送られる約束をして、野田安を出た。

折角再会したのに、苦い思いが残っただけだった。

それでも最後に、八丈に流される安富は相馬に「新時代を生きてくれ」といった。

相馬は安富に「果てないでください」と呼びかけた。「島で会いましょう」

斬り仆した海部晋兵衛は砂の上で血を流し続けている。

正田弥五兵衛もテウもまだ傍らにいる。

抜け舟が消えた水平線のかなた、相馬は、はるかに円弧をえがいた海の向こうの八丈の島影に目を凝らした。

「貴殿も酔狂ですな。この前からまだ四日も経っておりません」

「はい、参謀局が御親兵を廃し近衛兵を置く条例を成立させてから三年半、記念行事がありまして、本日は半ドン。ゆるりとできるということで、御迷惑を顧みず飛んで参りました」

麻布区鳥居坂上――元・京極家の勤番長屋。陸軍省参謀局二等秘書官・内藤省三は庭に入って来るなり、忠輔に杉樽を掲げて見せた。

この頃、軽便だと流行《はや》り出している二升樽である。

「先日は馳走になりまして、本夕はこれで」

一緒に迎えに出た仏蘭西軍事顧問団ジュ・ブスケ氏の内儀・音羽は、「まあ」と声をあげてすぐに台所に退いた。「なにかお酒の肴を」

秘書官は庭で、忠輔に教わりながら牡蠣殻《かきがら》を小鉢で擦り砕いて大庭籠《おおにわこ》のぴー公に餌をやり水を取り替えた。

西日が渋谷川の手前、青山台地に落ちかかっている。

その散乱光が台地の沼、川、畑地を赤と黄のまだらに染め、鍬をかついで麻布ノ原の葦原を帰る男の身も赫い。

片空には、右の端を欠いた薄白い月が昇ってきていた。

「ここはいつ来ても気持ちの良いところです」

「いつでもお寄りくだされ」

闇がゆっくり濃くなるに及んで、純白の六弁を拡げているくちなしの芳香が濃くなってきた。

やがて、音羽は、酒のつまみの葱ぬた、胡瓜もみを用意し、次いで、唐茄子を煮、鯵の干物を焼いて、この若い軍人を歓待した。

横浜からジュ・ブスケ氏が買ってきた黒シュガー、白シュガーも餉台《しょうだい》の皿に盛られた。

「今宵もムッシュは横浜ですから男同士ゆっくりお話しくださいね。忠さんは先日あなたと新選組のお話ができてほんとうに嬉しそうでした。女の私は早く寝《やす》ませてもらいますけど……あっそうだ。昨日から蚊がまた増えて参りました。蚊帳の中でお話をされてはいかがですか」

忠輔はあわてて片手で風をあおぐ真似をした。

「男同士で蚊帳の中は色気も張り合いもございません。手前どもなら、蚊遣りと団扇《うちわ》があれば十分でございます」

庭隅の小屋に、よもぎ、松、榧《かや》の枯れ葉が積んである。蚊遣り火は、それを燻《いぶ》す。

音羽は早々に奥の十畳の居間に退いた。

主人のジュ・ブスケ氏からシャープープルと呼ばれている内儀である。

手前もそうお呼びすることがある、「愛しい人」という呼びかけだと忠輔に聞かされた内藤はギョロ目を見開いて復唱した。

「シャープープル……で、ございますか。愛しい人、やれ、手こずりますね」

内藤秘書官はこの日、被服廠《しょう》から官給された肋骨服《ろっこつふく》を着てきた。仏蘭西士官とそっくりの黒い陸軍軍服だが、将官でも高等文官でもないために肩、胸に階級章はない。ホックもなく、衿が丸い。

「半ドンですが威儀ただしてお話をお伺いするつもりでこのような扮身《なり》で参りました。が……なにせ、僕かぁ、酒に意地きたない。失礼の段なきことを切に願っております」

と始まった話は、近衛条例が布かれて日が経ち、幼年舎や嚮導隊《きょうどうたい》を置く兵学寮が改組になったと進み、酒盃が重なって忠輔が切りだした。

「で、先達《せんだ》っての話……どこまで。やっ、そうだ、刀折れ矢尽き、鳥羽伏見、あれからあたっし、ぽん太郎は寝屋川にさ迷い出て」

「左様です。その続きです」

「着いたのは天満橋袂の八軒家《はちけんや》河岸にのぞむ新選組宿所」

「八軒家と申しますと」

「京へ上り下りする大川の船着き場でして。上荷舟、茶舟がぶつかりそうに浮いとるの、この浜からあげられた荷は二輪のべか車に乗せられて大坂の方々に行くのでござえます。

上流の鳥羽伏見で天下を分ける戦さをやっておったわけです。

さすがに、その日は荷舟はおらぬに違いないと欄干から覗きますと、なんのなんのいつやら大坂に来て見たときと同じ賑わい。変わらぬ風景でござました」

「はあ」

「戦さをやっておったのは、あたっしどもだけだったのですの。印半纏《しるしばんてん》の男どもが戦さなどどこにあったのやろというようすで、炭やら野菜を積んだ荷舟を櫂《かい》でまわしておりました。橋の上も同様、定斎屋、貝売りが天秤棒をぶつけあって急いでおります」

「左様なものですかね」

「みな、おのれの活計《たずき》に忙しい。世の中など勝手に変わっていくわい。だいたいそんなもんでごぜえますな。あらよこらよの間もなく、昔のものは、はいお終い」

「ええ。あとではっと気がつく」

「で、このぽん太郎、宿所によろぼうて入った。……先にも申しましたが、ぽん太郎は隊士ではなく、俎板方《まないたがた》の召し抱え人。末端の末端でござりまして、大坂宿所の番小屋の手代に通じる名でも顔でもねえと。そこでおそるおそる、歳先生のお名をあげさせていただきました。

で、番小屋の雪のかからぬ廂《ひさし》の下にうずくまって待っておりますと、中に入れと宿所の式台まで案内され、その脇の板敷きの間に、まあそこで休めと。むろん、歳先生は出てこられませんでしたが、あたっしは、やれこれひと安心と板間の隅に躰を横たえました」

「どれほどの傷を負っていたのですか」

「傷？　傷なんてああた……槍、刀で、脚、胸、背中のどこもかしこも傷と創《きず》と血と膿と。……この、でこの深手は伏見桃山近くの豊後橋で薩兵に斬り込まれたときのものでごぜえます。

そこから、京からの下り舟に拾われることもなく宿所までどこをどう迷い歩いてきたか覚えておりません。痛かったのもさして気づかねえ。折れ槍を拾って一歩一歩よろよろと蹣跚《よろめ》いて」

「全員がそのようなありさまでしょうか」

「左様でございます。総員百を超す新選組、淀べりの橋本辺《あた》りより舟で運ばれる者もおりましたが、殆どの者が手負い、皆、討ち死にに近いようすでありました。すなわち宿所に辿り着いた者は、病死、戦死、脱走以外のあたっしども怪我人、傷兵でごぜえましての」

「親父さまのほかに、大勢板敷きにおられたのですか」

「はい。われら十人ほどの召し抱え人がその玄関式台のすぐ脇の板間に。ほかの方々……あいや、新選組と言うてもの、歴とした分限《ぶげん》がごぜえまして、幹部を含む三十九人の隊士身分でしょ、二十四人の諸士取扱い役兼監察、それにあたっしどもお抱え人という身の程に分かれております。

隊士貫禄の方は奥の畳の広間、諸士取扱いの局長付の皆さんはたしか大川に降りて行く石段脇の離れの河岸土蔵《かしどぞう》で、へっ、横になっておられました。

あたっしら、しかしみな大人しく板間に転がっておるわけではねえで、ひんでえありさまでごぜえました。医者がおるわけでもない。榴弾を受けて燃えあがった膚や、斬られた肉、骨を、裂いた敷布で丸包みして、そんなことで、血が止まるわけもねえんだが」

「そのまま果てた人もいるのですか」

「申しわけないことながら、人のようすを看る悠長などござりませんで。痛い痛いと唸り声をあげておる人、泣いておる者もなかなか沢山ござぜました。淀か寝屋川の泥水をひっかぶりましたあたっしの脚も血と膿にまみれておりまして。いや、腕にも弾が走っておった。……しかもあれは正月の七日。新の暦なら正月三十一日から二月の一日、板間に炭は置かれ、百目蠟燭も何本か灯っておりますが、漆喰ではない板葺壁から吹き抜けてくる川風に、濡れておる脚も躰も凍る寒さでござえます」

「それが京、大坂での新選組の最後の姿ですか」

「まっこと、左様なことになってしまいました」

秘書官は白シュガーのスプーン（匕《さじ》）を舐めながら、軽く溜め息をついた。

「難儀なことでありましたね」

「いやところが、おのし、みな死ぬのが覚悟と心得ておりますためか、余計に案外しぶといの。……とそこへ内藤さん、話はここからであります。番小屋の手代があたっしを呼びに来た」

「はあ」内藤秘書官は目玉を開いた。癖になっている。

忠輔は小刻みに震える中気の手で、光った頭頂をぺたんと叩く。両三度やろうとして、震える手が滑り落ちて鼻頭をついた。「あ痛てっ」

顔を顰めてから向き直った。

「手代がいうのよ。『山崎氏が貴殿を捜しに参られた』と。

山崎氏……咄嗟には分からぬ。はて？　ぽん太郎、膿んでしかも凍っておる脚を引きずり、板間を匍匐《ほふく》して式台まで出ていきましたよ。

と、そこに倒れ伏しておる者がございます。さてどなたでしょうか。

髪から竹胴、陣羽織、全身これ血まみれで、辛うじて息をしているらしい山崎氏というお方が破れ陣笠の下からゆるゆると力を振り絞ってあたっしに面をあげた
……山崎烝《すすむ》でした。あたっしと同期で入隊した者です。

やっ、これは、山崎氏《うじ》。あたっしは呼びかけました。内藤秘書官さん、おのし、山崎の名前を聞かれたことはござらんか」

「いえ」内藤は首を横に振り、フラスコ徳利から灘の下りを猪口に注いだ。

徳利の口許で酔仙の音が、とくとくと鳴った。

細く薄青い蚊遣りの烟《けむり》が餉台に流れてくる。

忠輔も注ぎ、唐茄子をまた箸につまみ、ゆっくり山崎烝という男の話を繋いだ。

「元は山崎、色黒の偉丈夫で槍を振りまわす膂力の持ち主でござました。それがいまは、ほれ、目を逸《そ》らせたいよな哀れさ加減、瘠せ衰え、式台に顔も躰も伏せて血

まみれでござえます。

話は大いにつづめますが、よろしいですか、山崎は商人宿・池田屋が長州勢の会所になっておると突き止め、枡屋喜右衛門という男を新選組に捕えさせた御仁でござえます。

捕えられた喜右衛門、足を釘で打ち抜くげな局長や歳先生の拷問を受けて口を割りました。

明日夜、三条通河原町・池田屋にて。長州藩士一同、御所焼き討ちの密謀あり。

御所焼き討ちですぞ。仰天する謀議です。

で、局長以下、池田屋急襲と相成ります。その夜、ぽん太郎は台所の竈《かまど》で湯を沸かしておりました。ここに山崎が一緒におったのです。

討ち入り、斬り殺し……騒ぎがあると、みなさん必ず、皮胴、だんだら羽織、小具足といわず全身血まみれ恰好で帰って参ります。ときには敵の首まで下げて戻り、これを洗ってくれろという先生もいる。洗い湯が欠かせませんのでございます。

「大変な一夜ですね。こうして蚊遣りを焚いて灘酒を戴きながら呑気にお話を伺っていては……勿体《もったい》ない。いやっ、親父さま。今宵は二升樽でございます」

この黒シュガー白シュガーというのを舐めながら飲ると、こりゃまた三千世界に梅の花。

で、その夜、山崎氏と親父さまは湯を沸かしてどうされましたか」

「いえ、ああた。そん時はそんだけのこってす。血首をあたっしども洗いましたよ。そこで、話は戻るの。山崎が八軒家の新選組宿所で、あたっしを呼びだしたのは、実にその首を洗っておる時にあたっしと言い契ったことがあったからでござえました」

「契り？　はあ、なんと」

「拙者が死んだら……いまは持ち合わせがないが、老いた母じゃと子に金を届けてくれろ。今宵の池田屋への打ち込みが上首尾をおさめれば、会津公より御下賜金が出るはずでろ。負傷した者には薬種料が、探索などの働きには御褒美が……これまでのようすからみると二十両は戴けるかもしれねえぞ。と、生首の血を落としながら山崎は訥々《とつとつ》と呟くのであります」

「はあ、薬種料、御褒美でありますか」

「左様ですな。これもあとで知りましたが、池田屋襲撃一件で新選組は京都所司代・会津藩庁より総額六百両を賜りました。ぽん太郎は五両、山崎はなにしろ謀議があると突き止めた大功績で、胸勘定したとおりの二十両でありました」

「で、その御褒賞を？　母君とお子に」

「細君は労咳で早くに仆れて墓の下、年寄の婆様と幼な子のふたり、摂津伊丹へその仕送りだということです。あたっしは切られ首の根方から血を搾りながら言うたの。新選組の御用が終わったら伊丹に帰ってはいかがでろ」

「で、首尾は？」訊きながら内藤は肋骨服の釦を上からふたつまではずした。

「山崎はその頃、既に肝ノ臓に肉腫を腫らしておったそうで、儂の命は短い……分かっておると」

「新選組にはそういう方もおられたのですか」

「どういう方もおられました。切腹、討ち死に、慙死《ざんし》、病死……病者亡者の陳列棚であります。されど、妻子を養っている者は少なかった。所帯持ちは紛れ込んできても脱走致しましての。追尾されて切腹を賜った者も大勢ござえます。だが山崎は病んでいて脱走も叶わん」

八軒家の陣所の玄関に身を突っ伏した山崎は、沢忠輔の顔を覗き込んで「お頼み申す。伊丹までも行けぬこの躰、池田屋首洗いの折りの約束」と懇願して、破れた陣羽織のふところから黄巾《こうきん》にくるんだ金銀を取り出した。

血糊の手で一枚一枚板間に置いていく。

小粒金、豆板銀まで含めて三十二両と六十匁《もんめ》があった。

鳥居坂の庭の木戸門の真上に、照柿いろの月が降りてきていた。輪郭はぼやけている。

「親父さまご自身がほうほうの態で陣所に辿り着いたのでござえましたね」

「左様左様。金を届けてくれなどまことに迷惑千万……ところがこの話にはとんでもねえ仕掛けがあったのでござりまして、のちに新選組が八軒家から江戸に逃げ帰る富士山丸の船中で分かりますが」

沢忠輔は血まみれの山崎を式台に捨て置けない。だれかの援けを借りて板間に引きあげたいが、そこも、重傷を負った者が溢れて隙間がない。

「大勢の者が血を垂れ流しております。死臭もいたします。寒の盛り、雪が舞っておりました。それでも臭いがいたします。さすがに、蠅は飛んで来んけど。京街道で切り取った敵の首を四、五の者が、これは俺の首だと放さない。五、六個転がっております。それで死臭が致すのであります。

その敵首の脇に、なんとか山崎を引きずりあげ、ここで横になっておってくれ、必ず平癒致すからと励ましていた時であります。

番小屋の手代がまた大声で、隊士殿の名を呼んでおります。

手代どもに、突然なだれこんできた新選組の誰それの名など、分かるわけもござらんでろ。

思いますれば、新選組一同の上士から下士までが大挙ごった返して集まりましたのは、この陣所から艦船で品川沖に逃げ帰る七日ほどが最後でありました。かつては、壬生の屯所の午下がり、力を持て余して撃剣を交わしあっておりました同士です。それが息も絶え絶えです。

手負いの者、用向きを携えてやってきた者が続々と辿り着きます。

その者どもはみな、新選組の悲境没落を目にし、声を失うのでござりました。

このあと一統は、江戸から甲州、会津、宮古、蝦夷箱館とちりぢりで転戦するわけでございますが、なに、新選組はこの大坂の陣所ですべて終わったのでごぜえました。

あとは付け足り、というか、最後の悪あがきでござんした。

さて陣所にきた客人がどなたか、暫くして、分かりました。

相馬主計先生を訪ねてきたようすでごぜました」

「うっと、これはこれは。相馬先生というのは……新島から戻って……腹を捌《さば》かれました相馬さんですね。僕の上長の安富将官がその死に声を殺して泣いておられた」

「左様、新島から戻られた相馬先生です。あの折り先生は局長付き頭取でしたかな。

あたっしどもの板敷きには休んでおられません。奥の畳の間です。番小屋の手代に相馬先生においで願うようにあたっしが伝えました。

で、玄関に訪《おと》のうてきた客人、見ればまだ十六、七の毛才六《けさいろく》。

あたっし、貴兄はどなたさまですかな？　とひよこのよな洟垂れにお訊きいたしました。

はい、茨木と申します。茨木司の……と、言うのよ、これが。

そりゃ愕いたですよ。茨木司ちゅうのは、近藤局長のお指図で無残の最期を遂げた者でごぜえまして。あいや、あなたさまに少し説き分けねばなりません」

忠輔はフラスコ徳利を揺らして膝を乗り出し、内藤に盃を勧めた。

「蚊遣りのおかげで今宵は過ごしやすいでな。おおいに飲りましょうぜ。なに、夜は長い、人生は短いっちゅう……この前の晩に伊東甲子太郎先生が新選組を離局した話をいたしましたかね。まっ、簡略に申しあげますと、伊東先生は近藤局長と袂を分かたれて、と」

油小路の辻で伊東が惨殺されるきっかけとなった縁別れである。

離局した伊東の許に、われらも新選組を脱する、御仲間に加えてくれと四名の隊士がやってきた。この四名のなかに、茨木司がいた。

だが伊東は、隊士を引き抜かぬと近藤と約してある。

諦めない茨木たちは近藤、土方の面前に出向いて膝詰談判《ひざづめ》した。途中、茨木が申し出た。

われら四名、内談があるゆえ別室をお借り致す。

廊下を伝った奥の部屋に入った数瞬後、四名は割腹した。

と、近藤たちは世間に触れ、丁重の葬儀も出した。

ところが四名は腹を切ったのではなく、襖越しに近藤の指命で槍穂と剣先を突き入れられて乱れ殺されたことがのちに判明する。

「うぃっ。まあなんと申しますかの。新選組は斬って斬られて命べえ、いくらあっても足りゃせんちゅうの」忠輔は木魚顔の口をゆがめた。

内藤は釦をはずした首元に団扇の風を送る。

雨の匂いを含ませた黄みの深い月はさらにぼやけてきた。

麻布台、青山台を見霽《みはる》かす崖の下から、生ぬるい風が伝い昇ってくる。蚊遣りの火が消え、ときどき耳の脇で細い声を引いて蚊が飛ぶ。ふたりともそのたびに手で払う。忠輔の手は酔うほどに小刻みに震えてきた。

「で、話はお戻しいたしますでの。八軒家の陣所に茨木司の……と名乗りあげてきた小僧に、相馬先生が奥の間から出てこられたの。

三十二両六十匁を届けてくれという山崎とあたっしは式台のすぐ脇の板間で、息たえだえの躰を横たえておるありさまで。

あたっし、小僧の風体を確かめる気力もごぜえませんでしたが、茨木司のと名乗られては顔かたちをもっとよくこの目に納めねばと身を起こしましたよ」

顔も躰も、ひよこにも及ばん頼りなさで、細長く瘠せこけ、茹《ゆ》で卵をつるりと剝いたような気色だった。

汚れた陣羽織が肩からずり落ち、袴の裾が酷《ひど》く短い。誰かの借り着か、身丈が長すぎる。

「つるり卵の餓鬼でござんすか」

「まあそんなとこでろ。それからあたっしはまた板間に伏しました。相馬先生と小僧の声が耳に届いて参ります。

相馬先生もまた全身傷だらけでごぜえます。というか、どこから血を流しているのか分からぬほどの瀕死の身、息を喘がせて、つるりの剝き卵に対します。

涙垂れは申します。

ただ報国尽忠、父の志半ばの思いを達するためにここに訪ねて参ったたっちゅう。

すると相馬先生、まあ暫し待たれよと声を継がれて。

そなたの父御は立派な行いの果てにみずから腹を捌かれ、いま京・綾小路通の寺に手厚く葬られておる。すでに十分の働き、生国《しょうごく》に戻られて母御に孝養を尽くされるのが大事の道、と諄々《じゅんじゅん》と説かれたのでございます」

だが茨木の倅は、御一統に加えていただいて殊勝の働きをするために、僕は陸奥国・磐城平《たいら》藩中村なる在からはるばる大坂まで上ってきた者と、退かない。

「ぽん太郎、一瞬、疑ぐり心を抱きました。

――こん餓鬼め、父御がみずから果てたのではのうして、無念の毒手にかかったのではないかと真相をさぐりにきたのではないか。

とにかく、退かねえの。ところでと、相馬先生は、隊士は大勢いるのになぜ拙者を頼ってきたかと尋ねられた。まことに道理でろ。

すると小僧は、先生は立派なお方だと父上よりかねがね書状が届いておりましたと答えた。

先生はかさねて訊いた。

まことに私めですか。御父上とはさほど親しくはなかったと、正直に。

洟垂れのその次のひとことがあたっしは忘れられんのです。倅はこう訊きました
……新選組は兇徒の衆であると市中では申しております。父上はまことにそのような非道の浪士の集まりにおったのでございましょうか。賊徒の寄り合いで腹を切ったとあらば無駄死にも同然であります」

「一丁前の瘠せ餓鬼ですね、まったく。相馬さまはどう答えられましたか」

「そんげな徒党ではねえ。異国襲来を排し、幕府をいまいちど立て直し、天朝さまにお尽くし申しあげる。そんことにそなたのお父上も奮闘されたと説かれておりました。

するとと幾度目かのやり取りのあとで、小僧また尋ねるのでごぜえます。

『父は新選組の同志に尾行され、逐一密告された挙句に、斬り殺されたのではありませぬか。さすれば、無駄死にではなく怨み死にでございます。

父をつけ狙った方や父を殺した者の名を教えていただけませんか』」

「ほう、えれえことを尋ねる餓鬼ですね。こりゃ困った……洟垂れの浅知恵」

内藤は盃を飼台に置いた。「で、どうなりましたでござんすか」

「いやそれから小半時も、相馬さまは式台の脇の板間で茨木氏の倅を説かれて。何度も申すようじゃが、相馬先生、満身に傷を受けておられます。それでも、喘ぐ息の底から声をつながれた。やがて八五郎と名乗った茨木の倅は、納得したのか、せなんだのか分かりませんが、と申すのもあたっしも山崎もおのれの息を斉《ととの》えるのが精一杯のこって、小僧の顔をもういっぺん見上げる気力もねえ」

「へい。戦さ場の血腥い後《うし》ろ端《ばた》……これより修羅はございません」

「あたっしどもの脇を、血まみれ膿まみれの脚がよろよろと通るの。八五郎は、……矢張り得心がいかないのか、その場を去ろうとせん。父は非業に斃れたと……

あとは言葉を呑み込み、唇を噛んでいたようでごぜえましたがの」

「倅は、磐城から京を経て、鳥羽伏見の戦さ場跡を歩き抜けて来たのでしたね」

「ややあってから小僧が申し出ましたのよ。江戸に帰る船に乗せてもらえませぬか」

江戸に逃げ帰る新選組隊員を乗せる幕艦は、大坂湾を一月十日に出帆する。

この二日前、新選組生き残り総員六十六名は陣所から降りる八軒家河岸より小舟に分乗した。

横なぐりの雪に川面は荒れていた。海からの満ち潮で常より人の丈ほど川嵩が増している。木津川から海に脱けたところで雪嵐が激しくなってきたために、乗り換えた大船に一泊した。

翌日、天保山沖に停泊していた幕府の軍艦・富士山丸に幕軍兵士ら千人とともに乗船した。

艦は、ペリーの来港以降、幕府が目印とした日本の旗、日章旗を掲げていた。

艦の舷側の階段を昇るとき忠輔は、六甲のなだらかな嶺が雪をかぶっているのを眺めてから手前の天保山に目を送った。

湾と川を浚《さら》えて天保のころにできた、その海の築山は、人の背丈の三倍にも届かぬ高さで、高灯籠、松、桜木が枝を伸ばしている。

京・大坂の見納めだった。

新選組六十六名に、ひとり付け加わっていた。

茨木八五郎――相馬主計が近藤局長に直談判して了を得た。

おのれが殺させた相手だったが、手厚く葬ったいきさつを船中でよく説いてやれと近藤は腕、脚、腹の血が止まらぬ相馬に指示した。

富士山丸は、亜米利加・紐育《ニューヨーク》で建造された十二の砲門を備える千トンの木造蒸気艦だった。

三本マストのそれぞれに縦帆と横の帆を組み合わせたスループと呼ばれる、新選組隊士の誰もかつて目にしたことのない帆があがっていた。

上甲板と船艙を行き来する階段は急で、傷を負っている者の息を切らせた。

雪は熄むどころか、いよいよ激しく吹き降ってきた。

沢忠輔は、後部甲板の伝声管わきの昇降口から防水隔壁を越えて、結局、伊丹の幼な子らに三十二両と六十匁を届けられなかった山崎烝を船艙に運び入れた。ここなら、波風も雪嵐もしのげる。

士官室や参謀事務室にいる近藤、土方らの幹部のほかは寒さから逃れられる船艙に集まってきていた。

忠輔も、横臥した者で詰まった隙間を掻き分けて八軒家の陣所にいた時と同じように、息たえだえの山崎烝のかたわらに身を横たえた。抜錨《ばつびょう》してすぐに現れた艦の右手の淡路、左手の泉州の山並みはそうして船艙に潜りこんだために見ることができなかった。

相馬と茨木の倅・八五郎は、陣所と同じように忠輔、山崎たちと詰めた。

「と、すぐ脇にですな、貴兄の上官、安富才助先生もひとり船艙の壁に凭《もた》れて目をつぶっておられました。安富先生は、諸士調役から副隊長になられた方で、お顔を存じあげておりましたが、それまでお近づきになったことはございません。あたっしは脇で身を堅くしてうずくまっておりました。安富先生は、隊の公金運用を任されていた方でもごぜえます。あなたさまも先刻ご存じのように謹厳を絵に描いたごとくのお方で、それゆえに隊士に金を貸し出す勘定方権限を引き受けておられました。たとえそんな詰まった場でも、あたっしなどが話しかけられるお相手ではございません」

船艙はホールドと呼ばれる、本来は軍需品の貯蔵庫である。庫内に、滲みでてきた膿と血の掻き混ざった饐《す》えた刺戟臭《だっそ》が充満していた。鉄砲玉、榴弾の熱傷によって化膿菌、腐敗菌が繁殖し、脱疽の始まっている者もいる。

幕府海軍付き仏蘭西医官が消毒、滅菌のための石炭酸を噴霧した。隊士らにはこれまで嗅いだことのない刺戟臭だった。

陣所で数日横臥して褥瘡《じょくそう》ができた者、顔面損傷、コロロホルム麻酔を用いて下肢を切断された者もいる。

即刻いまにも死ぬ者もある。そのために死臭も充つる。

忠輔は幸いにも、額の深手が癒え始め、右足と右腕の刺創が膿んでいるだけだった。

これより品川沖まで、四日の航行である。

幕軍ほぼ千百人がこの一艦にひしめいて、艦厨房で粮料《ろうりょう》をすべて調理することは叶わず、雪がしぶく甲板、艦橋の近くにまで大鍋を出して煮炊きした。

混乱の中を、艦は紀州由良湊に寄港した。いったん雪嵐が収まるのを待つ船艙で山崎烝が忠輔の手を握りしめた。船の底は絶え間なく大揺れする。

「左様でごぜえます。山崎の右の腹からずっと血が滲み出ておりましての。言うたように山崎は、肝ノ臓の肉腫で余命いくばくもねえことがおのれで分かっておるの。

加えて、燃えさかる伏見奉行所の前で薩摩砲兵の銃弾に腰を撃ち抜かれた。

薩摩兵も長州兵も、ここを先途《せんど》とミニエー銃を撃って来やがった。幕府軍にも新選組にもない銃だ。飛ぶ飛ぶ。命中精度もとんでもねえといわれる仏蘭西陸軍開発の銃であります。こちとら火縄銃でポシャンポシャンでござるでろ」

「左様ですか、火縄銃とミニエーなんとか銃……こりゃ、たまりませんな」

「山崎、肘を寄せて来てあたっしの耳に声を落としました。許してくれろ。俺は間諜だった。長州の間諜でござったと」

「……まさか」

「茫然といたしましたで。そりゃ、その御時世の長州、薩摩、会津みな、隣りも隣りもそのまた隣りも密偵、間諜、狗《いぬ》……まして新選組は上下左右、狗ざかりであることはよう承知しておりました。されど、池田屋から戻った血塗りの隊士のためにあたっしと湯を沸かしておった山崎氏がよもや。間諜？　と低声で訊き直すというより、呟きました。

するとと山崎はもうひとつ肘を這わせて来て、あたっしに顔を覆いかぶせたのでござえました。

その目がなんともいわれぬ悲しみを湛えておりましての。叱られた犬が怯えているげな、しかし濁ってはいない澄んだ目でありました。

間諜というのは嘘ではねえな。あたっしぽん太郎は問い直すのを呑みこんだ。命の終わりを承知した者が、ヒーヒー苦しい息の下から戯れごとがいえますか。よくよく密偵、間諜が泳いでいたのであります。

油小路の現場に伊東甲子太郎先生をお連れして闇討ちさせた荒木信三郎殿も、狗だったと淀の濁り沼であたっしに白状した。

ぽん太郎は、まさかと声も出ねえ。しかし、さもありなんとも思う。

すると山崎は、許してくれろ、伊丹に老いた母と子がいるのは確かでござる。局長から敵方に通じているのではないかと疑ぐられることが起きて、池田屋一件を内通した。

それまでは、新選組の内情、ありさまを月雇い十二両、銭にくらんで長州に逐一伝えておった。……手前に友誼を抱いてくれた貴兄にだけはいまわのきわに誠を伝えたかった。世話になった。三十二両六十匁を無事に届けていただければこれに勝る喜びはねえでござんす、と息をつくのです」

「三十二両六十匁……とぎれとぎれにいうのですか」

「まだ諦めぬ。届けてもらえると思っておる。そのうえに助からぬことはおのれがいちばん知っとります。

山崎の躰を、あたっしは抱きしめておりました」

ほどなくして、山崎は絶息した。

心ノ臓の鼓動が熄んだのを確めてから忠輔は隣りの相馬に、山崎が往ったと伝えた。

壁に凭れて変わりない姿勢をつづけていた安富も気づいた。

「いかにも、だめでしたな」安富が初めて声をかけてきた。

横臥している者のあいだに山崎の死が伝わったころ、由良湊で日和見をしていた艦は出帆した。この停泊のあいだに、他三名の死者が出た。

山崎の遺骸《むくろ》は白い帆にくるまれ、上甲板の舷側から太い麻綱で荒れが残っている海面に降ろされた。

綱が切られた瞬間に浪間に消えた。

ほかの三体も一瞬で見えなくなった。

仏蘭西士官たちが弔鐘の代わりの喇叭《らっぱ》を吹き鳴らし、幕府軍兵士が銃剣を捧げ持った。

艦長・榎本武揚も右舷甲板に整列した。

忠輔は山崎の長州藩に通じていた正体は金輪際語るまいと思った。

「しかしながら、内藤さん、貴兄にお話しするのは許してくだされよ。あれから遠い歳月が経ち申した。ずっと気になっておったのですが、山崎の母御の居所が分かり、出来たばかりの内国通運便でやっと三十二両六十匁をお届け致してな。礼状もいただきました」

「そりゃ、よろしゅうございました。肩の荷が降りましたね」

「へっ、それでお話しする気になりましての……ところが、富士山丸の艦中、新選組最後の行き詰まりで、とんでもないことが起きました。茨木司の倅・八五郎め、艦が遠州灘をぬけて伊豆の山並が見え始めた朝、相馬先生に斬りかかったのです」

「なんですと？　父御はおのれで腹を捌いたのではなく、相馬殿に斬り殺されたと思い込んだ気持ちを変えぬということですか」

「茨木の倅の思いは半分は当たっていた。先にも申しましたか。相馬先生は互いに憎からず思っていた同志の茨木を尾行せよと、局長に命ぜられ実際にあとをつけたこともあったのです」

「で、小僧殿は船の中でどのように斬りつけたのでございますか」

「匿し持っていた一尺三寸の小脇差を相馬先生の胸、次いで腹に二か所。いやなに茨木の倅、この機を狙って乗艦を願い出たのか、腐敗臭の溢れる庫内に詰め込まれて脳みそを狂わされたのか、あたっしには分かりませんが。艦の病者、死人の吹き溜まりの船艙です。あたっしは足腕の刺し傷が膿んでおるだけですが、相馬先生は腐っていく腕を切り落とすかという瀬戸際にござった。

　先生は北辰一刀流を修めた達人です。申し上げたように瀕死の重傷、されど、とっさに八五郎の手を捻じ返して脇差を払った。船底が揺れていたせいで三か所刺されましたが。

そこへ安富先生が声をかけられた。安富先生も生死一枚の皮を破るか破らぬかの状態で船艙の板壁に辛うじて身を凭せかけて細い息を繋いでおられましたが。

あいや、茨木せがれ殿、大事ないと、細い声をかけられました」

「どういう御趣意でございますか」

「若い小僧の行く末をとっさに思い遣ったのかもしれません。

相馬先生も血まみれの顔で頷かれて、そなたも生き抜け、とひとこと。

そして安富先生と相馬先生は互いに目を見交わして微笑まれました。

ぽん太郎にはこの一瞬の光景はまことにどうも因縁深いものと思われました。

いや、不肖この私めとおふたりの先生と。いや、相馬先生の御自決を報せてくれたあなたさまとも……こうして。

いまになって、実にこの餓鬼を取り押さえた瞬息から、安富先生、相馬先生、そしてあたっしめの巡り合いが始まった気が致します。それまでは、隊内で口をおきしたこともなかったの。

いずれ、おふたりのお話をすることがあるでろと存じますが、そうして新選組の内には、裏切り、密告とは逆さまな友愛や信義もまた育っておったのでござえます。あなたさまの上官と、島送りから御赦免になって腹を召された相馬先生の間にはたしかにそのような誠心に似た温かいものが流れておりました。

なんども申すようですが、散り散りになる前の新選組最後の光景でございました。茨木さんの倅は、あたっしもお手伝いをして船綱にくりつけ、舵機室に放り込みました」

一月十五日未明、艦は品川沖に錨を降ろした。新選組隊士六十六名足す一、波間に消えた引く四の他は幕軍兵と上甲板で別れ、艀《はしけ》に分乗して上陸した。降りしきる雪のなかの久しぶりの江戸だった。

足す一は新選組御宿と札の出された宿所・釜屋の前で綱を解かれ放逐された。

四

窓越しの眼下、西波止場の杭《くい》につながった十艘ほどの艀《はしけ》が狭い舟上に藁、筵《むしろ》をかぶせた木箱を載せている。

中身は、異国からのシュガーや織物生地のカネキンである。

褌《ふんどし》一枚の男たちが、英吉利《イギリス》波止場と呼ばれるその西波止場の桟橋と舟を何度もまたぎ渡って、ほいっ、やあと声を掛けあっている。

夫、ジュ・ブスケが襲われたという凶報が、陸軍省を通じて麻布・鳥居坂の居宅《いたく》に届いた。

音羽は、馬丁の忠輔を伴って新橋ステンションから蒸気車に乗り、横浜海岸通りの仏蘭西《フランス》海軍の医学所に駆けつけた。

幸い、夫に大事はなかった。右肩から背中を斬りつけられただけの浅傷だった。新しい日読みで梅雨明け七月の初め、男たちの立ち働く波止場の向こうの波が照り光っている。

その先、三本マストを上げた五つの蒸気船が浮かぶ水平線まで、海は陽に晒されて白い。

音羽は窓越しに眺めていた英吉利波止場から向き直って、「ほんとにようございました」と夫に声を励ました。

「かすり傷でござります。運もお強い」忠輔が声を挟む。「マスなど要りません」

仏蘭西軍の使用する拳銃「MAS一八七三」である。

「まことに、仏蘭西国の勇士、ムッシュが死ぬわけはございません」

「マリは不死身なの」音羽が続ける。

三人の低い笑い声がほかの患者も多くいる病室を這った。

仏蘭西海軍医学所は、元は横浜仏蘭西語伝習所といった。

百二十坪の校舎と、馬四十頭を飼う厩舎《きゅうしゃ》がそのまま残る。

士官や仏蘭西軍駐屯地の将官が通って教えた。各地から参じた藩士たちは、仏蘭西語だけではなく、世界地理、世界史から、幾何学、英語、砲術、馬術まで学んだ。

三年をもって閉校になったが、およそ延べ百人が全寮制のもと、学内、寮内での日本語を禁じられ、軍事教練も含めて学んだ。

閉校になったのは、戊辰戦争で負傷した仏蘭西兵を手当する野戦病院が必要になり、更に独逸《ドイツ》との戦争が始まって、仏蘭西語を教える余裕がなくなったためである。

これにより語学伝習所は閉じられ、軍事施設の仏蘭西式歩兵、砲兵、騎兵の三兵伝習所は、馬術教練場や牧場が東京・代々木原の丘つづきに広がる駒場野に移された。

病床のジュ・ブスケは、音羽の顔を見るなり「シャープープル」と呼び迎え、笑顔を泛《うか》べた。

背丈、鼻、目、顔の造作ひとつひとつが大きい。三十八になる。

ふたりで見交わしてから、西洋式に頬をくっつけ合った。

ベッドの後ろ端に控えていた忠輔には見慣れている。

ジュ・ブスケは、谷戸《やと》橋からボートハウスにさしかかった時、前から来た四十ほどの短身の日本人に振り向きざま斬りつけられたとふたりに説明した。

海ぎわの通りは、仏蘭西人が上海でワイタンと呼ぶ埠頭、英吉利人がフェリーと呼ぶ船着き場、バンドと呼ぶ堤防が続いて、その先にボートハウスがある。

口数の多くないジュ・ブスケは、襲撃についてそれ以上は語らず、忠輔に「ありがとう」と返し、「馬は大事ないですか」と尋ねた。

「桂《かつら》も寿《ことぶき》も、血気盛んでございます」と答えた。甲斐の黒駒と木曽駒、それぞれ牝馬《ひんば》である。

ジュ・ブスケはこの国に渡ってきて幸運だった。

ジャポンに着いた早々の秋の一日、江戸とは逆の西の方角に出かけた折りに受けた感銘からのがれられずにいた。

街道の脇を松林が続き、坂を下りきると川で女たちが鍋釜を洗い、素っ裸の子供たちが水車の水を浴びていた。

さらに行く。こんどは上り勾配となった。

坂上に向かう両脇の耕作地には、麦穂が黄金色にうねり、農耕のための水を溜める沼には、睡蓮が純白の花を天に向けている。

下馬し、沼縁にかがみ、指間に茎をはさんでその穢《けが》れない白花を手のひらに寄せた。

蓮は、剣先に似た葉脈から露の玉に似た蕾《つぼみ》を生み、静謐を保ちながら膨らんでやがて開く。いま手のひらのその花を瞪《みつ》めていて、開いたばかりのこのロテュースの美は、ジャポンにいちばん似つかわしいのではないかと感じた。

泥の中から美は生まれる。日本人がそうたとえるのを横浜に来て聞いていた。

指の間を開いて、茎と花をそっと押し返した。

ふたたび馬にまたがり、坂上に進めた。雨に削られた深い不揃いな溝ができている勾配だった。馬はそれまでの跑足《だくあし》を緩ませ、おとがいを下げた。

胴を蹴り前方を見上げたジュ・ブスケの眼に、三角錐のかたちをした山の頂きが空に浮かんでいた。

深紅に燃え立った入り日を浴び、並足になった馬の歩みにつれて頂きから中腹に下がり、さらに薄紫の裳裾へ山容が現れ始めた。

山はゆるぎないようすで坐っていた。

爾来、彼は少々の危険を感じても、遠乗りの誘惑に勝てない。

――マリは、馬と日本の景色ほど好きなものはないのね。

ベッドから離れた音羽は、海岸とは反対側の、伝習所の庭の見える窓に倚《よ》った。鎌のかたちに似た白い月が夕暮れの低い西空に浮かび、ゆすら梅が微《かす》かな月光を浴びている。

大事《だいじ》もなく、なにごともなく、朝は海が陽を浴び、宵には、ゆすら梅に月が照る。

――男の人皆が、時世時節が変わって愕《おどろ》くばかりだというが……。マリが無事でいてくれて、そのお手伝いができるだけでいい。

音羽は横浜に息せき切って駆けつけてきた胸も躰も安堵に満たされた気がし、何があっても世の中にも変事にも振り回されないのが間違いではないと思えた。

この二階のおよそ五十床ほどは患者病人で埋まっている。

外科手術に及ぶ者ばかりでなく、腎虚《じんきょ》、麻疹、疱瘡など多種の病いに苦しんでいる者たちだ。発熱を抑える地竜や、止血のための地黄の苦い香り、酸の匂いが病室に満ちている。

鉤《かぎ》、鉗子《かんし》、メスなどの外科器具を納めた木箱や、白い繃帯《ほうたい》が積みあげられた机の脇で、薬剤官、衛生兵が額を寄せ合ってなにごとか話している。

漢方だけに頼る日本医療より、仏蘭西式は格段に進んでいた。

襲撃に遭ったジュ・ブスケは横浜関内の税関、行政、司法を受け持っている運《うん》上所《じょう》に、そのあと、すぐ隣りのこの医学所に運ばれてきた。

漢方薬草の烏頭《うず》、川芎《せんきゅう》の配合を飲んで麻酔を効かされたあと、肩と背に木綿針で十穴ほどの糸を通す施術を受けた。

ジュ・ブスケの予後は順調で、予定どおりに退院することができた。

入院中、音羽は日に二度、山手の仏蘭西敷地のゲストハウスから見舞いに通った。

退院には、忠輔も同道してきた。

医官らに見送られ、三人は医学所から港の中心に位置する一番区の英吉利波止場にぶらぶらと足を向けた。

そこから左手にワイタンを見ながら海岸通りを辿る。

ジュ・ブスケには久しぶりの夏の陽である。

街区が次々と移る。五番区がクラブホテル、十二番が仏蘭西波止場、十八、十九番がグランドホテルになる。

三人の足取りは軽かった。

十九番区を越え、二十番区を海岸から離れるように折れると、西洋洗濯軒前の谷戸橋である。

その先、坂途中の領事館に帰りかけた時、

「もっと歩きたいわ」と音羽がいった。

「ムッシュ、大丈夫ですか」忠輔が添える。

「歩けます。歩けます」ジュ・ブスケも声をはずませた。

三人は堀切ノ川を溯《さかのぼ》って前田橋、西ノ橋を越え、沼沢地を埋めた太田屋新田からまた中心街区にある運上所の方角に戻ってきた。

音羽はしきりにムッシュを気遣ったが、むしろ躰も脚も動かす方がいいのだと、宿舎に戻ろうとはしなかった。額の汗を手巾《しゅきん》でなんども拭き取った。

保税倉庫から、石造りの商館を経て亜米利加領事館の前に出た。

青い軍服の仏蘭西兵士、赤い軍服の英吉利兵士が歩いている。

ジュ・ブスケはまた汗を拭いた。

照り返したあとの熱気と潮風、水蒸気が辻を掻き混ぜている。

「忠さん、私はほんとうにこの国が好きなのです。霞ヶ関の左院の出仕が満期解約になっても帰らずに……やはりここで一生を終えようと、ベッドで考えていました」

「あたっしも、お邪魔にならなければ一生ムッシュにお仕えするつもりでございます。……行くところもございません」

ジュ・ブスケは、日本の法整備、条約改正をする任に携《たずさ》わって、外交文書には「仏国　治部助」と記していた。全身、ジャポネになったつもりだった。

正称は、アルベール・シャルル・デュ・ブスケという。

仏蘭西兵学校を卒業後、英仏連合軍で北京に従軍し、三十歳の折りに渡日してきた。

金いろに光る体毛が背中、腕、手の甲に密生している大男だった。

目の玉はほかの異国人によくある碧眼《へきがん》ではなく、褐色で柔らかな光を混えていた。

その目の色と光の表われように似つかわしく、性、温順で物言いも正しく冷静であった。

音羽が、この異国の大男を恐ろしいとは思わずむしろ優しいと感じたのは、その目の光と言葉は解せないが耳に落ち着いてひびく語調だった。

ジュ・ブスケの従者となる前、忠輔は箱館からトウキョウに帰り着いて新政府の捕虜となった。

初めは江戸城内軍務局糾問所で、ついで兵部省で、新選組の人物相関、池田屋騒動、さらに坂本竜馬暗殺一件の厳しい査問を受けた。

しかし榎本武揚や新政府に出仕する幹部たちとの昵懇《じっこん》の間柄を慮《おもんぱか》られて罪は軽く、刑部省《ぎょうぶ》に送られることなく解放された。その後、鳥羽伏見、五稜郭で傷を負った新選組隊士に施療をつづけた洋行帰りの外科医・田島応親の伝手《つて》でジュ・ブスケの馬丁になった。

ジュ・ブスケが新政府の左院と横浜の仏蘭西領事館を行き来している時期である。まだ蒸気車は通っていなく、馬で往復していた。

馬の手入れがなにより大事で、ジュ・ブスケは永年馬に馴染んでいる馬丁を必要としていた。

この頃のジュ・ブスケに要請された第一の務めは、条約改正手続きについで新制軍隊の創出であった。その後、元老院に雇い替えされて外国憲法の翻訳に従事することになった。

これより元老院国憲草案という憲法制定の事業が始まった。

次々と多忙をきわめたが横浜の仏蘭西居留地にも帰らなければならない。

忠輔も馬上の者となってジュ・ブスケと横浜東京を往復した。

運上所前の辻に立ち止まって大声をあげている中国商人、正教徒のガウンをまとった露西亜人《ロシア》……異国の言葉が飛び交っている。繁華なその辺りまで戻って来ると人と車馬がごった返し、天秤棒の金魚屋も往来していた。蘭方薬「ウルユス」の看板を掲げた長崎健寿堂の前で支那服の女が痰を吐きつけた。

退院してきたばかりのジュ・ブスケに、夏の夕暮れの熱気は歩くにつれきつくなったか。さすがに疲労の色を見せ、音羽に「少し休みますか、夕飯はもうここで済ませていきましょう」と声をかけた。

この辻より、旅具検査場の辺りを抜けて海岸通りに向かうと、家鴨《あひる》や海老料理のあとコオヒーを出す阿蘭陀《オランダ》料理屋があり、店頭でワインを飲むことができる。

三人はそれより少し海岸寄りの洋陽亭に入った。

十一卓ある円いテーブルのあいまを抜けて、窓際に坐った。ターフル布の上に、スプーン、ナイフ、フォルクが置かれている。白いプレート（平皿）もある。

日本人が店の者に教わりながら使う食器具である。

窓の外を、散切り頭《ザンギ》、洋装に襷《たすき》がけをしたふたりの書生風が琵琶に似たかたちの月琴《げっきん》を弾きながら過ぎて行った。

物悲しい調べを曳きずる弦の音が窓の外から入ってきた。

卓の脇に立ったボーイが、献立表とフェンガーボウルを丁重に置いた。それぞれ、牛肉の勝烈婦雷《かつれつふらい》にオムレットとパンを注文し、レモンワフーを付け加えた。シャンパンは抜かなかった。

他にも客が五組ほどいる。みな、英吉利、普魯西《プロシャ》、仏蘭西人らしき者たちである。

「こんなおいしいものを……マリの退院のお祝いですね」と、音羽は目を輝かせた。

「横浜に駆けつけてきてよかったわ」

「そうですね。背中を少し縫っただけで助かりました」

夫婦の会話に、忠輔は「生きてるからのことでござります」といいかけそうになって口をつぐんだ。

多くの新選組、幕軍の者が死んで行き、おのれは生きている。間近に見てきた死者にその言葉は軽佻《けいちょう》の気がした。

代わりに、馬丁となってすぐムッシュの供で目にした陸軍の天覧大演習の余韻を口にした。

「来年もまた大演習があるそうですが、あたっしはあれを見ると胸がこう小躍りいたします」

ジュ・ブスケがレモンワラーのギヤマングラスを卓に降ろして笑顔を見せた。

「いかにも」

「へい、ムッシュもあの日、お声を弾ませておりました。なんですか、こう、御国でも鉄砲を担いで走り回っておられたからでござりましょうかね」

音羽が口をはさんだ。

「新選組とはなんでございましたか。士道不覚悟って?」

「へえ田舎っぽうが京にのぼって禁中の御楯《みたて》となるわけですからそりゃ嬉しくて嬉しくて人斬り包丁振りまわして士道不覚悟。早い話がへえ、いつでも殺すぜあっさり死ねよの合言葉でごぜえます」

駒場野練兵場の陸軍大演習は代々木原から下北澤村、大橋の方角を見霽《みはる》かす丘陵地で繰りひろげられた。

仏蘭西陸軍式を若い兵たちに東京で修得させる強い意向が陸軍省参謀局内部で語られ、催された演習である。

元は将軍家鷹狩《たかがり》の原野で、原を最も高く望み渡せる三角橋という地点に番小屋が置かれた。木々のあいまを三方から流れてくる疎水に橋が架かっている。

雲雀《ひばり》、鶉《うずら》、雉《きじ》、野《の》兎《うさぎ》が獲れ、時に鷹を射落とせれば上々であった。

ジュ・ブスケら、仏蘭西士官と陸軍省、元老院に奉職する者たちは、その三角橋の近くの旧・鳥見《とりみ》役所に集まった。

日本陸軍将校・砲兵連隊長大佐となった田島応親の姿もあった。

ジュ・ブスケは仏蘭西語伝習所、医学所を通じて日本での恩師と仰ぐこの人物にこの日会うのを楽しみにしていた。音羽との縁も田島がもたらした。

鳥見役所で立ったまま、田島に挨拶された。

「御内儀も忠輔さんもお変わりございませぬか」

ジュ・ブスケは丁重に礼を返し、再会しえたことを喜びあった。

原野に、林地、谷あい、農地、わずかな集落が点在し、その奥に代々木の八幡神社の甍がのぞめる眺望だった。

さらに振り返れば、駒場、上馬、下馬の方角に向かって、なだらかな丘陵がつづき、馬を産出放牧する原野、創設されたばかりの第一騎兵連隊の兵営地区、農学校そして仏蘭西三兵伝習所の屋根が散らばっていた。

丘陵の向こうに拡がる野辺は、その先で葦が群生する目黒川のなだらかな淵に落ち込む。

春暁《しゅんぎょう》の冷気が靄《もや》となって、山、丘陵、林野をおおっている。

明け始めた空が朱に染まり、寸刻のあとで二藍《ふたあい》の色に変じた時、曠野《こうや》に十数発の砲声がとどろいた。

西軍千二百、中軍八百、東軍千九百——その内訳、歩兵九連隊、騎兵三十二連隊、砲兵六連隊が合わせて入り紊《みだ》れる白兵戦である。

四千弱の鬨《とき》の声が一斉にあがり、谷あいに臨む富ヶ谷ノ原、代澤集落など十数箇所で地雷火が爆発し、火煙があがった。

七百五十の軍馬が砲声のとどろきと噴きあがる火煙に愕いていななき、馬蹄を宙にあげ、七百五十体それぞれの肢四本が泥土、草を撥ね上げる。

ジュ・ブスケら仏蘭西軍事顧問団の役目は大演習統監によって調練されたとおりに正しく戦闘展開が為されるか、勝ち抜く戦略が将兵たちに徹底されるかを確かめることにあった。

斜面、草原、林間で騎兵は無事軍馬を進められるか、歩兵は操法どおりに正しく配されていて、陣形に謬《あやま》ちはないか。

ジュ・ブスケはわずか三十分ほどアルメ・ジャポネーズの動きを見ただけで、驚嘆した。

——この国の兵はなぜ、かように賢明か。統率は紊れず、動きに無駄も謬ちもない。創設されたばかりのアルメで戦闘経験もない。故国と違って日本は、一小隊は四十兵……三小隊で一中隊、五中隊で一大隊と決めてまだ日も浅い。連隊の意味さえ知らなかった。なのに……。

仏蘭西伝習隊が推奨したシャスポー銃も使いこなしているのが、遠眼鏡に映る。

彼だけではなく、居並ぶ顧問団の他の士官たちも讃嘆の声をあげた。ジュ・ブスケの付き従いを許されてその鳥見役所の諸役御免ノ地にいる忠輔も感服した。

鳥羽伏見、箱館で戦っていたおのれの姿とはなにもかも違う。いまにしてみれば新選組の戦いは烏合《うごう》の突つきあいほどのものだった。忠輔の眼前にいま、整然と統率されあまりにも違う戦さが展《ひろが》っている。

――はあ、こりゃ愕いた、変わり申したな。

遠眼鏡を持たぬ忠輔に、ひとりひとりの兵の動きは見分けられなかったが、点が線に、線が面に拡がって散開するようすには度胆を抜かれた。

陽が中空に昇って来たころ、天覧台のある行在所《あんざいしょ》から駒場野平原の中央、野立て所に向かう大元帥・天皇の姿が現れた。数年前までの直衣紅袴《のうしべにばかま》の御正装が、半マンテル、ストレトズボンの御服《ぎょふく》に代わり胸には大菊花章をつけている。後ろを三条右京大夫、徳大寺大納言が従う。

まわりを幾百もの錦旗がひるがえり、白馬の手綱を引く天皇に東の空から茜の順光が射す。

途中に張られた白い天蓋の前まで進んだ天皇は、整列した全将兵に馬上から挙手をつづける。

数百発の銃声が放たれ、輜重《しちょう》車両に積まれた大砲の号音も同じ数ほど響く。

元・仏蘭西陸軍歩兵連隊の司令官ジュ・ブスケはこの原野に、軍事教練に関する施設を作るべきだ、と胸に迫らせた。

馬術場、野戦衛戍《えいじゅ》病院……練兵場、兵舎、機甲整備学校などだ。

天皇の挙手が終わってから田島にそのことを提案した。

田島は「たしかに各種拠点、ここにつくるべきですね」と答え、ついで顎の軍人髭をさすってから、懐かしみをひそませた親近を満面に泛べた。

肩や顔をいからせる軍人のようすの片鱗はない。言葉をくだけさせた。

「部助《ぶすけ》先生。僕はしょっちゅう思いだすことがありまして。……先生に会う前のことですが。富士山丸で大坂から品川へ、あのてんやわんやの騒ぎん時のこと」

田島はいつも、部助先生と呼ぶ。

「はあ」

「先生にはお分かりになるかならんか。忠さんからなんぞ聞いておらっしゃいますか」

「富士山丸で帰られた時のごようすは随分耳にしておりますが」

「いやあ」田島は白馬の方角に目を送り「忠さんではなく、富士山丸で一緒だった安富さんと相馬さんの消息ですが」と訊いた。

「はい、忠輔よりお名前はしばしば」

輜重車《しちょうしゃ》に積まれた大砲の号音がまたとどろいた。空砲であるが、腹に響く。

田島は遠眼鏡で白馬を覗いたまま、もそもそと声を這わせる。

「京街道の土手で、忠輔さん、安富さん、相馬さんの新選組はわあわあと戦さ声をあげるばかりでしてね。今に思えばまったく以《もっ》て無益な抵抗でありました。……部助先生、あの折りの新選組や幕軍に、見てくだされ、このありさまが思い寄りましたでしょうかね」

ジュ・ブスケは「はっ」と短く返答をして、朝空に突き出ている数千の軍旗、錦旗を心頼りのある思いで眺めた。

ジュ・ブスケの、日本の新政府に奉職する役割は多岐に課せられているが、最も肝要は仏蘭西式軍制をこの国に植えることだった。

「いかにも、陸軍省職制条例が定まったばかりだと申しますのに、美事な編成、陣列。私も参じた鳥羽伏見の戦いとはあまりにも何から何まで違います。……いや、安富さん、相馬さんはお元気でいらっしゃいますか」田島が訊いた。

「ふたりとも、島に流人となっております」

「それは存じておりますが。……どんなようすかなと。私は殊に軍のこういう行事があるとふたりを思いだすのですよ」

「忠輔もいつも気になっているようですが」

名を呼びかけられて忠輔は「へい」と短く答えた。

「島からいつ戻されるのでありましょうか」

「おふたりを島から戻すのは、司法省の判断でございますが、すでに島送りは廃止されとります。ということはそろそろ帰すのが筋道」

安富、相馬の身柄のことをいっているうちに、白馬の姿は消え、七百五十頭の馬の、土を踏む音だけがざくざくと空に谺《こだま》する。

北澤、上原方角にも降りられる三角橋の鳥見役所を離れて彼らもゆっくり、富ヶ谷集落に下る傾斜地を行った。

櫟《くぬぎ》、木藤《きふじ》、合歓《ねむ》が枝を伸ばし、小路の脇に樒《しきみ》、百合ノ木が繁っている。

この林間と道は、兵も馬も駆け上がらなかった。

ジュ・ブスケは達者な日本語で訊く。

「さきほどの富士山丸ですね、江戸に帰る折りの……田島さん、安富さん、相馬さん……忠輔も。大坂から品川まで、いかような艦中でありましたのでしょうか」

「いやなんともはあ堪《たま》らねえ敗け犬の吹き溜まりでございます」忠輔は答えた。

「……」

「それがしは、横浜から伏見にわざわざ敗けに行っただけの気が致します。治療も思うようには叶わなかった」田島が添えた。

田島は仏蘭西軍事顧問のブリュネ大尉に仏蘭西式外科手術の書と器具一式を与えられて、京街道の戦場に赴いた。

若くして仏蘭西語に通じ、高松凌雲の外科医術をかじっていた。

凌雲は最後の将軍・徳川慶喜の奥詰め医を務め、万博代表団の随行医として巴里から麻酔を用いた手術法を持ち帰り、伝習所で数度講義した。田島は、それを聞いた。

日本には外科施術に最も肝要な消毒薬も麻酔薬もない。切断した部位が腐りださないのをただ祈るだけの荒療治で遅れていた。

凌雲は巴里で、オテル・デュという病院、兼医学校が、治療費を取ることなく、貧しい者にも地位のない者にも麻酔を用いた施療をしていることを学んだ。

貴族、富豪、政治家などの寄金による医療院である。

凌雲はその衝撃を若い田島たちに語った。

その後、箱館戦で治療に当たるよう榎本武揚に乞われて、箱館病院をつくり、治療に敵も味方もない、傷ついたものはみな同等に治すを徹底した。

田島はその凌雲の教えの許《もと》、外科医を志した。そうして参じた京街道で、傷ついた新選組の沢忠輔、安富才助、相馬主計と奇《く》しき縁を結んだ。

大坂湾、天保山の沖合——幕府軍艦・富士山丸の軍需品を貯蔵するホールド（船艙）で田島は息もたえだえの者たちに励ましの声をかけつづけた。

後部甲板、昇降口、どこにもかしこにも傷を負った兵たちがあふれていた。機関室にまで臥《ふ》していた。化膿臭、腐敗臭もひどい。

伏見奉行所、淀千両松など、激戦の地で膿んで腐り、死に至る手足を何本も切ってきた。

切ったあとは、白い骨が剝きだし、棒杭に似たかたちの血塗《ちまみ》れの断端を布でくるむだけの施術である。腐りかけているから痛みは少ない。だが、腐敗の後難を残さぬよう生身を切ると卒倒するほどの激痛に襲われる。

そのメスを入れる部位の確認と、一刀のもとで切り落とす気骨を医師が持ちあわせているか、さらに傷が腐敗菌に冒されぬかどうかが、施術成功不成功の岐かれ道であった。

田島自身は鉄砲玉や榴弾を奇跡のように潜りぬけ、淀川の堤を伝って天満橋八軒家の新選組屯所に辿り着いた。

だが大勢は、浅い、深い傷を負って顔、胸、腹、手足から血を垂れ流し、肉を膿ませ、骨をぶらぶらと揺らしている。

船内の伝声管からたえず降り落ちてくる幕府旅団指揮による励ましと傷ついた兵士たちの声涙《せいるい》に腐敗臭が掻き混ざって、船艙は敗残の悲哀にのたうつ。

長州藩謀議の場・池田屋を突きとめるきっかけをつくった山崎烝《すすむ》を介抱している忠輔だけではなく、安富も相馬も深手を負っていた。

安富は右脚の脛から銃弾を抜き取ることができず、すでに化膿が始まっている。

相馬も左上腕部に榴弾を受けていた。

炎症ののちの瘢痕拘縮《はんこんこうしゅく》は短時日のうちに壊死《えし》を起こし、やがて全身をむしばむ。

両人ともに第三段階ほどに進んでいる。

山崎の躰に屈みこんでいた忠輔が、誰から手をつけるかためらっている田島に声をかけた。

田島は医法にまだまだ通じていないところがあった。第一、専門の器具がない。

石炭酸を噴霧し、メスで剥いだ部位を植皮する。あるいはだらりと垂れさがった筋と骨を切り落とすだけの軍陣医法である。

安富も相馬も高熱を発し、多量の血を吐きだしていた。だが、死には至っていない。

——あとは、神仏の加護があるかどうか。

忠輔は「俺は長州藩の間者だった」と苦しい息の許で白状した山崎烝を抱きかかえながら、田島に懇願した。

「安富先生も相馬先生も、身命《しんみょう》の行く先はかねてより新選組に預けおり、ここまで生き永らえて参りましたが、おふたりとも昨日来、ひと思いに刺し殺してくれと呻かれております。切るなり煮るなり、田島先生の手でお願い致します」

忠輔は、ふたりを先生と呼ぶが、この時、四十四歳。

安富は三十、相馬は二十六で、いずれも忠輔より若い。

激痛に転々としているふたりを前に田島は、双方の躰にほどなく腐敗、壊死が始まることに気づいている。

出来得れば関わりたくなかった。

高熱を発し、多量の出血のすえに、死期を早めるだけである。

しかし、荒療治が功を奏して万にひとつ生き永らえる成算がないというのでもない。

――その万にひとつに、賭けるか。

田島は、ここが軍陣であるからには、いかなる者にも勇を鼓して施術すべきだという高松凌雲にずっと励まされてきた。三人のうち誰にというのでもなく尋ねた。

「死んでもかまわぬのですか」

「もとよりかねて覚悟のこと」忠輔が応える。

「ただ死を待つのは、局中法度に背きますか」田島は念を押す。

「その通りで。……坐して死を待つのは新選組の士道に非ず。あたっしはただの賄い方でありますが。これでも新選組抱え」

「新選組であろうと薩摩兵であろうと、助かる見込みには手をお貸しいたしたいのですが。そのために横浜から参った」

「どちらの先生を、とはあたっしからは申せません」

深手を負っていない忠輔が田島と問答する。

「そちらの安富さんは骨まで砕けているとなると……切断せねばなりません。そのあとは寒熱往来、譫妄《せんもう》が始まります。それで済んで、命を拾えればいいのですが」

「では、安富先生から先に」忠輔は田島に応えながら安富の血の気の抜けた顔を覗いた。

「忠勇無双の、新選組でも指折りの剣客先生でございます。その方がこんなありさまに……なんとかお助けくだされ。いや死なせてくだされ。武人としての御始末をお援けくだされ」

安富への励ましとも、田島への訴えともとれる声をあげた時、臥していた安富が艦の下に敷いたオウニング(天幕)に両の腕をつかえ、頭をよろよろと起こした。

か細い消え入るような声を出した。

「あいや、待たれい、待ってくだされい。……儂《わし》などどうでもよい。相馬殿が苦しまれておる。相馬殿を、助けてくだされ」

それだけ絞りだすと、後頭から背骨の力を失くして後ろにひっくり返った。

忠輔と田島は、黙って見ている以外にない。

ややあってから「では」と田島は声をあげ、臥している相馬の瘢痕拘縮から壊死に向かっている左上腕を摑んだ。

と、今度は相馬の喉から満身の声が発せられた。

「われら、新選組は長幼の序を越えることは許されぬ。若輩の拙者がたって先にと仰せられるなら、俺は、腕などいらぬ。ここで腹を切り申す。侍の所以《ゆえん》は死すべきときに死す、にある」

すると、安富が船艙の底板に腹這いながら頰を持ち上げた。

「手前こそ、捨てた命。かねてよりこの身は手前のものではござらん。……相馬殿を頼む。相馬殿を援けてやってくだされ」

それから互いに絶え絶えの息のもと、同じやり取りが繰り返された。

安富は最後に悲鳴も洩らした。すでに神経まで膿んでいて痛みを覚えない。目を閉じ、荒れた息をあえがせている。

「安富さま」田島は何度も呼びかける。「このままだと、全身が膿んで参ります」

田島はかたわらの手持ちの器具に目を落とした。

施療はしかし、仏蘭西・シャリー社のメス、鉗子、焼き鏝《ごて》と木綿布、気休めにすぎぬ漢方の痛みどめ、芍薬甘草の塗り薬しかない。

「やっ」安富の口からひと息洩れる。

すでに瘧《おこり》を起こし、意識を朦朧とさせていた安富は、手術されることに気づいて、一瞬、細弱い喜色を目の縁に泛べた。

と、ついで「いや」と顔をあげ、思いがけず強い口調で押し返した。

「いや。相馬殿が先でござる。相馬殿を早く」

「……」田島は虚をつかれた気がした。

――今わの際、発熱し、意識を混濁させながら、このふたりは互いに武士の礼節に徹し、慰めを頒け合っている。

「相馬さんが……あなたさまを先にと申されております」

田島は敷いたオウニングに頭を落とした安富に声をかけた。

もうこれ以上は待てぬ。結局、田島は安富才助を先にした。脚は切断せず、弾を抜いた。

その後に、相馬主計の左上腕部の榴弾を剔出《てきしゅつ》した。相馬も腕も脚も切り落とされなかった。

ふたりの荒療治に四刻、八時間以上を要した。辺りは血の沼となって、田島と施術されたふたりのほか押し詰めあって場にいた者までが血しぶきを浴びた。血で床が滑った。

艦は荒れた波浪の中を遠州灘から相模湾を経て、江戸に向かう。

安富と相馬はともに高熱を発しつづけ、譫妄を口にして、生きるのか死ぬのか決められぬこの世とあの世の幽明《ゆうめい》をさまよった。安富は激しい痙攣《けいれん》にも冒された。

二日後、まだ命はあった。

品川、芝沖から小舟に乗せられ、品川宿の新選組定宿・釜屋まで運ばれ、次いで下谷和泉橋通りの松本良順医学所に戸板で担ぎこまれた。

入所して五日目から、広がっていた化膿が治まり始め、医師も安富本人も奇跡を信じるようになった。瘢痕拘縮が止まり、壊死の不安も消えてきた。

結局、安富は脚は切り落とされず弾を抜かれただけで、腐蝕もまぬがれた。

相馬も五体満足を延ばした。

二か月後、相前後して医学所を退院するほぼ十日前、竹笹が繁る中庭に至る廊下で、行きあって久しぶりに声を交わした。常は病棟が離れていて行き来はない。

「危ないところだったが、この通りです」相馬は右手で左腕を摑んで揺すった。

安富は「まことにあの世の手前まで行ったな。しかし、こんな天恵もあるのですね。貴殿と田島先生、松本先生の御蔭と、神の御加護のように思います」と応えた。

「いや、死に損なったが……」相馬は白い歯をこぼれさせた。「まだ戦さは終わってねえ。局長や歳先生の後に続かねばならん。俺は今度こそ見事散ってみせようと思っています」

相馬のいうことに、安富も異議はない。

新選組は忠と誠を旗印に最後まで往かなければならない。行き着く先は死より外にない。

――だが、生きておったほうがよい気もする。

安富はそれを願う根心《ねごころ》は口にしなかった。

春の雪暗《ゆきぐ》れの午後だった。竹の葉に積もった雪が重みに、バサッと音を撥ねさせ辺りに散った。長廊下の桟《さん》横木の下までその雪が吹き散ってくる。

――脚も、腕も、ある。たしかに死に損ねた。だが生きるのも悪くない。

安富はもういちど胸に仕舞い込み、竹笹がまた雪片を撥ねあげるのを眼にしてから、相馬に軽く別れの辞儀をした。

「ここを出たら、今度こそ最後の御始末でござる」

駒場野の演習から、相馬、安富の今わの際のやりとりまで、横浜の洋食店・洋陽亭でナイフと呼ぶ小包丁と肉刺しのフォルクを手にしながら、忠輔は遠い思い出に摑まっていた。

「忠さん」ジュ・ブスケが呼びかけていた。

「また、陸軍演習に参りましょう」

忠輔は首を折って返事をしながら、いや、遠い思いではなかった、演習も富士山丸の地獄図もほんの昨日の出来事のようだと、記憶の輪郭が未だ鮮明であることに思いを至らせた。

——安富先生、相馬先生、おふたりの先生方の苦しんだ声、顔、願いがいまも見えます。

港町の濃くなった暮色が草花の図案を染めたターフルの更紗に射してきた。図案は薄桃色の石楠花《しゃくなげ》だった。白い絽布《ろふ》で遮った硝子越しに射しこむ夕陽が布地に紅緋を染ませる。

コオヒーを飲んで立ち上がった。

ジュ・ブスケは仏蘭西軍敷地の兵舎に戻り、溜まっている領事館の仕事を片づけなければならない。

三人は旅具検査場の辻まで戻り、音羽と忠輔は人力車を拾った。

一人乗りから四、五人乗りまで海岸通りには五十人近い車夫が客待ちをしていて拾うに難儀はない。

総黒塗りに、並び矢の定紋を描いた二人乗りに声をかけた。

「ステンションまで」

車夫は「ダリでございます」と答えた。

符丁である。ピンは一銭、ダリは四銭。

台に上がった時の蹴込みの深い車だった。天井、左右が幌《ほろ》で囲われている。

「アプルス」と音羽はムッシュに手を振った。

またね、と、ふたりのいつもの別れの仏蘭西語である。

「よっ、ほいっ」紺の腹掛けに股引《ももひき》姿の車夫は、前面の幕も降ろしてから轅《ながえ》を持ち上げて駆け始めた。

馬車道から弁天橋を渡った先が荷物扱い所、その左手がステンションである。

音羽も、忠輔もなんどもこの駅に降り立っている。

いつも、定員五十二人、三十一銭二厘の下等に乗る。米なら五升買える。

上等は十八人乗り、一円十二銭五厘。上等の客は、殆どが外国人だ。中等もある。

神奈川、川崎、品川に加えて、いまは鶴見駅にも停車するようになったが一時間足らずで新橋ステンションに着く。日に九往復する。

音羽は、料金もさることながら下等車が好きだった。上、中等車は窓を背にする長椅子だが、下等は横座席で顔の脇に窓がくる。車内はカンテラの灯で仄明るい。モケットと呼ぶ赤い布地の背もたれのその席に腰を下ろして、ふたりはすぐに窓に顔を寄せた。

横浜駅を発った蒸気車はいきなり神奈川の浅瀬に築いた堤の上を行く。いわば中つ海の上である。対岸の次の神奈川駅までわずか六分――いまは何も見えない。

欠け始めた月が海面の真上に浮かんでいる。

「次は夕陽がきらきらしているときにここを通りましょうね」

音羽がこの世でいちばん心を奪われる景色という地点である。

一年のどの季節もここは、空も海も照り映える。

五

「親父さま、新選組は鳥羽伏見のあとはどう戦ったんでしょうか。参謀局の大いなき合い、やりくりは、音羽がつましく済ましている。

夫、ジュ・ブスケは新政府より大臣と同じほどの役料を得ているが、日ごろの付

御内儀の音羽は離れに蚊帳を吊って、夫の同輩の仕立て直しを明朝までにあげる。

さっきから耳許で蚊が舞い鳴っている。蚊遣りの煙は絶やせない。

いう者があるが、参謀局勤めに気を取られて聞く耳がない。

日和を見る商売、如才がないのはその辺りから来ているのか。嫁の世話をしようと

何をしている家かと忠輔が訊いた。たしか世が世なら憎き敵の長州の生まれといっていた。

内藤は毎回気遣いをする。下関赤間で海産の小問屋をやっていると応えた。

鳥居坂の庭に昇った月は女の薄眉に似てきた。

陸軍省参謀局・内藤二等秘書官がまた酒樽を提げてやってきた。

「今日はもう御酒《ごしゅ》はやめようかと思いはしたのですが」

る参考にさせて戴きたく」と秘書官は辞を低くした。

だが忠輔は意気があがらぬ。

「なんども申すようですが、ぽん太郎は隊士というより、お抱えの賄い方でござりまして、腰の刀より包丁を握っている時のほうが多かったの。

ところがそのあたっしも江戸に戻ってきて、はなから分かっております涙の出る敗け戦さ、甲州勝沼にまた転戦でろ。

しかしさすがはわが局長、威風堂々としたものでありまして、甲州街道最初の宿場・新宿で女郎屋ぜんぶ買い切った。それからの行く先々で、われら兵二百、泊まって遊んで呑んで食って……うち気の利いた八十は調布や八王子辺りですたこら逃走の呑み逃げ食い逃げ。残兵百二十、敵は三千と相なりました。

そこで神奈川方面に旗本の寄り合い、菜っ葉隊を徴集に行きまして。菜っ葉隊ですよ、頼りがいのある名でござんしょ。落ちるところまで落ちたのでごぜえますわ」

――蒸し暑い。

薄手だが羅紗《らしゃ》の肋骨軍服の内藤は首にも喉にも汗粒を湧かせている。

ランプの火舎《ほや》に羽虫が飛びたかって来た。

一匹、次いでまた一匹、火舎の内側に誘われて、透き通った翅を炎に焼かれ、ランプの底に溶け落ち、小さな黒点と化す。

「さて甲州で追っ払われ、今度は下総・流山《ながれやま》へと来た。敵軍の一方的な攻勢で、手前どもたじたじでござります。……いや、そんなことより、夜になると余計蒸して参りましたな」

「まばたきしても暑いですね」

「いま時分の京の宵も蒸したが、暑い寒いというておるうちに、戦さがあったことなど嘘のように過ぎ去ってしもうた。……みな死にに死に申した」

束の間、ふたりの話が途切れたとき、遠い花火の音が響いた。

「近頃は花火に定め日《きび》はねえようで、両国が川開きすると、今度は、品川、築地の船宿や料理屋が客寄せに月見花火と。……時世が移り変わってトウキョウ新市民のふところ具合もよいのでござりましょうか。なんだってかんだって、花火をボンボンだ」

光は見えないが、溜池の方角あたりの遠い音にまた耳を搏《う》たれた。それに合わせたわけでもないだろうが、ジジッと地虫が床下で揃い鳴いた。ぴー公どももふた啼きした。

いつも摘む茗荷の白い花が地面からいきなり顔を出して月の清光をあびている。

「しかしね、ああた。あたっし、甲州、流山の戦さなんてどうでもいいの。どういうわけか、ヤアヤアと刀を振り回したことより雪中の行軍が思いだされましてな。なんたってこう地面の底から雪が吹き上がって来るの」

十二月の暴風雪の中……榎本武揚に率いられる新選組を加えた兵三千五百は、蝦夷内浦湾・鷲ノ木浜に上陸、箱館に進発した。

銃器、食糧、夜営の用意を詰め込んだ叺《かます》を橇《そり》に牽かせる雪中行軍である。

猛吹雪で立ち往生を余儀なくされたり、闇が落ちると、かつては円匙《えんび》と呼び、近頃ではシャベルと洋風に言う土掘り具で掘り下げた雪濠《せつごう》に潜りこむ。

その穴で、ふたつ折りの袋状に閉じた藁筵《わらむしろ》を編んだ叺にくるまる。

「いや、左様な地獄話はまあよい。

内藤さま、この鷲ノ木で何があったか。懐かしい旧新選組隊士のおふたりが再会されたのでごぜえます。

現今お手前の上官であられる安富才助先生、それにこのたび流刑先の新島から赦免されて腹召された相馬主計先生、そうでごぜえます、あのおふたり。品川に逃げ戻った富士山丸の船中で、安富先生は右脚が膿んで、相馬先生は左のこの上腕に榴弾を受け、おふたりとも生きる死ぬの境をさまよい、神田和泉橋の医学所で二か月治療を施されました。

ここを出たら今度は最後の御始末をと再会を約されたおふたりです。それで雪の地獄へ参られました。

いいえ、あたっしはその折り、この前までの南部藩・宮古の鍬《くわ》ヶ崎っちゅう海っぺりで、箱館に向かう敵軍が給水のために湊に入ってくる物見《ものみ》をやっておりまして、あたっしが雪中を行ったのは、このあと、江差や二股口の戦さの時です。分かりますか……江差、二股口。まあ広い北海道の入口みたよな所です。

そういうことでこの進軍のありさまは、のちに歳先生や、安富先生、相馬先生から伺ったものでございますが、兵三千五百、三隊に分かれて箱館へ。本隊は安富隊長並が率い、もう一隊は土方歳三総督に牽かれたのでごぜえました」

箱館でわずかな数の官軍の藩兵を破って、松前へ。

松前城は、箱館より二十五里……、津軽海峡に突き出た地にある。海峡越し、内地にもっとも近い。

「それがさきほども申しあげました十二月の厳しい冬のさなかでろ。海岸際も断崖も峡谷も、何度もいうが雪地獄。先を行くはずの斥候《せっこう》隊も難渋して、後を行く本隊ともつれ合ってごちゃごちゃだ。

右も左も、後先も分からんのよ。手足が痛い、かじかむ、それも感じん、何ごとか叫びもうて雪の上に四つん這いになる者が出る始末だったそうでごぜえます。

しかも、海の冬風が吹きつける海岸際の断崖上のことでろ。熊の毛皮を着込んでおりますが、喉の中まで凍って、息を吸うことも吐くこともできやせん。

幸い樵《きこり》小屋か海を見張る小屋が現れてな。兵全員が入れるわけもありゃせんが、雪濠を掘る余力のない者は、そこに身を潜りこませることができました。

で、道先の案内人が命じるの。

小屋のまわりの戸板、掛けてある茣蓙《ござ》に水を掛けえ。雪を貼りつけえ。さすれば戸板も茣蓙も凍って氷板となり、風の吹き込みを防げるんぞ。

皆、助言のとおりに致したそうですが、それでも立って足踏みしながら寝ております兵に、床板から地吹雪があがってきて……まことに無念のことながら、朝になって凍え死んだ者が多くおったそうでごぜえます。

はあ、京の都で斬るぞ蹴るぞ殴るぞと、新選組は皆、命を惜しまなかったつもりでおりましたが、なに、人は撃たれずとも斬られずとも死ねるっちゅう。いや、暫しお待ちくだされ。

左様です。京で忠と誠と斬に肩を怒らせて、恐れられたばかりが新選組ではごぜえませぬで。

負け戦さは承知の上、気力胆力をおのれに課して雪中を行き、最後まで戦いをやめなかった新選組がありましたことを、内藤秘書官殿、どうぞお忘れなきようお願いつかまつります」

「はっ、陸軍省参謀局・内藤省三。御説をこの一身に受けて忘れぬことをお誓いいたします。あっ、ヒッ、しゃっくりが出てきやがった」

「むっ、どこまで話したか。……いや、今宵は、なんたってかんたって話がどんどこ進んでよろしいかな。われら新選組は都《みやこ》から逐われてどう生きたかっちゅう。あれは慶応から明治に改元が成ったばかりの翌年、二、三月、いまで申せば新暦の五月頃でございますな。あたっし、陸中・宮古湾を望む鍬ヶ崎で物見っちゅう、水平線に目を凝らす日々でございますわ。それが始まりましてな」

鮫の口のように長く深く切れ込んだ宮古湾には、瘤がひとつ突き出たかたちの浜がある。この浄土ヶ浜を北にまわりこんだ裏手が鍬ヶ崎である。

春の盛り、弓なりに白く弧を描く砂浜を見下ろす、蔦や小楢《こなら》、水木、櫟《くぬぎ》が生い繁る断崖の鼻に、忠輔ら新選組の残兵五名は物見小屋を建てた。

すでに二十二日のあいだ、来る日も来る日も風待ちの日和小屋に似せたその物見で、濃霧をあびて白く濁ってかすんだり、次には青く身動きもせぬ海原に遠眼鏡を向けていた。

目をそそぐのは一点である。手前の海面は、見ぬ。

ただ外海と空の切れ目の円弧を瞪める。

だが、それを続けているとわずかな刻限も経たぬうちに、眼球は霞み、水平線の弧が毛羽立ってくる。更に目を凝らし続けていると、意識が朦朧としてくる。

小屋のすぐ足許に目を戻すと、荒れた岩礁を音もたてずに洗う、春の陽を浴びた白くも青くもない波の粒が、円い露となった次の瞬間に崩れるのが見える。

その波頭の玉の生まれて消えるようすを単眼の凸レンズでとらえたあと、また遠い水平線に目を戻す。

五人交替ではあるが、忠輔は一日も欠かさず物見を繰り返し、ひたすら黒点あるいはひと筋の黒い煙が現れるのを待ちつづけた。

冬の間、北国の昏れた空に立ち竦《すく》んでいた木々が緑を芽吹かせている。その足許で、独活《うど》、山杜鵑《やまほととぎす》、山吹草の白や黄色の花が春を撒《く》いている。

二十三日目の午後二時、左手、東京からの方角に、点ではなくひと筋の黒煙が細く揺らめいた。黒く細い糸、雲ではない。

会津から落ちてきた永山鎌三郎という男が最初に声をあげた。

「煙だっ。間違いね、海に煙だ。見てくれろ」

「おおっ」細い丸太棒で板張りの屋根を支え、筵を巡らした小屋に喚声があがった。

「来たぞ。来やがった。来やがった」鎌三郎は叫んだ。

「来たな」忠輔もレンズに目の玉を圧しつけた。

幕軍を追い詰めて各所で凱歌をあげてきた薩長軍の仕上げは、箱館にたてこもった榎本武揚率いる最後の残兵を掃討することだった。

――新政府軍は西の海から箱館に襲来する途次、かならずや宮古湾で水、薪炭、餅を補給する。

鍬ヶ崎に物見をとどまらせ敵戦艦を発見せよ。しかるのちただちに箱館に報ずべし。

軍議は新選組隊士・中島登を物見隊の長に任じた。

中島は、新選組裏方の密偵に徹してきた隊士だった。

数多い密偵のうちで、仲間さえ知らぬ存在だったが、土方歳三に従い、北関東から会津を経て仙台に潰走する段におよんで初めて顔と名を明かした。

「左様でござえます。海面から強い風が吹き上げてくる崖《がけ》鼻で夜、昼……敵艦隊の現れるのを待ちましての。蒸気艦は、ひとたび罐《かま》の火を落とします とまた焚き上げるには、刻限も日数もかかるでろ。

宮古・鍬ヶ崎から箱館までは夜を日に継いで歩き通せば、三日で行き着けます。東京より新政府軍が押し来たった報を、艦より早く届けることができるのでござえましてな」

蔦、蔓が絡みついて、人の侵入を阻む崖地に、餅、粟飯ほか昆布や雑魚の食事が、幕軍に好意を寄せる村人から差し入れられた。

ひと筋の黒煙に、物見頭の中島登も遠眼鏡に目を圧しつけて無言で頷いた。

黒煙は二筋になった。

その煙につづいて、黒い塊が水平線に突き出た。前日までの荒天が熄んでいた。

やがて二つの塊は、兜を伏せた輪郭を露わにした。単眼鏡の中のその兜が徐々に大きくなる。

「来たな、来た」とまた誰かが呻き、次いで「よし」と中島が声を発した。

「間違いねえ」忠輔が応じた。

北の要衝の良港・宮古湾は古《いにしえ》より諸藩の船が交易で立ち寄った。

箱館に向かう途中で、榎本幕軍隊も寄港し、土地の者に幕軍贔屓の心情で歓待された。

湾に隣接する鍬ヶ崎村は江戸から維新に変わっても、およそ三百の戸数のうちのほぼ半数、百六十戸が遊女を置く娼家だった。村人たちは、女で飯を食っていた。

海に突き出た鼻と陸地にひっこんだ浦に挟まれて通行に難渋する北の漁村の特異な賑わいは、江戸にも伝わっていた。

この浜に来るたびに、幕軍は金を落としていた。

代官所も感謝の心情を表し、榎本軍に炭百俵と大量の薪を献上した。

二筋の黒煙はやがて、鍬ヶ崎の村民の眼にも入った。

幕軍か、いや違う。幕軍を追う新政府軍に違いない。

「黒煙は、英吉利船・エソプ号、普魯西船・ハヤマル号なる艦でありました。沖合に錨を降ろした二艦から、政府軍の備前兵、久留米藩兵、伊賀藩兵あわせて八百八十が艀《はしけ》で浜に上陸してきたのです。そりゃ、村はとんでもねえ大騒ぎだ。新政府軍は何をするか分からねえで、怖い。しかし、女郎屋に揚がってくれれば銭が落ちる」

上陸のその第一報に次いで、敵兵は宮古、鍬ヶ崎を目指して歩き始めたと二の報が届いた。

そして三の報——彼らは鍬ヶ崎の娼家に揚がり、銭も払わず、食料を強要して去った。

「そんな話が飛び込んできますが、さあぽん太郎、箱館に出発せにゃならんでろ」

「やっ、こんな刻限でございます。ヒッ」

内藤は眼球を開く癖を見せてまた喉をひくつかせた。

「ところがそこへまた煙だっ。しかも三艦、すぐに新政府の丁卯《ていぼう》、陽春、飛龍丸と判明いたしました。

矢張り来やがった。

あたっしどもは、遠眼鏡を手にしたまま大奮いして顔を見合わせました。

結局、それまでおよそひと月近く、朝から晩までそして朝まで、小屋から背を伸ばして海を瞪めておりましたので、嬉しいとか跳びあがったとか申すより、膝の力が脱ける気が致しましての。

先の二艦、エソプ号、ハヤマル号に続いて三艦が現れたことを確かめ、いよいよあたっしは箱館に向かいます。

南部、津軽両藩に行く手を閉じられるかもしれんが、なんとしても青森湊に出て津軽海峡を渡らなければなりません」

新政府艦が修理、薪、水、食糧積み込みに時間を費やしているあいだに忠輔は、艦名、マストの数、兵の数、出航の遅れを把握し、夜陰にまぎれて鍬ヶ崎を出発した。

三日で行きつけるつもりだが、いかなる困難が待ち受けているか。

行く手には、鋭く複雑に切れ込んだ崖縁が海に落ち込み、あるいは荒れた磯が延々と続き、そしてとつぜん白い砂丘が現れる。

海は常に、浜道の右手にあり、左手は深い森、山岳であった。

昆布、干し蝦、干し鮑を背に負う五十集師《いさばし》の恰好で、ひたすら短革靴の足を動かす。

官軍らしき姿がないかたえず振り返りながら先を急いだ。

北へ北へ……田老、田野畑、北山崎。

さらに北へ、久慈から種市、種差。

いずれの崎、浜でも急ぎ足を止められることはなく、無数の鷗が舞う浜道を早駆けした。種差まで来るのに二日を要した。

一日目は右手の海面も足先の短靴も濃霧に匿された。

二日目は街道とも呼べぬ海辺の崖道は夕立に叩かれ、数瞬ののちに海上の雲の峰が吹き払われ、落日は空と海と忠輔の顔面を緋色に灼いた。

種差を過ぎて、ようやく背後への警戒を解いた。

難船にもならぬかぎりこの辺りの湊に官軍が寄港することはない。

東京からの艦は、最北が宮古、そこから尻屋崎、大間崎を出鼻《でばな》とする下北半島をまわりこんで、津軽海峡を越える。

この先の八戸、三沢に官軍の影はないだろうと不安を緩めた。

すでに思いのほかの刻限がかかっている。急がなければならぬ。息が切れぬうちは、小走りを心がけた。

脚を動かしているのは、榎本総裁、土方歳三、ことに歳三に対する忠心のためだった。

――一刻も早く伝えて歳先生を歓ばせ、箱館で挙の秋《とき》を待つ兵の御役に立たなければならない。

種差を越えると八戸……南部領を過ぎ津軽藩地に入ることになる。これまでにもっとも警戒した久慈の代官役所と荷役改め場で怪訝を向けられることもなく通り過ぎた。

怖れていた南部や津軽のなまりが使えぬことを問われることもなかった。あくまでも、昆布、貝、雑魚の小商人であった。

馬上にあれば、何用で急ぐか、誰何《すいか》を受けたかもしれぬと胸を撫でた。

この先は八戸、三沢とつづく。

八戸で干し鮑を売り、枸杞《くこ》の実と不時の用意の雨合羽に換えた。

前途を失うことになれば、枸杞を齧《かじ》りながら行く。海沿いの村では野宿ではなく、漁師小屋に一夜の宿を借りることができた。

しかし八戸からは海を逸《そ》れる。海を逸れれば、方角を失う。

密偵隊長の中島登とのかねての打ち合わせどおり、三沢を越えた先の陸奥小川原で馬と馬曳きを調達した。

口をきくのが億劫なのか、方角を尋ねても、へい、前方に黒く波打っている大沼の名を訊いても、はあまあ、としか答えぬ伊佐蔵という四十手前の男に案内させた。顎が両脇に張り、目も鼻の頭も四角に据《す》わった武骨の男で、海産物、木綿地などなんでも馬の背に小荷駄にまとめて運ぶ賃稼ぎをしていると、重い口で明かした。沼は姉沼といった。葭《よし》、葦にまわりを埋められたその沼縁を行く。続いて、先は海かと見紛う広さで霞んでいる湖に出た。小川原湖といった。その沼も湖も水の色ではなく、黒い水面を空に仰向けている。

この辺りは、春も夏も秋も山背《やませ》と呼ばれる冷涼の風が海岸際より吹きつけ、丈の低い灌木を地に這わせるまでに折り曲げている。その光景が延々とつづく。榛《はん》の木も柳も短くちぢこまって、風に撓《たわ》んで枝同士を絡めている。一年中、陽は射さぬのか、葉も幹も貧相で細く小さい。人の姿はまったくない。麦も粟も米も、実るにはほど遠い湿地の原野がつづく。

いったいここはいかなるところか。

忠輔が問うと、「じぇ、人も耐える、地も耐えるでございますじぇ」と伊佐蔵は答えた。

乙供《おっとも》という、人煙の気配のない在にさしかかった。幸いにも、蜆《しじみ》や鰙《わかさぎ》漁のための鋤簾《じょれん》、四手網《よつであみ》をしまってある沼張り小屋に行き遭った。馬の背の両脇に、八戸浜であがなった粟餅、凍り豆腐、それに焼いた鯖干しを吊るしてきた。囲炉裏はなかったが、土間がある。

　薪を焚き、暖を起こし、凍り豆腐を釜で戻した。

　すでに三日目の晩になっている。伊佐蔵の口はなお重かった。

　翌朝、濃霧のなかを手さぐりで野辺地《のへじ》に向かった。

　八戸より一日で脱けられると考えていた旅程が、結局一日余計にかかって、寝不足と濃霧に気力を消耗して這いつくばうように野辺地に入り、伊佐蔵と別れた。

　陸奥湾に沿って歩き、夏泊《なつどまり》半島から舟を出せば青森に行き着くがさらに日を食う。ここの湊から湾を縦断して津軽の外ヶ浜に出る船を待つことにし、身も世もなく野辺地の魚宿にうつぶせた。

　出船を一刻後にひかえた明け方になって夢にかすめられた重い瞼を開けると、五月の好天を予感させる空に陸奥の海が薄赤く染まり始めていた。初めて目にする北国の明るい海だった。

　明け空は吉兆に感じられた。

　うつつに向かうほんのわずか前の夢の光景に、後を曳かされた。

「左様でごぜえます。ぽん太郎は元来、夢など殆ど見ぬお気楽者でごぜえますが、どういうわけかこの時、近藤局長殿のお顔が朝ぼらけに出て参りまして。

　陸奥小川原湖から乙供へ、伊佐蔵と一緒に進んでおりますときに、あ奴めが、人も耐える地も耐える、と呟いたのが耳に残っておったのが夢のきっかけだったのかもしれません。

近藤局長も歳先生も、耐えよ耐えよ、といつも隊士たちにいっておられたでろ」

「耐えよ耐えよでありますか」

「左様でごぜえます。

下総流山《ながれやま》で、万策尽きた局長、あとは死ぬるしかない。これより敵軍の板橋総督府に、竹張りの円筒のかたちをした唐丸駕籠《かご》に乗せられるその時でごぜえます。

左様です。夢に出てきた局長のお顔とは、その囚人、罪人を運ぶ駕籠にもぐりかけて振り返った実にその時のものでありました。

このぽん太郎と目が合ったのでごぜえます。

ごわごわした顔つきの真ん中にあるその目は、不安に押し寄せられながら辛うじて堪《こら》えておられるごようすでごぜえました。怯えておられるのだが、耐えよ耐えよ、とご自分にいうのか。

あたっしは息を詰まらせました。寂しいのでもねえ、慍《いきどお》りでもねえ、お可哀想でもない。ただ胸をつぶされる思いでごぜました。

近藤局長との最後のお別れでござりました。

新選組はここに終わったのであります。あとの五稜郭など、ありゃ付けたりですが、新選組のその後というのはまことに男の地獄道でござんした」

　忠輔は、内藤に徳利の口を差し向けた。

　受けながら、内藤は西洋渡りの、銀文字盤の月齢懐中時計を軍服のポケットから取り出した。

　背中に羽を生やしたエンゼルと呼び名のある幼児が弓矢で盤の縁のアウアーとかムニッツとか呼ぶらしい刻限を示している。

　内藤の合いの手に乗せられた忠輔はまだ新選組のそれからを語り足りない。京・三条大橋に近藤局長の晒し首を弔いに行ったありさま、ついで京都の山のおのれの在所を訪ねたことを明かした。

　木魚顔のおでこをぴたぴたっと二度叩いてから膝を正しく揃えた。

「貴公に申しあげても京の地理は不案内に違いないが、まあ京の北の方と思し召しくだされ。高雄山という方角に行く辺りだが、梅ケ畑蓮華谷《れんげたに》と申す地がごぜえましてな」

「はっ……蓮華谷」

　なにごとが始まるかと、内藤も一瞬、息を呑んだ。

「いや、そんなに目を開かれても困るがな、大した話ではござらぬで」

　忠輔は京の市中に出てくる前、この蓮華谷の在で百姓をし、竹細工で活計《たずき》を立てていた。

風が吹くと、谷の縁から山裾まで生えひろがった竹林が谷もろとも山もろともゆさゆさと揺れる地であった。

渓《たに》に沿って高雄山という信心の山に登る小脇に、小さな畑と杉皮屋根の貧居を構えていた。

「いやなに、そろそろ三十という晩《おそ》い狂い歳になって、あたっしはおっかあと嫁と十一歳になる娘を置いてその蓮華谷から出てきたでろ。在では、暮らしがたちいかん。なんとしても一家を食わせていかねばならねえ。その存念に迫られ、市中に出て、榧《かや》の実油で揚げた喧嘩饅頭を売っていたのでごぜえます。

するとこのぽん太郎の目に耳に入ってくるのは、時勢が変わる音です。

薩摩、長州、会津、江戸……他国のお方が辻々に入り紊《みだ》れ、目の前で饅頭を頬ばりながらお国の言葉を喋ってる。

それから八、九年も、煮売り屋で商い歩き、明保野《あけぼの》という料理茶屋に落ち着きまして、ここに出入りしていた新選組の賄い方に拾われた。

芹沢鴨先生が女と蒲団の中で嬲《なぶ》り殺された年の春でごぜました。何をするにもあたっしは、人さまよりひとまわりふたまわり晩生《おくて》でありまして、皆様のお足をひっぱらぬようにと生きて参りました。

いや、貴公に、いまそんな話はどうでもよい。すべては過ぎたことでござるの。市中に出てほぼ十五年、折々、仕送りはいたしておりましたが、いちども帰ったことはごぜえません。

鳥羽伏見で負け戦さとなった時に、新選組屯所のある八軒家に向かわず高雄山に足を向けていればよかったのですが、あの折りが岐かれ目でごぜました。いったい何を夢に見ておったんでろ、いまになってもよく分かりませんが、妻子と母じゃに背を向けてぽん太郎は江戸に行ってしまいました。

三条大橋に局長の首は晒されていなかった。途方に暮れて、やっと、そうして未練のことでごぜえました。母じゃと妻子の住む蓮華谷に足を向けました。

なに、二刻ほどで行き着ける。

二条から御室仁和寺を経て、御経坂峠《みきょうざかとうげ》を越える手前でございます」

「京は、まったく不案内なことでよく分かりませんが。それにしても、親父さまはよく歩かれます」

「歩くよりほかに、手も足もねえ。十五年ぶりに戻りました。あるいは苔むして廃れ家《や》になっておるかもしれん」

竹林が繁っている杣道《そまみち》の奥を切り開いた谷の上まで登って行った。

そこだけ、竹が刈られて空が展けている。

ああ、まだ小屋はあったと、胸を撫でた。荒れたようすもない。竹割り鉈《なた》が納屋口に立てかけてある。そのことで忠輔は人の気配を嗅いだ。

入口を覗こうと足を動かしたとき、杉戸が開けられて人が出てきた。

咄嗟に杣道を駆けあがり、藪中に身をひそめた。

男だった。忠輔と同じほどの年回り、四十半ばを過ぎた男である。

忠輔は背をこごめて男の動きに目をそそいだ。

男は、軒端《のきば》の木臼《うす》に近寄って手のひらで水を掻き出した。外に晒されている臼の底に、雨水が溜まっているようだった。

後ろ向きになった首が太い。掻き終えると笹の葉でなんども臼底を拭いて、木の実を放り入れた。栃か、椎の実か、潰して粉を引く。

普段通りらしき作業のようすに忠輔は衝撃を受けた。

いつも通りに暮らし、いつも通りに飯を食う男のようすだった。

この小屋に住む者が変わったのか、わが妻子と母は見知らぬ地に移ったのかと思ったとき、また人の気配が杉戸の奥に立った。

二十半ば過ぎの女が笊《ざる》を手にして出てきた。

新選組に明け暮れていたときには思い出さなかった娘の名がだしぬけに胸から這い出てきた。

口の中で名を呼び、もうひとつ背を丸めた。

「あるいはそれから東京に戻らぬ途もあったのでごぜえます。歳先生にもふたたび観《まみ》えることはなく、娘の近く、京の市中で古手屋か、近藤局長のお供で取った杵柄、半纏に股引き腹掛けの馬丁などの生業《なりわい》に就く道もありました。されど、はいやはり、ぽん太郎の命は歳先生に預けようと肚を据えたのです。

次の時世の新しい波も浴びたかった。

まことに未練の上塗りでお恥かしいことでごぜえますが、小屋のなかに男と娘が消えてから、せめて罪滅ぼしにと用意して参りました銭を、杉戸のわきに包み置いてその場を離れました。

新橋横浜を蒸気車で幾度か往復できるほどの額でございます。

ひと目、ひと目だけ、嬶《かかあ》の顔も遠目にも見たかったのでありますが叶わぬことでありました。

娘はあたっしの目には、及びもつかない姿盛りに育っておりました。

杉戸の奥から現れた初めは、どこの者か判じかねました。しかし、おでこのひろがり、尻が切れている細い眼……まちがえようもなく、わが娘でごぜえました。

いや内藤先生、思わずまわり道をいたしましたが、いまの話はお忘れくだされ。

左様、雪の話の続きでごぜました」

松前城を落とした土方隊が豪雪をついて江差に進軍したのは、新暦にしたがえば暮れも押し詰まった十二月二十四日。終日、吹雪。隊およそ百は、幕府軍から賜った防寒用の赤いフランネルの胴着、紫いろのビロードのチョッキを揃いで着けていた。その洒落者の装いに、毛皮のコートを着込み、かんじきを履き、入念な装備で進軍を開始した。

松前から江差まで、ほぼ一日の里程である。里数は少ないが、日本海の海面を捲りあげてくる雪風がわずか数刻のうちに彼らを疲労困憊させた。

地吹雪が立ち、雪煙が急斜面を裂け飛び、狂風が山も谷も揺する。立っては歩けぬから、全員が匍匐《ほふく》する。どれだけ進んだか判然としない。やがて、日は暮れ、闇は落ち、雪に埋まった朦朧とした躰が夜明けを知る。

六

流人船が渡ってくる秋十月、八丈は海からも雨が降る。

潮を呑みこんだ雨は強風に煽《あお》られて海面から島に吹き込み、天に吸い集められ、もういちど地に叩き落とされる。

空と地が黒潮の海を介してへめぐり、雨と風の熄むことがない。

江戸より七十三里およそ三百キロ。途中の八丈・大越鼻沖を黒瀬の急流が奔《はし》る。その海の中を流れる暖かな黒瀬川から湧きあがる雨と風が、人と地を濡れ浸す。

空からの雨が降らずとも、島は年中打ち湿っている。

それにも拘わらず、乾いた斜面の広がる場所がある。蒲《がま》の穂に似た褐色の山肌である。

襤褸着に股引《ももひき》恰好、躰から異臭を放つ安富才助は、島西部の八重根《やえね》浜のこの斜面を春から登り降りしてきた。

おのれを引き受けてくれた五人組百姓の冷笑には耳をふさぐ思いで、噴火した山から海際に流れ落ちた岩滓《がんさい》を拾いあげ、畚《もっこ》で運びあげてきた。すでに数千個になる。あばた面を思わせる、高温によって酸化し、赤黒い無数の孔《あな》があいた火山角礫岩《かくれきがん》である。

激しい雨は赧《あか》い山肌に植物の種が芽吹くことを許さず、降っては種も岩も土も削り取って押し流す。丈の短い明日葉《あしたば》と薊《あざみ》が急斜面に辛うじてしがみついている。島の者みなが、海とその海の中を急流する川のお蔭で潤わされているのに、赧い山は乾き切って雨もとどまらない。

そして火山礫はたえず潮風に吹かれ、時を経て砂粒と化す。

安富が畚を肩にかついで往復してきたのは、拳大《こぶしだい》のその赤褐色の岩をいずれ何万個と運びあげ、棚田をつくる望みがあるからだった。

うまくいけば、雨水は海に滑り落ちず、岩ころを積み上げた猫の額の畑地に溜まり、甘藷、稗、麦の耕作が可能かもしれない。

いや、雨水が溜まる前に岩滓は砂粒となり風に散るか。

昨日も島は終日、激しい雨と風に叩きつけられた。

狂風が吹き荒れ、一夜明けたいま天の底を射抜いたような青空がひろがっている。

その赤岩を空に投げれば、高い金属音をひびかせて弾き返されそうな青である。

秋の、思いの外《ほか》強い日差しが裸のように赧剝《あかむ》けた山を灼く。

安富は、畚で運びあげた赤い岩が無残にも崩れ落ちた山を見上げて、強く息を吐き降ろした。

——無駄であったな。

無数の小岩は斜面にとどまって散乱しているありさまではなく、浜際まですべて流し落とされて堆積している。春からの営為をあざ笑うようである。

——すべては無為であった。

ひとつずつ積んで石垣とするために、来る日も来る日も担ぎ上げてきた塊である。斜面の広さは流人船が着く三根村《みつねむら》の浜ほどもあり、急勾配のため、石垣の高さは安富の背の三倍にも積まねばならぬ箇所もある。

左右は溶岩流の迫る切り立った崖で、その崖と赧《あか》い火山礫の斜面のあいだに、遠洋から流れ着いたケンチャ椰子、徳利椰子に混じって蓬萊青木《ほうらいあおき》が十月になったこの時季、白い花弁を開かせ始めていた。

膝丈ほどの石蕗《つわぶき》も、綿毛を刷いた濃い緑の葉の上に黄色い十弁の花を咲かせている。

安富は、石蕗の黄色に目を注いで、徒労に打ち拉《ひし》がれた心を収めようとした。

——この島で果てる。鬼となって枯れ木となってさらばえる。

おのれに言い聞かせてきたことが笑止であったと臍《ほぞ》を嚙む思いが立ち昇ってきた。

島で果てると決めた。なのに石積みが流れ落ちたほどのことで、落胆と悲哀に沈む。

鬼にも枯れ木にもなって……と胸を張ってみたおのれはどこにいったのか。皆が皆、滅び失せたのに、あの時もどの時も私は生き恥を延ばしてきた。無為といえばこれほどの無為はない。苦痛と試練に耐えるのが武士の命よとおのれに言い聞かせてきたが、命も身も捨てられずにおめおめと生きてきた。なんの面目があった。

積み上げた数千個の岩が崩れ落ちたからといってなにをいまさら、力を萎《な》えさす筋あいがあろう。

また山の上に積み上げ、下へ降り、そしてまた上に畚を担いで往復すればよいだけのことではないか。武士には無私無欲という徳目がある。その裡《うち》、白骨と腐肉になれる。

安富の失意は一瞬であった。

振り返って波打ち際を見た。白く灼かれた波頭が音も立てずに浜に打ち返している。

水平線に目を送った。

空と海の境界が溶けあっていた。

その先の新島にいる相馬主計を思った。

島に流されてくる前日に永代橋際の牛鍋屋で肉鍋をつついた。

多くの死について語ったが、箸は進まなかった。

――「死ねなかったな」と言い誘ったが、相馬は無言だった。

私は島で果てると呻《うめ》き、相馬は新政府に帰参し、栄進を願っていることを肚にしまって明かさなかった。

別れぎわ、相馬は私に「島で果てんでくれ」といった。

無残な会話であった気がする。

新選組は消え、師と仰いだ土方歳三を失い、信を捧げた幕府は瓦解した。ともによろこび、ともに泣く者がこの世から消えた。

節を枉《ま》げ、大義を見いだせずに生きて、甲斐も面目もあるのか。

次世が来たとだれもが言い立てるが、次とはなにか。積み上げてきた旧来を打ち消すことが明後か。それとも俺は置いて行かれたのか。

水平線を見ながら相馬に問いかけていた安富の思いが横へ、宇喜多八郎秀家にずれた。

八丈島への初めての流人である。

これよりほぼ二百六十年前、関が原で敗れた秀家は家康により、備前岡山、五十七万四千石の大大名の官位氏姓を剝奪され、三十六歳でこの島に送られてきた。八十四歳で没するまでのほぼ五十年をこの地で過ごした。

遥かに遠い昔のその人物を安富は偲《しの》んだ。

秀家は、いつ骨を異郷に埋める覚悟を決めたのか。

生きながらの屍《しかばね》であったのか。それとも五十七万石のことは胸から打ち棄て、釣糸を垂らして無心に生きたか。

しゃがんで、赤い岩ころを手に取ってみた。

多孔肌のざらりとした感触が手に痛い。四指のない手で岩を握る。

——私は岩が持てる。相馬はできない。

富士山丸で生き延びた私は手を、相馬は腕を、五稜郭の一瞬で喪《うしな》った。指がないのと、腕がないのと……残生にどれだけの違う影をつくるのか。

内地のように竹や蔓ではなく檳榔樹《びんろうじゅ》の葉と皮を組み合わせて編んだ畚に、赤岩を投げ入れた。

岩は、編み目に当たって夜来の雨に濡れた音を立て、わずかに跳ねた。

またもうひとつ拾った赤岩を投げ入れた。同じ音が立った。

日々こうして小岩を拾って投げ入れ、運びあげる。

しかしある夜ひと晩で、岩ころは激しい雨風に叩きつけられて浜際に崩れ落ちる。

安富は腰を落として、小岩二個だけを入れた畚を前後に吊るした担ぎ棒でかついだ。

軽すぎて、よろめいた。

初めはビンロウ籠を背負って運びあげていたが、前後に畚を吊るした担ぎ棒で運ぶようになった。それぞれ六十個ほどずつ積み入れる畚である。

山肌の頂上までは二百五十二歩から二百七十五歩ほどのあいだがある。安富は一歩ずつ数えて登ってきた。

赤岩二個だけの軽い畚を担いで、一歩二歩斜面に足をかける。

崩れ落ちた光景を初めに目にしたときは、膝を折りそうな落胆に襲われたが、そうして担いでみると、望みを抱いてまた運びあげられる気がした。

──たとえ五人組や島人の憫《びん》笑を受けようと、岩ころを運びあげ、小さいながらも水の溜まる畑地をつくらなければならぬ。

滑稽な瘠せがまんではない。

新奇の時世に走らず、勤王佐幕を奉じて清冽な志を抱いてきたではないか。

これからもそうあらねばならぬ。置いて行かれたわけではない。残ることを選んだのだ。

安富は、たった二個の小岩を運びあげるために斜面の上辺に向かった。

再出発の儀式のつもりだった。途中で振り返って目にした背後の白く照り映えていた海面が、秋の朝の陽を受けて赫い縞模様に変じていた。

その日の午後になって、地役人の立花伊兵衛が水汲み女のなもいと共に、安富の高床小屋を訪ねてきた。赤岩を運びあげる斜面の脇、椰子の他、犬《いぬ》柘《つ》植《げ》やすだ椎《じい》の密生する地を切り拓いた場所に小屋はある。

「ごめんなすって。ごめんなすって」

島で狼藉をかさねた甲府勤番・橋本藤九郎なる者を打ち据えてくれと安富に頼みに来て、見届けたのが立花伊兵衛だった。

初めは固辞したが、重ねて乞われ、薬師堂の空き地で橋本某の顔面を斬り裂いた。以来、五人組はいうにおよばず伊兵衛、島民から、安富は一目置かれていた。遠く噂に聞く五稜郭最後の戦役で、勇猛を奮った新選組の斬り技も囃《はや》されるようになった。

「流人船が、流れ着きました」伊兵衛は高床から空き地に降りた安富に告げた。

「ゆうべの雨風で？」

「はい、それが」

伊兵衛は、息を継ぎながらも舌早に話した。

「七百石の帆かけ御用船、これが大波に揉まれたようで。帆は破け、長櫂《ちょうかい》も滑車も流されまして」

「隅田川からの御用船ですね。浜には着いたのですか」

「左様で。伝馬を出して名主、小役人が流人を請け取りました。こたびは三名でありました」

「三名？」

多かった。御一新から日を経て、流罪刑が失せるということを口にする者もいたにしては、春にも三名だった、年間六名となる。

「で、飛んで参りましたのは、ほれ先だって、橋本藤九郎を打ち据えた褒賞、と申しますか、貴殿が願い状を出されました新島流人との面会一件……」

「なに、相馬殿の？」

「乗っておられました」

「まことか」

安富は伊兵衛に眼光で挑みかけた。

潮風を受け続けている安富の頬、顎……四角張った顔面には無数の罅《ひび》が走り、目だけが鋭く尖っている。

伊兵衛は安富に噛んで含めた。

いましがた、浜役人総出で、トウキョウからの流人にまじったその新島流人・相馬主計の証文を引きあわせた。この者、新島の神主、名主、年寄連署の抜き状を携行してきた。それに依ると――。

かねて当・新島役所に願い状の届いておった、流人・相馬主計儀と八丈流人・安富才助儀との面会を許すことになった。ついては、御用船にて貴島に相馬主計を送り申す。

なおこの由、東京・船手番所を経て牢屋奉行・石出帯刀《いしでたてわき》殿の裁許を得ている。よろしくお取り計らい願いたい。

「左様な抜き状を持って参ったのでございます。たしかに、船は新島に寄港して八丈に向かい、二日ののちまた新島に立ち寄って東京に帰るのが御用法度と、定められております。その順序を逆にし、こちらから新島に向かいまた八丈に戻って来ますとなると、半年後の春船でしか帰島することができません。

そこで、貴殿が出向くよりも向こうから相馬氏が参ったほうがモノの順がよかろうかとの御手配のようでございます。むろん、石出帯刀殿が」

「まことに、相馬殿でございますか。いや、腕はあったか、腕は？」

「腕でございますか」

「足をひきずっておらなんだか」

「いや」伊兵衛は首を横に振った。

要領を得ぬことを突くと、実は拙者はその者を見たわけではないという。

「貴殿がご自身でお確かめくだされ」

安富は伊兵衛に近づき、襤褸着の衿元を掻き開くしぐさを見せた。

「だがなその前に、私はこれこの通り、臭い」

「はあ、たしかに」

伊兵衛は臭気を払う大げさな手つきをみせた。

安富も自分で鼻を塞いでから、「湯浴みをせねばならぬ。水ではこの臭いのが消えん。なっ」と、なもいに、顎を振った。

なもいは返す。

「だからアニィいつも、臭くねえようにしとかねばと言ってたろ」

言葉つきも態度も粗野だが、黒い大きな瞳に黒髪、高い鼻梁……外国地人《そとくんちじん》にはない美貌の十九の女ざかりである。

剝き出しの脚、胸のやわらかな曲線が女を表しているが、安富はいつも慌てて目を逸らす。

――いずれ、果てる身にどんな係累も求めてはならぬ。新選組に志を樹《た》てた者はみな孤独に往った。

「湯を沸かしてもらえるか」

「んだば」

島で湯浴みは贅沢である。普段なら、まず水がない。

だが幸いにも、昨日大雨が降った。

船底のかたちをした木枠に新鮮な雨水が溜まっている。

流れ着いた破船の材をあつめた木枠は、水が漏れ出さぬようアオサで目地《めじ》を埋めてある。この海藻は、水を含むと膨らんで隙間を塞ぐ。

伊兵衛は、それでは陣屋で待っていると言い残して先に去《い》んだ。

なもいが、深成岩を刳りぬいた臼釜に木枠の水を移し汲んだ。釜の底に薪をくべる。

この前の湯はいつだったたか、なもいに訊く。

「わち、覚えとらん」

それから暫く、日にち勘定をする顔を見せたが、「ずっと臭かっただば」と続けた。

なもいとの会話はいつも短い。

「たしかに、……いつも臭うな」

　ほどなく、湯が沸いた。

　釜の中に浮いた板に尻を乗せ肩まで浸かった。肌の皮が一枚一枚剝がれ落ちた。

　昨夜の嵐で、石積みが無為になったのを思いだした。

　相馬なら石積みをどう思うかと、気持ちが横滑りした。

　相馬の問いが聞こえてきた。

　石など積み上げて、なぜ生きておるのですか？

　いや、ともに南の島に流されてきた身、相馬は存外、島に埋もれる意を固めたかもしれぬ。

　――すると、同じ境遇の同じ仲間が増える。新政府に乗り遅れた者同士だ。

　と、救われるような気持ちになった。

　両手に掬った湯を顔にかけた。

　――いや、あられもない手前勝手だ。

　安富はおのれの定まらぬ心にたじろいで、顔に湯を繰り返しかけた。

　石釜からあがり、板戸に坐り、なもいが拾ってきていた赤天草《てんぐさ》で躰をこすった。

　ぬるつく感触で、異臭が拭われる。

　湯を掛け流して「アンマアのお陰だ。生き返ったようだ」と声をかけた。

　「よかっただば」なもいは白い歯を零れさせた。

小屋に戻り、油紙にくるんである袖無羽織《そでなし》、八丈紬《つむぎ》、それに野袴を袋戸棚から取り出した。八丈紬はこの島の産で、椎の皮を煮だして染めた黒いろである。鯨帯は表が黒、裏が白で、ないが締めてくれた。

やっと実る、相馬との再会だった。

帯を締められながら、永代橋で見送られた日のことを思い出した。出帆の前夜、御養生牛肉の幟《のぼり》をかかげた橋際の牛鍋屋・野田安の二階座敷であまり進まぬ箸を動かした。

——相馬はたしか新時代のズボン、シャツにマンテルを羽織ってきていたな。

春船だった。陽気のまだ浅い三月、霞か靄の立ちのぼる隅田川の川面は、永代からずっと川下の石川島の番所まで眠気を誘うような白烟《はくえん》におおわれていた。これからいつ戻ってくるかもしれぬ島に身を流されるにはそぐわない、うららかな景色だった。

勘定、寺社、南北の各奉行所で島流しを言い渡される罪人は、小伝馬町の東口揚屋から引き出されて牢屋敷の大広間で初めて島割りを告げられる。

ただし安富はこの限りにあらず、榎本閣下の懇切で、入牢中より八丈流しと決まっていた。望むところだった。

その上に、牢屋奉行・石出のはからいで、出帆前夜、相馬と牛鍋屋で別れを惜しむことができたが、他の流人たちには外出は許されず、奉行所の御勝手蔵《ぐら》でそれぞれ一杯の酒と、わずかな懐銭《ふところぜに》、薬、洟紙、めし椀などを施された。

出帆の朝、安富は、引き渡し出役《しゅつやく》与力の身体検査を受けたあと、荒竹を組んだ粗末な駕籠で船手御番所までかつがれた。

この永代橋ほかの御番所や御船手屋敷が、流人船の諸手続きを行う。

「永代帰れない」と縁起の悪さをいわれる永代橋御番所が、安富の艀《はしけ》の出帆口だった。

川面《かわも》に立ちのぼる靄の手前の柳の下に、安富は相馬の姿を認めた。約束通りに送りに来ていた。

昨夜の牛鍋屋では折り合えなかった。

相馬は、五稜郭から東京に戻るヤンシー号の甲板で、次の時代が来ている、たったいまその機がめぐって来ていると、榎本閣下にいわれたと安富に説いた。

だが安富は相馬とは逆さの思いを返した。

――私はぶざまに敵に降《くだ》った。島に流されてありがたい。

新政府の動きに気をとらわれずに済む、と。

川に降りかける石段で、安富は相馬を振り返った。

相馬の口がなにか動いた気がした。安富も動かした。さらばだ。

艀は波音も立てずに隅田川を辷《すべ》った。白くたなびく霧紛《まぎ》れで両岸の縁が見えない。淡い春の光が川面にさしているようだが、その光も物の影もおぼろである。

「これ」と船手役人に警固棒で尻をつつかれて怪訝《けげん》から醒めた。

相馬にかけるべき言葉がみつからなかったのは、心の隅を見透かされることを怖れたからか。

――ふっふ。私も命を惜しんでいるのか。相馬殿に掛ける言葉がないのは、別なところに本心があるからか。私も新政府に出仕したいと願っているのか。

「おらっ。貴様」

男はもういちど腰のあたりに棒先の力を加えて来た。

「なにを笑っておるのだ」

――まさか、笑みを泛《うか》べていたわけではござらん。

「薄気味の悪い奴だ」

安富は頭をさげて、顔面を男から隠した。

二百石積み、船頭以下六人乗りの帆船が霊岸島の船手番所で待っていた。

米、木綿地、菜種油など、島が欲している多種の荷は先に積まれている。

ただちに船牢に入れられた。

六尺四方、高さ四尺（一・八メートル、一・二メートル）の檻である。

ここからすぐに南海の島に向かうわけではない。

隅田川をさらに少し下って鉄砲洲《ず》の船手屋敷前に三日間停泊し、いまいちど、証文の突きあわせがあり、最後の別離を惜しんだ身寄り人の差し入れ荷が積みこまれる。

船は品川沖で暫時《ざんじ》、潮待ちをし、三浦半島の先・浦賀に向かう。

浦賀の船番所でも検問を受け、伊豆半島の浦々を繋ぎ、下田で風待ちをして式根島をめざす。

安富は、霊岸島から下田湊まで木組みの檻のなかで殆ど目を瞑《つむ》っていた。

流人船に乗せられるに及んで、薄笑いを泛べていたわけではない。

そうではなく、なぜ殊に相馬にだけは命を惜しんだとみられたくないのか考えていた。

新政府に取り立てられることを願っているわけではないが、島に流されて命を絶つわけでもなく海藻、薬草、魚を口に詰めて、おめおめと生きるに違いないことも分かっている。島流しとは生き延びることだ。それを愧《は》じているのか。

船は式根を経て八丈へ、安富は木組みの檻に坐りつづけた。

耳に、たえず静かな波の音があった。たしか、蝦夷・鷲ノ木浜に新選組隊士を含む幕軍の本隊を率いて上陸したあの時も、波は静かだった。海に降る雪の音が聞こえた。

「臭《く》そうのうなった」なもいが帯を締めてくれた。

「刀を」と、促した。

刀は瞬時に摑むために切っ先を左に向け、刃を上向きに、即戦作法のために常人とは逆さに架けた大小二本である。これなら左の四指はなくとも瞬息で使える。なもいに渡されて腰にたばさんだ。

「お戻りまで待っとるだば」

いやそれには及ばぬ、と応えかけて「うむ」と首を折った。

陣屋ではなく、おそらくこの小屋に客人を連れて参ることになる。

馳走の用意が要る。甘藷の島酒《しまざけ》も供さねばならぬ。

「では」顎を振って小屋を出た。

昨夜の秋嵐で、椰子やすだ椎の葉が散り飛び、折れ枝が行く道を塞いでいた。

——相馬が来たか。

だが、会ってなんになる。

相反する気持ちに揺すられながら、陣屋の簡朴な木戸門をくぐった。

伊兵衛が飛び出してきた。

「ささっ。お待ちかねです」

口を寄せた。

「左の腕がないようでございます」

伊兵衛の口が終わらぬうちに、午後の迎え陽を背にして陰になる男の姿が、陣屋入口の前に立った。

「相馬殿？」

口を動かしたとき、右脚をひきずった男が一歩、次いで二歩前に出てきた。

「お久しゅう」陰の中から声があがった。また、そろっと、右脚をひきずった。

陣屋で、あらたまった難しい引きあわせの儀も、証文の照合もなかった。

相馬の折り目正しい物言いと、かねてより安富を遇する情味のある名主と伊兵衛がそれぞれ「間違いござらん」と連署の披《ひら》き状に記名だけした。

陣屋を出た。

「相馬殿、脚は？」と、初めに訊いた。

「雨が降ると痛みます。昨日は船の中でこの脚も腕も暴れてくれました。今日は、よい」

野分が明けた空に一点の雲もなく、空だけを見上げると秋晴れだが、浜には生ぬるく蒸した風が夏と変わりなく巻いている。

「よく大風のなかを」

「帆は破かれましたが、黒瀬の親潮流れに乗らなかったのが助かりました。船頭も水手《かこ》も古株で、八丈を見失わずに済みました」

しかし、破船の一歩手前だった。尋常なら二日、三日で荷を積んでトウキョウ湾に戻るが、乗ってきた御用船は大修繕を要すると、陣屋の役人たちが話し合っていたという。

「他の船待ちで帰ることになると存じます」

「できるだけ長くいてください。あとで五人組も紹介します。しかし、まさか、八丈で会えるとは」安富は、声を弾ませた。

「永代橋で別れて以来でございます」

四歳若い相馬は丁寧なものいいをした。左の筒袖がぶらぶらと揺れている。棒杭に似た皮一枚をまとっただけの躰が変わっていない。

顔の輪郭や稜線は尖って肉や丘がない。鋭い眼光だけが生きている証しの相貌である。

身装《みな》りは、印《しるし》半纏、太く裾口を絞った軽衫《かるさん》袴に股引だが、長の年月、潮と雨風にさらされてほつれ、穴の開いた襤褸着に近い。

安富の視線に、相馬は「いや、こんなものしかあり申さぬ。精一杯、めかし込んできたつもりですが」と笑った。

安富は、正装を恥じた。いつもの襤褸布姿でよかったのだ。なぜ羽織や紬、鯨帯などに着換えてきたのか。心得違いだった。

同時に、一瞬の隔たりにとらわれた。

この装いの過ちから、ちぐはぐで嚙みあわない遣り取りが起きるのか。

また永代橋の二階座敷で箸の進まなかった光景を蒸し返すのか。

だが安富は努めて朗らかな声をあげた。

「同じ南の島でも、新島と八丈はまた違い申そう。……御身の暮らす島の話を存分に聞かせてください」

「いえ、島は島でございます。江戸東京とは違うだけ」

波打ち際から吹いてくる蒸し風の中の潮は濃い。

「相馬殿、湯を沸かそう」

安富は大事なことを思いだしたように、声を撥ねさせた。

「なに、湯？　そんなものがあるのですか。新島では浴びたことがありません」

戻ると、待っていたなもいに湯を立ててもらうことにした。

秋の落日は早い。照り返しの厳しかった陽が空き地の鶏頭の赤から一瞬にして羊歯《し だ》の緑に移り落ちた。

蜩《ひぐらし》が椎の幹で鳴き、蟋蟀《こおろぎ》が砂礫の上を跳びはねている。

「こんなものしかないが」

湯あみを終えた相馬に安富は、なもいの用意した膳を差し出した。

「いえ、大した馳走でございます」

「新島と変わりあるものなど、ござらんだろうが」

赤鯖《あかさば》のぶつ切り、山芋、若布、明日葉、干し蕗《ふき》が素材の煮物、酢の物などであった。

甘藷を蒸留した焼酎は、紅い色をしている。

「灘の下り酒にも劣らぬ一品」と相馬に笑いかけた。

相馬が返した。「箱館のなんとかという大楼で、われら最後の酒を飲みましたな。思えばあの日が華の頂き。新選組最後の宴《うたげ》」

「左様です。夢のようです」安富は相槌《あいづち》を打った。

「たしか歳先生が別れの盃を、いいだしたのでしたね」

——今生の別れ。いよいよ死処に向かう。

榎本総裁以下、政府軍を迎え撃つ兵七百のうち、三十数人におよぶ幹部が、豊川の妓楼《ぎろう》・武蔵野楼に集った。箱館湾に至近の、築島と呼ばれた遊郭地のもっとも大きな楼である。

明朝三時を以て、政府軍の総攻撃が仕掛けられてくる報は幕府軍に届いている。前日夕六時。総攻撃の九時間前より、訣別の宴は始まった。

総裁が挨拶の最後に付け加えた。

「いまさらじたばたしても始まらん。蝦夷共和国に光あれと声を張りあげて果てようぞ。……まあそれまで寝ずに酒でも飲むとするか。……死んだら寝られっから」

歳三が座布団から立ちあがって、ざらりと白刃を抜いた。

「存分存分。思い残すことはござらん。京から蝦夷までこの兼定《かねさだ》と皆々さまによく援けられて生き延びた。榎本先生とちがって俺は蝦夷共和国万歳は言わぬ。……新選組はもう一度生きる、新選組万歳」

沢忠輔、安富才助、相馬主計ほか、旧・新選組隊士のあいだから「応」と喚声が湧いた。

歳三はふたたび立ち上がった。

「申しあげることを忘れておった。われら新選組、榎本総裁以下、幕軍のみなさまがたには、口にはいえぬ世話になった。最後にお礼を申しあげる。

この地まで来て、洋式砲を繰り出してくる敵どもに、遺憾ながらわれらの劣敗《れっぱい》そこまで迫り来たって数刻後に瀬戸際の戦いに臨むことになった。

だが、これよりなお総裁以下の力を束にして撥ね返し、いつの日か、蝦夷共和国万歳、新選組に神仏の御照覧あれともういちど叫ぼう。

われらはいさぎよく死ぬのではない。いつかふたたび蘇る」

覚悟のもの云いに隊士たちの拳があがった。

次いで、沢忠輔と宮古の鍬ヶ崎で新政府軍艦寄港の物見《ものみ》をしていた中島登が立ち上がって、緋羅紗《ひらしゃ》の地に『誠』を染め抜いた隊旗を掲げて振った。

広間のそこだけ、天井まで風が起きた。

「蝦夷共和国万歳。新選組万歳」

座が進んできた。沢忠輔、安富才助、相馬主計の車座に、歳三が割り込んできた。

「京を思いだします」と低く小さい声を三人の膝に這わせた。

さきほどの威勢はない。退くな退くな、退かば叩っ斬る、と馬上から叫んで敵陣を斬り結んできた姿の欠けらも窺えない。

「夢に局長が出て来やがってよ」歳三の声はか細い。

安富が半畳を入れる。

「局長が夢枕に立つようになっては、歳先生ももう終いですな」

「うむ、まことに。こっちへ来いと手招きしてやがる」

安富は続けた。

「明日は、さらばでありますが。……われら一同また笑って会える時が来ますよ」

歳三に続いて、みな頷いた。

この時、「こんなものを揃えてきたんだが」と歳三がおずおずとしたようすで懐《ふところ》から取り出してきたのが、三色の刀の下げ緒《さお》だった。

座を囲んでいた三人に、それぞれ赤青紫を一本ずつ手渡し「別れの緒です」といった。

それからなにか口を開いたが、窓寄りに陣していた遊撃隊嚮導《きょうどう》役の大笑いの声に掻き消された。総攻撃を受ける刻限は迫っている。

「箱館の最後の酒……」相馬が声を這わせた。「いまは毎日、波の音を聞きながら、新選組ってのはなんだったのかと思っております」

「相馬殿は、ヤンシー号で榎本閣下に、新選組は犬死にであったといわれたのでしたね」

「閣下の話が、いまも分からぬではない気がいたします。結局、攘夷をかかげた新選組とは逆に、開国が日本の選ぶべき道だったのです。時勢も読めなかった。第一、徳川将軍が尻尾を巻いて逃げるなどと、いったい新選組の誰が思い及んだか。

しかし次世を薩長に手渡し、われらは指を銜《くわ》えているだけでよいのでしょうか。

蒸気船を蹴立ててやって来る列強に伍するために、いま起たなければならないと思われませんか。各地で一揆や乱もたてつづけに起きているそうです」

「尤《もっと》もの、ご意見」

「実はそのことを申しあげるために、やって参りました。鳥羽伏見から、世は夏の湧き雲のように動きました」

「左様ですね」

安富が頷いたのを、相馬は確かめるように首を折ってから、紅い芋酒を喉に流した。

ごくりと動いた細く瘠せ枯れて皺ばんだ喉仏を、二度、撫でこすった。

三十を過ぎたばかりの歳であるのに、その手も骨も鳥の肢のようにかさついている。

「ささっ、召し上がってくだされ」

「さほど食えぬ喉になってしまいました」

「いや、まだお若い。私の前ではせめて」

勧められて、相馬は鯖を箸先に摘まんだ。

安富は話を継いだ。

「私は永代橋の牛鍋屋で申しあげました。われら無残にも生き残ったとな。するとそなたは、たしか、いや生き残ってよかったんだと応えなさいました」

「いかにも。大勢が死にに死んだが……いま以て俺は矢張り果てずに済んで良かったと思っております」

息をひとつ呑んでから、相馬はつづけた。

「新選組とはなんだったか。なぜ、私どもはそこで剣を振りまわしてきたか。島に流されて波の音を聞きながら、答えを得たような気がいたしております。お聞き願えますか」

安富は強く頷いて、焼いただけで釉《うわぐすり》のかかっていない八丈土の土器《かわらけ》に紅酒をそそいだ。

相馬はつまみかけていた干し蕗の箸を戻した。

「新選組は鳥羽伏見から負け通しでありました。しかし、甲陽鎮撫隊《ちんぶたい》、流山《ながれやま》……敵に易々とは屈しなかった。……さらに、局長が板橋で斬《ざん》に遭ったのちも、会津、箱館と新選組隊士は二百に近い数で進みます。京市中での動きばかりがいわれますが、こんな隊はどこにありましょう。新政府軍と戦う彰義隊以下多くの隊が編まれましたが、みな潰《つい》えた。われら新選組だけが残りました」

「……」

「覚えておるだけでも」と、相馬は指を折った。

「表銃隊《ひょうじゅうたい》、撤兵隊、砲兵隊、……衝鉾隊《しょうほうたい》というのもあった。京で暴れたとか池田屋事変ばかりがいわれますが、新選組だけが最後の最後まで降伏しなかったのです」

「それが無残な結果になったのではないか」

「ああ、まだあり申した。世上はすでに忘れておるようすですが、伝習隊、遊撃隊、額兵隊」

「ありました。そのなかで新選組は矢張り最後の恨み死に」

「いえ、申しあげさせていただきますが、それは片面。……もう片面は……最後の綺羅《きら》だったのではございませんでしょうか」

「綺羅とな？」

「はい。幕府最後の輝きであります。この輝きの尾がいずれ、次の時世をつくることになるのではないかと、左様な気がいたします……そこで私は力を揮う」

「御一新のことですか」

「いやいや、それも越えて。もうその芽が出ております。島役人の口によると、先ほど申しあげたように国地では新政府に刃向かう一揆、反乱が頻発しているそうでございます。ことに近藤局長、歳先生の出られた武州多摩から秩父にかけて、私の耳には馴染みのない言葉ですが、自由民権とか国会開設とか、そういうものをめざす騒擾《そうじょう》が起きているとか、起きようとしているとか」

「自由民権、国会開設？」安富が返す。

「左様です。反政府を呼号するものでありましょうか」

「それが局長や歳先生、新選組の生まれてきた地でまことに叫ばれているなら、些《いささ》かおもしろい」

安富の相槌を聞いて、相馬は空き地に顔を向けた。

陽はさらに落ち、蜩《ひぐらし》が思い出したように啼き始め、すぐに啼き止んだ。

「安富さん、列強が足許まで押し寄せてきているのです。政府であろうと反政府であろうと、俺は次の世に立ち向かいたい。躰はこう瘠せ枯れてしまったが、向こうの山に上りたい、向こうの海に泳ぎたい……御赦免はいつのことでしょうか」

安富は息の詰まる思いがした。

――私はこの地で果てる。そう決めてある。それが尽忠報国だ。相馬のは違う。栄達を望んで焦っている。五稜郭までのこれまでの義と魂を売り渡す背信者ではないか。

「……」安富は黙した。

「安富殿」相馬は尖った目を向けて呼びかけ、いったん声を呑んでから続けた。

「八丈に流されてきてどれだけの春と秋を越されましたか……まさか、あの夜に私に言われたこと、未だに思われておるのではございませんでしょうね。御赦免をお待ちですよね」

「いややはり、私は、この地で果て申す」

ややあってから、相馬が呟いた。

「無類の片意地者ですな」

その後、やりとりが途絶えた。カラスバトの不気味な啼き声が闇の奥から聞こえてきた。

安富は、酒を呑み始めてからずっと相馬の左腕のあれから後のことを尋ねたい気がせり上げてきていた。

ここへ来る船の中で脚も腕も暴れてくれたといったが、腕一本ないとはどういうことか。

——一本木関門でおぬしは左上腕に弾痕を受け、私は関門の鉄柵を握っていて指の中ほどから下を榴弾の破片で千切り飛ばされた。ともに箱館病院に運びこまれ、おぬしは敗血症を起こして辛うじて残っておった上腕三頭筋から下を止むをえず切り落とし、私は腐敗菌に冒されることなく、四指を失くしただけで済んだ。

わずかな運の違いだ。そのことで私になにか、片落ちの憎しみを思ったり、妬心を抱いたことはないか。

ない、と答えるだろう。

──まことに、ないか。おのれの不運と孤独の針を私に突き出して、お手前の腕も一本断ち落ちろと願ったことはないか。

安富はゆるりと酒を喉に落とした。

深く問いたい本心は喉先で、表づらの会話にすり替わった。

「まだ痛みますか」

「なに、これですか。しょっちゅうです。……痛いのを忘れておるときもはっと痛みに気が付く。ないことを忘れてつい茶碗を持とうとしたり、顔を両手で洗おうとしたり。

顔に左手が来ぬので、アッ手がねえのだと。そんなありさまでございます」

「そうか」

──いまいちど尋ねたいのだが、富士山丸の艦内で、田島応親という医師見習いの切断手術を、貴殿は私に先にと、押し問答の末に譲った。それで私は先に銃弾を抜かれ、そなたがあとで左腕から同様に弾を剔出された。あの時は互いに平癒して公平だった。

だが、それから一年四か月ののち、箱館一本木関門で喪わずともよい腕をこんどは一瞬のうちに断ち落とされた。

そのことで、そなたは天を恨んだことも、私に怨みを抱いたこともないか。

安富はまた土器に手を伸ばした。

尋ねたいことは、ふたたび違う問いにすり替わった。

「そうか、顔を洗うときに……ない腕が、あるのですか」

「いや、あるはずの腕がないと申しておる」

「忘れて、あるように感ずるのではないですか」

「いや、ないものはない」

安富は黙した。

――そうか私とは違う。私は摑もう、握ろうとすると指がない。しかし、ある。また摑もうとする。いや、私はなぜ腕のことで、相馬に片意地を覚えているのか。

戸口で、なもいが動いた。

「アニィ、わち、去《い》ぬだば」

相馬も、安富とともになもいを目で送った。

小屋の中は、椰子油の壺につけた灯心の仄かな灯りがゆらめいているだけである。

五人組が乾燥させた椰子の実から搾り取る油のその灯りより、星明かりのほうが物影をきわだたせた。

「八丈の女は、殊に美貌、と聞いたが、なるほど」

相馬は、なもいの姿が消えてから呟いて、紅酒をまたあおった。

安富は黙していた。

ややあってから、相馬は「お手前が指、わしが腕を落とされたのは、別れの盃を交わしたわずか数刻後でしたね。最後に歳先生の馬を牽いておった時です」と、始めた。

あの日が華の頂きといったおのれの言葉に曳きずられた。

――最後の馬といえば。

安富もすぐに応じた。

最終総攻撃――ここでおのれは指を、相馬は腕を落とした。

新政府の海軍は港から市中を砲撃、陸軍は五稜郭を、奇襲部隊は箱館山裏手に侵攻した。

海面にも陸地にも砲声がとどろき、明けやらぬ闇空を火光が埋め、真昼の明るさとなった。

七ツ時、午前四時。

新政府陸軍はまだ昏《くら》い未明から朝方に向けて一本木関門に兵を集結させた。

ここに、歳三らが斬り結んで行った。

仏蘭西人の訓練を受け、洋式銃と砲を使いこなせる伝習隊を中心にした幕府軍最強を謳われた少数精鋭の斬り込みである。白刃を肩に担いだ歳三は馬の腹を蹴り、馬丁の沢忠輔、陸軍奉行添役・安富才助があとを追う。

砲撃が飛び交うなかの白兵戦である。

港からの新政府海軍の艦砲射撃も命中度を増して飛んでくる。

よく晴れた朝が明けたが、辺りは硝煙に覆われ火薬の烟《けぶり》が立ち昇って、空は雨雲が来たように黒く覆われた。

双方の兵だけではなく民百姓の多くが焼死し、八百余戸が焼き尽くされた。

砲弾が飛んでこようと白刃が斬りかかってこようと、歳三は前夜のか細い声ではなく、声をかぎりに退くな退くなと叫び、なお敵陣に向かおうとして腹に銃弾を浴び、落馬した。

相馬のいおうとした「最後に馬を牽いて」とは、この折りのことである。

安富は紅酒を注いだ土器を手に、隻腕《せきわん》となった相馬の恨みを聞くことも忘れた。

「歳先生の馬は、沢親父殿が牽いておりましたね」安富は言いだした。

「左様です。沢殿が手綱を握られておったのは、甲斐の黒駒です。吹雪といいました」

「たしか鷲ノ木から乗った馬のはずだったが」

吹雪は、蝦夷のすべての戦いの地で主を乗せて駆けまわった。

落馬した歳三に真っ先に駆け寄ったのは沢忠輔だった。

「歳先生、歳先生」泥土に転がり落ちた歳三を揺り動かした。

黒い羅紗の仏蘭西式士官服の腰から、血が湧き出して止まらない。

そこに安富才助が飛びこんで行き、同じように「副長、副長」と声を嗄らした。

士官服の下に着込んでいる鎖帷子《かたびら》がじゃらじゃらと音を立てた。

「死なんでください」

歳三の首に巻いた白い絹布は、南蛮胴をあてた腹から滲《し》みだす血とおなじ色に染まり始めた。

安富の手も真っ赤に浮きだし、生臭いにおいがした。

反応はない。

だが、指には力が残っているのか、愛刀・兼定の柄《つか》を放さない。

寸刻も経たぬ間に、相馬主計が、歳三斃れるを耳にして駆け寄ってきた。

忠輔、安富、相馬の三人がかりで、歳三の躰を起こしにかかる。

背を無理に立てた。歳三の首はがくっと折れ伏したが、安富と忠輔が顎をもちあげ、髪をひきあげ、簡素な柵に顔と躰をもたせかけると、暫く、休息を取っている恰好になり、ややあってから、うっとひと息吸い込んで絶命した。

歳三の脇から離れない三人も、ここを死所にと決めていた。

弾が来るなら来たでよい。

安富はさらに思った。

——歳先生と同じ場所で命を散らせるは望むところ。われながら、遠い道をよくぞ戦ってきた。

「安富先生」と、沢忠輔が悲痛を訴えた。

「手前が吹雪の首を間違えねば」

忠輔は、吹雪が首を左にかしげる癖があることをいった。

左に首を向ければ、右の胴が開く。乗っている者もつられて躰が左にかしぎ、人馬一体のとおり、戦時では右に隙が出る。

歳三の腰は右からの砲撃を受けて砕けた。

と、忠輔が吹雪の癖をいった時、しゃがみこんだ三人の頭上に強い鼻息がかかった。

三人は同時に振り仰いだ。

吹雪が柵にもたれた歳三の顔に首を伸ばしてきて、鼻づらを二度三度押しつけ、つついていた。

同じ死地をくぐり抜けてきた相棒である。

吹雪は首を伸ばし、鼻づらを歳三から離さない。

忠輔が「吹雪、吹雪」と呼びかけて歳三から顔を離させようとする。

だが、吹雪は、白斑《はくはん》が鼻すじに広くかかった流星紋の顔を左右に振り、歳三の胸のあたりに体温を嗅ぐように躰を張りつけた。

忠輔は、吹雪の鬣《たてがみ》から瞼に向けて掌で撫でながら、なお話しかける。

「歳先生は、死になすった」

吹雪はなおも馬体を張りつけていく。

忠輔は同じようすを繰り返す。「死になすった」

——歳先生を五稜郭にお運びいたそう。

やっと安富が声をかけ、歳三の躰を三人で吹雪の背に乗せた。

その一瞬だった。相馬が声もあげずにのけぞって吹雪の足許に仆れた。

ほとんど同時に、関門の柵を半分握って吹雪の鼻づらを一キロ先の五稜郭にまわしかける恰好を取っていた安富も泥の上に仆れた。

砲弾が飛び交い続けてきている。

相馬は何が起きたのか分からず、のけぞった躰を持ち上げようとしてから声をあげた。

「腕、腕。腕がねえぞ」

安富は手先に違和を覚えて柵を握っていた指に眼を落とした。

——あれっ、千切れたのかなあ、指。

「左様、たしかに吹雪と申しました」島の紅酒を含みながら相馬は左腕の切れ端をつついた。

「利口な馬でございました。沢殿が世話をしておったのでしたね」安富が応じる。

またつついた。「歳先生に鼻づらをこうくっつけて。……まことに惜しい相棒でした」

相馬は頻《しき》りに懐かしがった。しかし、安富の心はさほど弾まぬ。

「出てみませんか」土器を置いて相馬を外に誘った。

命の瀬戸際をくぐりぬけ、歳月を経て懐かしく会った相手である。だが微かな不均衡に揺すられる。

——相馬がいうように、私は片意地や偏屈の層を徒《いたず》らに胸の内に重ねてしまったのか。

椰子油の仄暗い小屋ではなく、外は大風大雨が過ぎ去ったあとの満天の星月夜だった。

目も眩《くら》む光の粒に、躰が吸い上げられていく。

安富は相馬に唐突な思いを呟いた。

「私はまだ降伏していないのです」

　相馬が振り返る。

「……」

「歳先生の馬を三人で牽いたあの折りに新選組は、新政府に屈しました。しかし、私は未だに、この身が屈したとは思っておりません。だから、御赦免を願わず。幸い、私には係累がない。女もおらぬ」

「……」

「いや、新選組の再起を思っておるわけではありません。……星を仰ぎ、波の音、風の音を聞くだけで足れりと」

　相馬は殆ど声を返すことはなく、そののち互いに無言で小屋に戻った。

　八ッに、五人組から差し入れられた筵布団を敷いて寝た。

　朝になって安富はいつもの傾斜地に出た。陽は赤茶けた砂礫の斜面に灼きつき、風も動いていないのに三原山からの硫黄の臭いが鼻をかすめた。

　斜面に屈みこんで、周辺の赤い礫岩を畚に放り投げた。

　畚の中にうずくまっていた蟋蟀《こおろぎ》が跳びはねた。

　背後は水平線まで視線がとどく海である。足許の浜ぎわに濃い緑みを帯びた海の青が押し寄せてきている。波音のほかに騒ぐものはなにもない。

まだ目を覚まさぬ相馬を置いて、小屋からわずかな距離を歩いてきただけで、紅酒の残りが喉奥から抜ける気がした。

――なにも思ってはいけない。ただ、海面を見て、波音を聞いて、躰を動かす。

安富は、この日初めの畚を担いで一歩、十歩、二十歩と登り始めた。

思ってはいけないと戒めたはずなのに、濃淡は違うが過ぎたありさまが現れ浮かんでくる。

――不思議の奇縁を得て、相馬がこの島へ訪ねてきた。

相馬は、何を思っているのだろうか。腕のことを明かさぬ。

そのことが安富を落ち着かなくさせる。

いっそ、腕を截断《せつだん》した運の岐かれを豪放に嘆くか笑ってくれれば気も済むのだが。

それともやはり、と安富は思った。

――無類の片意地者……私の心が捩《ねじ》れ曲がっているのか。

何も胸に泛べてはいけないと決めたばかりなのに、想いが次々打ち返ってくる。

百歩ほど登った窪地で担ぎ棒を右肩から左肩に替えた。吊り網が揺れて赤い岩がこぼれた。

その位置まで来ると、颶風《ぐふう》に荒らされて斜面の裾を転がり落ちた後の積み垣の残りが視界に入ってくる。

ひとつひとつ、嚙み合うように嵌めこんだのに、岩ころは崩れた。積んだ残骸しかない。

大きな岩はひとりでは手に余る。逆に、抱えられるほどの岩には重量がない。加えて、高く積み終えていないから、激しい雨と風に吹きさらされて崩れ、斜面を転がり落ちる。

秋が終われば、暴雨の時季は過ぎ、風も荒れない。

冬には風は海面から逆巻いて来る。岩は落ちるのではなく、下からの力で留まって幾分か持ちこたえられるか。

——それまでにもう一度二度、嵐は来るのだろうか。

いま運んでいる岩ころはまたすぐ流され落ちるかもしれぬ。

心は次から次に湧く思いに揺れる。だがなにも考えてはいけない。ただ黙々と躰を動かせ。

安富は石を積みあげた上に、土を入れ水を張る光景を夢想した。

粟《あわ》や麦の穂が実る……先にひとすじの光が見える気がした。

鬼となり枯れ木となって朽ちるにしても、命をつなぐ望みは要る。

三度積み上げて、斜面の裾に戻ってきたとき、なもいに連れられて、相馬が来ていた。

下から見上げていたようだった。

「ここに畑をつくるのですか」と訊いた。

微かな憐憫が含まれているように、安富には聞こえた。

「無益なことをしておるのですよ」自嘲した。

夏の照り返しと同じ強い陽がまだ昼前の斜面を灼き、海面からは濃い蒸気が立ち昇ってくる。

なもいはすぐに引き返し、男ふたりが取り残された。

相馬は、なもいの短い裾の農間着の後ろ腰に視線を這わせてから、呟いた。

「戦さがみな終わったことと無縁であるのかないのか、おなごの躰に執着するようになりました。滑らかな肌や姿かたちに目が奪われるのです。どういうわけでございましょうか。……それでいて、一日、新島の波の音を聞いていると、新選組のことばかりが頭に浮かんで参ります。

ところが、おのれがいまどこで戦っているのかが分からない。

伏見奉行所の前か、五稜郭の隣りの弁天台場に敵が押し寄せてきた時か……耳の中でとどろく鉄砲玉の音も、敵のかざしてくる刃の光も、これがいつのどこのものやら見当がつかない。左様なことはございませんか」

「私はなにもかも忘れ申した。……いや忘れてはいませんが」

「しかし歳先生の最期と前夜の別れの盃は、さすがに、ごちゃごちゃと掻き混ざったりはしませんが」

相馬の話を聞きながらも、安富は手を動かしている。

畚の網の中に放り入れる岩ころが相変わらず跳ねて飛び出す。

斜面の両脇に咲く蓬萊青木の花弁が潮風に散らされて、白い綿が舞っているように見える。

その舞い散る綿の下から、なもいが息せき切ってやってきた。

「アニィ、お客じゃ、客が来ただば」

「……客人と?」

振り返ると、襤褸着、総髪のようすの男が近づいてきた。

顔も姿かたちも逆光で、丈高い影がのそりと現れた。腰に長尺を差している。

「こちらに相馬主計殿がおられようか。お訪ね申した。新島から参られておると耳にしてな」

安富はおのれに用ではなかったのかと、相馬を振り返った。

「左様、手前、相馬でござるが」

「相馬殿、無沙汰をいたした。こうこの通り、瘠せ枯れておるが、手前、海部晋兵衛」

「はて、どなたでござるか」

男は躰を反転させて陽の光に映った。男三人の立つ傾斜地の裾で、潮風と異臭が掻き混ぜられた。

「なんだと？」男は気色《けしき》ばんだ。「どなた？　だと」

色が黯《くろ》く顎骨が出張り、瘠せ枯れているために顔の皮がしゃっちょこばっている。それでいて目は枯れていなく、脂を滲ませたようにじろっと見据えてくる。

「そなたは腕が一本ない。足もひきずっておる。……相馬殿にまちがいない。俺だ。俺の顔を忘れたか。もう一度いう。海部晋兵衛と申す。俺はそなたをみくびって不覚を取った」

「……」

——長い戦さのあいだに、見ず知らずの命を断り、ゆきずりの恨みを買ってきた。相馬はそのことを言おうとしたが、口を動かさなかった。

男を映す陽が白く撥ねた。

「おぬしに斬られてのち、五人組の離れ小屋で養生をいたした。分かるか」

「……」

「新島だ。おぬしに真剣を所望した。思いだしていただけたか。……御定め書を破った罪であれから八丈に流されてきた。人殺しを謀った罪は崖落とし。だが、罪一等を減じられてな。……思いだされたか、相馬殿」

相馬は口を引き結んで、頷いた。とどめを刺さず、命あれば生きる、尽きれば死ぬと刀を納めた相手だ。

たしか阿波徳島藩士。新島・堂丸崎の浜で海風が横なぐりに吹く島抜けの騒ぎがあった夜明けだった。割れ半鐘が鳴っていた。

――そうか生きていたか。八丈に流されて来ておったか。

塩焼き人足たちが見守る浜で新選組の腕を見せよと難癖をつけてきた男である。断ったが、執拗だった。

――この男は死にたがっていた。それなら、死なせてやろうと、白砂に足をひきずりながら切り落としに始まり、切り落としに終わる北辰一刀流に徹した。

だが、最後に迷いが出た。切り落としに終わらせなかった。

「覚えているのか」脇から安富が声を挟んだ。

相馬が頷くと、海部と名乗った男は一歩飛び退いて声を這わせた。

「これほどの僥倖《ぎょうこう》はござらぬ。まさかおぬしが八丈に参ろうとは……俺が死にたがっておるのを知りながら、おぬしは胴に突き込んできただけで、切っ先を削《そ》ぐことも捏《こ》ねることもしなかった」

「……」

「なぜ殺さなかった。なぜ俺を嬲《なぶ》りものにした」

秋にしては強すぎる陽が男たちの顔面を灼く。

陽は細かな皺の浮かび立つ海部の顔の皮を照らして、この男の島暮らしの孤独と無情を浮き立たす。

三人の男に沈黙が落ちてきた。

風もないのに、赤岩の転がる音がした。目の先で、白い花弁がまだ舞い散っている。

海部はゆっくりと長尺を抜いた。ふくらから小鎬《こしのぎ》筋が陽を照り返した。

相馬も、抜いた。

右腕一本の、北辰一刀流必殺剣である。

赤いごろた石の上で足をひきずると、いびつな音が草履の裏で立った。その音が聞こえる閑《しず》けさだ。

暑熱が照り返しているこの刻限、蜩も葉裏に寝《やす》んでいる。

波の音が、足許から微かに寄せてくる。

海部は棒のような長身をじりっと退かせた。影も一緒に動いた。

――ここにも無類の剛突く張りがおった。

相馬は左筒袖をだらりとぶらさげ、愚か者が先に斬りかかってくるのを右腕一本の構えで待った。

先には進まぬ。足を跛行《はこう》させて敵に向かうと、体幹が崩れて思わぬ隙を生む。

双方構え合って、やがて、焦れた海部が「やっ」と低く鋭い声を放って斬り込んできた。

「おう」

相馬も気合いをあげて迎え打った。この一瞬を待っていたとおりに、海部の剣を鋭く小さく、だがずしんと打ちつけることができた。

以後、これを連続して繰り返す。技は単純で柔らかく円く。

だが、腕一本の力には限りがある。徒《いたず》らに長い時間をかけてはおのれに不利を呼びこむ。

相馬は、斬り入ってきた海部を左右に払い捨てるように刀を振った。

「やあっ」相馬は辺りを裂く声をあげ、隻腕《せきわん》の気力を海部の左右に振れる躰の隙間にぶつけた。

瞬息、思いがけぬことが起きた。勝機が逆転した。

ひきずる足を赤い砂礫に埋もれさせた相馬の背がぐらりと崩れた。

這う恰好になって、背が空いた。

退いていた海部が思いがけぬ一瞬の優勢に躰をのけぞらせて反動をつくり、「とっ」と弾みをつけ、長尺の切っ先をかざして相馬に襲いかかった。

こんどは、相馬の頭蓋を割ろうと上段から振りおろした海部の脇の下が空洞になった。

この機会を措《お》いて、ない。

脇から安富が刃肉を払った。

三人の男の思いがけぬ始末であった。

血しぶきをあげている海部晋兵衛には、なにごとが起きたか見境がつかぬ。

熱く灼けていた岩の表に散り流れた海部の血は、島の熱風に一瞬にしてこびりついた。

相馬と安富がひと呼吸ふた呼吸せぬうちに、銀青に光る背と尾を持つ蜥蜴《とかげ》がまた血に這い寄ってきた。みるみるうちにそいつは数を増した。

十四にもなった。赤黒い血を舐める蜥蜴の背が青い刃金のように光っている。

安富が大きく息を降ろしてから「危ないところでござった」とまだ砂礫に這っている相馬を見やった。

ふたりの男の隙間に、蠅も飛んできた。

遅れ蟬の声が閑けさを破いた。

相馬は緩慢に大儀そうに躰を持ちあげ、ややあって蟬がまた啼いてから、安富に初めて声を発した。

低く這わせた声だった。

「誰が……誰が、助太刀を頼んだ」

目を底光りさせ、口許は歪めている。

「死なせてやろうと決めた相手だった。……俺がだ、他人の手を借りずに俺がだ、安富先生、おぬしではない」

「……」

「貴殿は私を嘲《わら》笑っていないか。新政府に出仕して、新面目の時代をつくろうと志を立てている私を見下げ果てた奴と蔑《さげす》んでいないか。いや、島に流されてじりじりと苛立っておる俺を鼻で笑っているだろう」

「なにをいうか。だしぬけに」

「いやこの島でおぬしを見たときから、おぬしの顔に書いてあった」

「それは、永代橋で牛鍋をつついたときの思いのすれ違いのことではないか。私はあんなものすぐに忘れたぞ。お手前に会いたかった」

「安富さん。貴殿は俺を、義と忠の魂も新選組の誠も打ち棄てた裏切り者、変節漢と冷笑しているのだ。たしか永代橋の折りにも、われら新選組は犬死に、といったまま別れた。

だが俺は無駄死にはせん。薩長どもと相和してこの国を立て直さねばならん。そのために、島を出て、新政府に仕官する」

安富は相馬を瞪《みつ》めて、口をひらいた。

「貴殿の立志を望む心構え、慮外ではござらん。ともにくぐり抜けて来た仲だ。分かる」

すると相馬は、頰をゆるめた。

「くぐり抜けてきたとは笑止。みな死んだ。儂らだけが生き残った、われら生き延びて無残なりと申したのはお手前ではなかったか」

「なにがいいたい」

「腕を返せとはいっておらぬ。この島で果ててみせるとのおぬしの空言が気に入らぬと申しておる」

――初めてこの男は腕の恨みを口にした。

だが安富はおのれの意思を細く呟くだけだった。

「いや、かならずやここで果てるつもりです」

「石を積み上げておるのも、俺には見下げ果てた根性に見え申す」

相馬は赤い斜面を見上げた。

「ふっふ、俺は貴殿に些かの遺恨もござらんが、貴殿は俺になにか含むところがおありか。

それに貴殿の水汲み女、俺があの娘の躰を目で追って不快か。おなごの躰の柔らかい線に目を奪られて具合が悪いか。安富殿、ぬしの方が浅ましいぞ。頼みもせぬ助太刀で勝手に得意顔を見せておられるのか。

頼まれもせんで石を積み上げておるのは、なにゆえぞ。

……俺はトウキョウに帰ります。帰って仕官の途を得て新政府に力を尽くします」

安富は膝を折りたいほどの虚脱をおぼえた。

七

背後からついて来ていた跫《あしおと》が不意に熄《や》んだ。

その日も、御赦免により島から戻った相馬主計は新都・トウキョウ（東京）で重い歩みをひきずってきた。

ぞんざいなあしらいを受けた訪ね先から帰宅途中の足を、架設されて日が浅い浅草橋の橋板に踏み入れたときだった。

橋を渡らずに土手をそのまま先に行けば、葦の生い茂る大川の縁に至る。

対岸の、小名木《おなぎ》川が合流する脇の見張り番所はいま、御船蔵に替わっていた。

初めに、背中を追ってくる気配に気づいたのは須田町の火除け御用地から神田川の土手にあがったときだった。

そこから、柳が続く川沿いを下ってきた。

土手際に並ぶ古手屋が男服、女着の古衣装や布切れを店先の竹棒に吊るしている。

どの店も明かりはなく、薄暗い。

草履の音はずっと追ってきていた。ときどき砂利を嚙み、そのときだけ音はざらつき、あとは柔らかい土を踏んでいるために、熄んだ。だが、いま止まったのは、距離を測るためのものに違いない。

相馬は橋の袂で背を立ててたちどまった。日暮れる少し前、細く冷たい雨が降り始めていた。葉が散り尽きた冬柳の枝の隙間から白い月光が雨空を縫うように縦縞にこぼれだしている。

夜が更けると、このまま冷気が深まって霰《あられ》か霙《みぞれ》になるかもしれぬ六ッ過ぎ、宵六時である。

安富を八丈島に訪ねてからほぼ一年後の秋、新島の相馬に御赦免状がとどいた。

トウキョウに戻るとすぐに金策に駆けまわった。

この日は赤坂黒鍬《くろくわ》谷に、開拓使御用掛から左院に異動し、正六位に叙位された永《なが》井尚志《いなおゆき》を訪ねた。

五稜郭の戦いで、相馬に最後の新選組隊長を任命したのが箱館奉行・永井だった。

長屋門の片脇の御用木戸で門番に訪ないを告げた。

暫《しば》し待たれよと制され、ほぼ半刻、庇の下で時をつぶした。

再度案内を乞うと、本日主人は出かけて留守であるという。

「いまいちど、新選組隊長・相馬主計《かずえ》が罷《まか》り越したとお取り次ぎくだされ」

なけなしの元手だが、永井の栄進の祝いに旭日竜五十銭銀貨二枚を、袱紗《ふくさ》に包んで懐《ふところ》にしてきた。せめてもの祝儀を差し出す心づもりであった。

門番に託しかけて、ためらった。

「まだ、なんぞ用か」と訊かれた。

臆したままで首を左右に振って、悄然と引き返した。

新都・東京での世路《せいろ》はお宝がなければ成り立たぬ。一刻も早く食い扶持《ぶち》の途を見つけよ。

帰りの御赦免船の中で船手役人に説かれた。

――新時世に暮らす向後《こうご》は、志よりも何よりもあぶくでも良いから銭か。

浅草御米蔵跡の蔵前の長屋に辿り着いて島では見せなかったテウの気揉みと心労に接するにつけ、やはり仕官をめざしこれまでの無用の強情張りは捨てねばと心構えた。

永井公への挨拶はそのひとつだった。

黒鍬谷は、元は江戸城の警備や清掃を任せられた黒鍬組の住む町域である。

永井邸は坂途中にあった。

坂上から、更にもうひとつ、ゆるやかな薬研《やげん》坂を上ると維新の前まで大山街道と呼ばれていた青山通りに出る。

相馬が薬研坂に立ったとき、「これ、これ」と追ってくる声があった。振り返ると、さきほどの門番だった。

書生羽織に散切りのその男は目の前に来て、ぬっと包みを突き出した。

「御奉行さまの思《おぼ》し召しにございます」

――永井先生はやはり留守ではなかった。

「ほれ」と男は相馬の胸に手巾《しゅきん》より少し大振りの布包みを押しつけた。

問答を許さぬ気配に、相馬は「はっ」と短く返して受け取った。

――お情け憫《あわれ》み料……追い返し料。

受け取ってから「いや拙者はそんなつもりはござらん」と口をきいた。

「お手前と問答は無用でござる。では」

坂を下っていく男の背を、立ち尽くして見ていた。

――俺はとうとう強請《ゆす》り、たかりに見えたか。小金《こがね》無心の心づもりはなかったが。

「相馬主計殿。土方殿亡きあと、新選組隊長に任ずる。腕は落としても隊は率いよ」

苦痛に意識を混濁させている状況で、永井尚志玄蕃頭《げんばのかみ》に命じられた。

その声がいまも耳に残っている、気がする。

命ぜられてすぐ箱館野戦病院に運び入れられ、四日後、相馬主計・新選組隊長不在のまま、五稜郭残兵二百四十は武装を解いた。隊長としての任務は果たし得ぬまま戦役は終了した。

遠い道であったようにも、つい昨日のことであったようにも思う。

青山通りに出た時、どれほどの銀貨が入っているのか懐《ふところ》の包みをほどきたい気に誘われた。

——いや、帰ってテウに見せよう。

相馬は若妻・アンマアの喜ぶ顔を目に泛べて、胸の縁が明るい灯で照らされるのをおぼえた。

青山通りを半蔵門口に出て、九段下を経てきた。

首筋にしぐれが落ちてきて右手の指で拭いたときに、銭勘定のことに気を戻された。

——永井先生に用意した旭日竜銀貨二枚を手渡すことなく済んでよかった、それどころか思いがけず懐銭を頂戴した。

テウの不安を穏やかにさせてやれる有難さと、片腕で生きている悲哀がまた綯《な》い混ざった。

――有徳《うとく》で聞こえる永井先生ですらかような半端者にいまごろ訪ねられては、やはり迷惑だった。

浅草橋際、止まった背後の跫に振り返った。

氷雨の降る暗がりで物の影が動いた気がしたが、そうではなかったかもしれない。

枯れ柳の枝が凍り雨に揺れているだけか。

御茶ノ水からこの辺りの神田川の流れは、向きを変える筋違橋《すじかいばし》で急にゆるやかになって音を立てない。

相馬は、いま少し背後をたしかめたい気に押されて黒い川面に目を落とし、気配を待った。

戦さ、私闘……新選組で白刃《しらは》をくぐり抜けてきた身が無傷であるわけがない、思いがけぬ恨み、憎しみを買っているだろう、尾行があるのも不思議ではないと、闇に耳を立てながら欄干に手をついた。

敵は誰か、なんの恨みを抱いてきたかは知らぬが、討たれるなら討たれてやろうという気がしないでもない。

御赦免で伊豆新島《にいじま》から東京に帰り着き、薩長が率いる新政府に奉職の口を捜している。

元隊士や旧幕軍の者の伝手《つて》を辿り足を運んで、身も世もあらず縋《すが》り歩いていた。

片腕の身や島流しで新時世に置いて行かれた不運を嘆いてばかりいては、生きていけぬとたちまち気づかされた。

まず銭が要る。伊豆の島では考えもしなかったが、銭こそが次の時代を渡る杖に違いない。浮世を支える渡り板は銭だ。そのことに思い至らされて、棘を立てたり、思いを捻じ曲げておっては、この新都市で飯は食っていけぬと覚悟した。

――銭にかまけていては、安富殿に嗤われるぞ。

しかし、似合いではないか。安富殿には、薩長の許に出仕して身を立てると言い募ってきた。叶わぬなら、お足を頼るしかない。

相馬はさらに身構えた。

すべては新島で仕えてくれたテウのお蔭だ。テウによって、真っ直ぐに生きてみたい気に戻された。

真っ直ぐに生きるためには銭こが要る。金子《きんす》が要る。人は変われる。

そうしてややっ子が生まれるのを待とう。テウのためなら節も枉《ま》げる。

職を頼みに行った先で「申し、へいこら御免蒙《こうむ》ります」と頭を下げた。

だが、相馬のぶらぶらと垂れ下がった羅紗戎服《らしゃじゅうふく》の筒袖を目にした相手は息を詰まらせ、やがてすぐさま与える職はないと明かすのが常だった。初めは言い淀み、次いでまことに遺憾ながらと首を左右に振る。

隻腕のうえに足もひきずる。されどおのれの不運を恨むばかりでは生きられない。躰さえ満足であれば、いくつかの話は実ったはずだった。

郵便とならんで設立された内国通運飯田町支店の手荷物取り次ぎ社員……上州岩鼻県富岡の製糸工場の舎監、札幌開拓使庁、十五級官吏の書記係。

幕府軍、新政府の知己を手繰《たぐ》って紹介された働き口だった。

ことに、内国通運は陸軍の装備輸送で将来が嘱望され、相馬は意気込みをおぼえた。給金も相応に出るかもしれぬ。

日本橋の旧和泉屋飛脚店が内国通運の本店になってまだ日が浅い頃だった。

板張りの応接間で監査役・山田源之丞という男の面談を受けた。

山田は、チョッキを着込み、喉許から胸にネッキタイという飾り紐をぶらさげた温厚ぶりの紳士だった。

口にする心積もりはなかったが、相馬はいずれ分かることと正直に胸をひらいて元・新選組隊士の身を明かした。

筒袖に中身がないのを問題にしなかった山田の表情が歪んだ。

急に目に不審のいろを泛べ、乗り出していた背を後ろに倒した。

「京のならず者でござりましたと？」

尋ねられてから少ない問答のすえ、山田は鳥羽伏見で幕軍と刃を交えた弟を持つことを明かした。

「伏見奉行所前の激戦で命を落としました。十九歳でござった」

このとき相馬は、元新選組隊士が新世で生きる眼前に厚い壁がそびえているのを身を以て感じた。丁重に辞した。屈折した感懐を抱きながらも次の世をつくろう、真っ直ぐに生きようと意気込んだ眼前にはだかった二重三重の壁である。

内国通運のあとは富岡製糸工場に望みをつないだ。

だが、官営工場を管掌する大蔵省の面接室に入った瞬間、勧業司の官吏に左の筒袖がぶらついているようすにたじろがれた。

男は早々に退去を願う手払いを見せた。

その頃、島から戻ったのを耳にした元・新選組隊士・池田七三郎、田村銀之助に誘われて、相馬は浅草や深川で時に安酒を酌みかわすようになっていた。

だが聞かされるのは、生き残った仲間に強いられている苦しい生活だった。息が詰まった。

池田七三郎は旧・駅逓寮《えきていりょう》、現・江戸橋郵便局に勤め、脚夫となっている。

田村銀之助は、石綿《せきめん》の原料を求めて福島藩と磐城平《たいら》藩に接する山を渉猟《しょうりょう》しているということだった。石綿は、軍艦の機関の熱を断ずる用途で必要とされた。

彼らはまだ恵まれていた。季節ごとに蟋蟀、蜆《しじみ》、牡丹などと品を替えて売り歩き、ほそぼそとした世路《せいろ》をたどっている素浪人身分の御家人、元新選組も珍しくないという。

――これがあれからの新選組の姿か。俺も大して変わらぬ。鬱屈を抱えておっては、新しい国に捧げる道など選べぬ。

そうして職を求め歩くうちに、活計《たずき》のためなら料簡も骨柄も都合勝手、いかようにも掛け替えられることに気付いた。

島に暮らしていた時とはなにもかもが変じた。

銭金のため、テウのためにためらうことなく「ひらに御免下され」と、口にできた。

――呆れ果てた奴よ。

相馬はおのれに向かって苦い汁を胸に溜めたまま職捜しに歩きまわった。

業を起こすか、新政府に官を得る。

と、思い定めてきたのに、ことは易くは動かぬ。

新しい国とは、おのれが勇み立つことはできぬ時世だったことに、新都に戻ってふた月ばかりのうちに思い知らされた。東京はだれもトゥケイとはいわなくなってきていた。そして、どこからどこまでもが、薩摩人と長州人に差配されるのが次の世だった。

幕軍、ことに新選組にいた者などが新しい太政官府で腕を揮うことなどあり得そうにない。

テゥのいう通りに真っ直ぐ頭《ず》を低くして生きなければならない。御免下さいまし。お導き下さいまし。

――安富殿のいわれることが正しかったのだ。鬼となるか枯れ木となって、島で果てる。

安富さんの思いを空言だと言い詰《なじ》ったが、俺の方こそ空回りしていた。岩を積み上げている安富さんに、俺は見下げた根性だといい放った。何を夢見ていたのか。

相馬は、深川永代寺門前・佃町の煮しめ屋で田螺《たにし》鍋などをつつきながら、元隊士、池田七三郎や田村銀之助の話を耳にすればするほど、新時代への望みを断たれた。激しい雨に流された赤石を斜面の頂きに運びあげる安富を難じたことを愧《は》じた。詫びなければならない。

そう存念を変えて、初めて次の世に生きられる気がした。

――御赦免を望んで、結末は無残だったのだ。

「アニィさま、うちも連れて行ってくだされ」

赦免が決まったと、新島支配代官の使いが蘇鉄小屋に来たとき、傍らの二十四になった水汲み女のテゥは膝にすがった。

テウの親の御船預役・当地半左ヱ門からも、年増だが、どうか娘をそばに置いてやってくれ、ここでは食う目算がつかぬと懇願された。

常は奥歯を噛みしめているように思いを洩らさぬが、なにかの拍子に働きねずみのように喉の奥をころがして笑う女である。

安富さんに侍《はべ》っていた水汲み女・なもいのような豊麗ではないが、外国地《そとくんち》の東京にはいない型の目鼻がかっきりと際立つ美相を持つ。

七月、相馬は裏山に流人墓地がある若郷村・長栄寺の蘇鉄を見に出かけた。葉のあいだにふたつの雌花が藁草履《わらぞうり》のかたちになって丈を伸ばしていた。島の言い伝えどおりなら、蘇鉄の花が開くと赦免状が届く。吉祥《きっしょう》の赦免花といわれた。

予感に胸が高鳴った。寺から戻ってそのことをテウに告げた。

それから三か月、秋十月、喜びの報せが届いた。

テウはその折りに堰《せき》を切ったように、島にずっといてそばに置いてくれ、いやトウキョウに連れて行ってくれと取り縋った。

テウをトウキョウに連れてきたのは、親だけではなく支配代官と五人組の懇請もあった。

赦免船に乗り込んだ朝、テウは頬を輝かせ、船端でひとすじの涙を流した。

親と島への惜別と、新しく生きる期待に胸を溢れさせたありさまを見て、相馬は、テウとともに運を拓いていこうと鬱屈の心を正した。

帰り着いた品川沖から目に映った光景は、流刑人として島に向かった時とはまるで変じていた。

見慣れぬ横書きの文字が船腹に印され、マストで目にしたこともない旗が風を受けていた。

望見できる東海道に沿う家並みも愛宕山のありさまも同じだが、海面に艀《はしけ》がない。

相馬は茫然とした。

――心を新たにするだけでは、この新都で生きていくのは難渋するかもしれぬ。

船はすべて深く海底を浚《さら》えた東京港に錨をおろすのだと後で聞き知った。

――島から戻ることを願っているうちに、今浦島になった。余程、這いつくばって生きねば俺の出番はない。

浅草橋を越え、大川沿いの蔵前の裏長屋にひとまず居を定めた。

九尺二間……子がいないふたり暮らしに十分の広さである。

穴が開いた土壁に、筵《むしろ》敷きの板間。夜具は買いととのえたが、竈《かまど》は前に住まっていた者から、割れたまま引き継いだ。

新島《にいじま》では、寺子屋で教えてわずかな禄を稼ぎ、あとは五人組の慈悲に頼ってひとりの口を糊《のり》した。これからは五人組に頼ることはできない。テウとのふたりの口を稼がなければならない。

銭の不安に身を切られたが、変わりはてた世のたったひとりの方人《かたうど》として相馬はテウを慈しんだ。

――世がこれほど変わったとは。瓦斯灯《がすとう》がともり、アイスクリン屋というものがある。芝・増上寺の参道に写真師なる者を見かけた。

職を捜しに出て、歩きくたびれてテウの許に重い足をひきずって戻る。あれほど新島から出る日を夢見ていたのに新都では食っていけない。疲労は募り、追い詰められた。

滋養もまわらぬ躰、日々、よろぼう足取りである。

――誰だ。討たれてやってもよいぞ。

もういちど振り返ったが、気配はない。欄干から離れた。

橋を渡り終えて右手に降りて行けば、『江戸繁昌記』に描かれた、元は柳沢甲斐守の屋敷跡の柳橋の賑わいに出る。

船宿は三十を超え、百を下らない芸妓がいる。

だが、相馬には、活気や華やぎに寄りつきたい思いの欠けらもない。

背後につけてくる跫は空耳だったのか。気配が消えた。不幸や疑心にとらわれると、耳まで乱れ迷う。

暮れ六ツをとうに過ぎ、表店、小店の明かりも木戸番所も、冬暮れに置いていかれぬように早仕舞いである。

閉まりぎわの木戸の扉口から頭をこごめて、裏長屋の路地に入ってきた。

氷まじりの時雨《しぐれ》が、踏み渡る路地のどぶ板に降りかかっている。

朝になれば、どぶ板はぴちゃぴちゃと水に浮く。

相馬の貸し間は、この裏長屋では新参のために、日雇、無宿、車夫、屑拾い、門《かど》付《づ》けらが寄りかたまって住む細民宿の隣りだった。

路地は真っ直ぐではなく、どぶの流れに沿って曲がりくねりながら奥まる。

路地の中ほどで、丈の低い柳が二本か細い枝を伸ばし、物干しの柱が四本立つ。

破れ板を張りあわせた宿から男たちの胴間声が、筵でふさいだ戸口越しに聞こえてきた。

手前が、テウとの所帯である。

ぼやけた行灯の灯りが打ち付け雨戸からどぶ板に洩れている。

相馬はほっと息をおろした。

赤坂黒鍬谷まで無駄足であったと思い、いや、見舞い金を頂戴した、テウの喜ぶ顔が見られる、空回りではなかったと揺り戻る気持ちにとらわれたとき、振り返った木戸の口でまた物影の動く気配があった。

——浅草橋までつけてきた足か。消えたのではなかったのか。

相馬は木戸口の脇扉に向かってとっさに身をひるがえして戻った。

廃刀令が正式に施行されると噂が飛んでいるが、変わらずに腰に二本を差している。引きずる足で腰と肩が二本と一緒にいびつに揺れた。

扉口《とびらぐち》をまわりこむと、木戸が閉まりかけた刻限で人の眼がないと油断があったのか、逃げもせず男がその場にいた。

——ほう、若い。

不意に姿を現した相馬に、男は立ち竦んだ。

暗がりで目を光らせた。

「何奴?」柄《つか》を握ったままで訊いた。

「……」

二十半ばの働き盛りか。

相馬が木戸からだしぬけに現れたために、刀を抜く間もなかったようすで、動けない。

「何用?」柄に右手をかけたままでまた短く訊いた。

男は冷静を取り戻したのを見せるつもりでもあったか、無理につくった薄笑みを泛べた。

「お忘れですか」低く小さく声を這わせた。「相馬主計殿でございますね。お捜ししました。覚えはござらぬですか、僕を」

目だけが生気を帯び、筋も肉も瘠せさらばえた男である。奥の細民宿にたむろする男どもと変わるところがないと、相馬はひと目で男の苦難を思った。

顔は青黒く瘠せ、削《そ》げ落ちた顎のまわりにまばらな髭が生えている。貧相の全体に、そうして目だけをぎらつかせている。

忘れたのかと問われても、寸毫《すんごう》の心当たりもない。

閉まった木戸とならんだ自身番屋から下っ引きの与十が夜番見回りに姿を現した。

横浜ではポリスという御役が出来たらしいが、浅草橋界隈にはまだポリス制度も薩摩藩が始めた警視庁警邏の組織もととのっていない。

短軀の与十は相馬たちに近づいてきて、男を見上げながらぐるぐると囲うように動いた。

「なにごとでも、ございません」相馬は見知っている与十にお辞儀をした。

男も、相馬を真似たように頭を下げた。

そのわずかなできごとが、男の目から尖った殺気に似たものを消した。

張りつめていた気持ちの腰が折れたか。

与十が去って、「須田町の火除け地辺りからつけて参ったか」相馬は訊いた。

男は頷いた。

「長《なが》の年月捜しておったお方かと、若《も》しやと後をついて参りました。茨木八五郎と申します」

男はふたたび頭を下げた。

「茨木八五郎？　俺の知るうちに茨木という者はおらぬ」

「……」

霰か氷雨が頭に降り落ちてくる量が増えて、相馬はその粒を手で払った。

「あっいや。……茨木、知っている者はひとりいたな」

男は喉仏をうごかして唾を呑みこんだ。

「おそらく、その茨木でございます。……相馬さま、お久しゅうございました。僕、茨木司の倅・八五郎。富士山丸の船中で」

茨木司は近藤局長、土方副長の命令で人斬り狂犬といわれた大石鍬次郎に斬り殺されたが、見事に割腹したことになっている。新選組が葬祭を出した。

茨木の倅はその詐略《さりゃく》に感づいて、大坂からの富士山丸が遠州灘をぬけた朝、殺したのはお前さまだと瀕死をさまよっていた相馬に一尺三寸の小脇差で斬りかかってきた。だが大石鍬次郎の名は明かせぬ。

船底が揺れていて、心ノ臓の急所ははずれたが、胸、腹三か所に刺し傷を負わされた。

八五郎は相馬に手を捻じり返され、脇差を落とした。

船が品川に着くまで、船綱で巻きあげられ舵機室に放り込まれ、品川の街道筋の宿前で放逐された。

「生きておったか。あれから大事はなかったですか」相馬が尋ねる。

「はい」

「しかしそなた、私が父親殺しの下手人だとまだ信じているのか。……いまはもう皆死んだ。だれも口がない。真相など知るべくもないが、俺はそなたの父を殺《あや》めてはおらぬ。新政府は仇討《あだう》ちを禁じた。そなたも、過ぎたことに拘らず瑞々《みずみず》しい世に生きてはどうか」

八五郎は存外、沈着した声を絞りだした。

「相馬さま。僕もそのように思い、心揺れることがございますが、父の無念は父の無念。近藤、土方の奸計に嵌められた恨みを晴らさずには生きては参れませぬ。いまでは相馬さまが手を下したのではなく、大石鍬次郎の暗殺剣に斃れたと承知しておりますが、相馬さまも奸計の一味であったのは確か。父を陥れた者はすでに皆、死にました。……最後の相馬さまのお命、頂戴いたしとう存じます」

「呉れてやってもよいが」

「……」

「腕は、俺に敵《かな》うまい。……そなた、女房子供をお持ちか」

八五郎は首を横に振った。「あなたさまを討つために、すべてを投げだして参りました」

「そうか。だが、考え直してみればこの命を呉れてやるわけにもいかぬ。アンマアがそこで待っておるでな」

相馬は木戸の内側に顎を振った。

氷雨の量は増してきた。

目を落とすと八五郎の足許は汚れ足袋に竹皮草履だった。身装《みなり》は時世遅れのぶっさき羽織。

「仇討ちなどもう捨てるがよいではないか。……なにか新制の寸尺で生きてみてはどうかな。そのときはいつでも加勢します。訪ねてきてください」

相馬は八五郎の返答を待たずに踵を返し、木戸の内側に身を戻した。

背にも肩にも八五郎の強い視線を感じながら、訝《いぶか》った。

――あの小倅、またここに来るかもしれぬ。

借り長屋の部屋に近づくにつれ、奥の貧窟《ひんくつ》の騒ぎ声が大きくなった。

捨て場に撒かれた豚餌用の小豆の粕《かす》・餡殻《あんがら》、柳橋の残飯屋から運んではきたが饐えて食えぬ芋皮に、雨が注いでいる。

——冬は、せめて臭わぬからよい。

相馬は捨て場の山に目を這わせてから、ぼやけた行灯の明かりが洩れている打ち付け雨戸を引いた。

テウが、迎えにたちあがってきた。

相馬にとって、テウだけがこの世でひとり心を通わすことのできる人間である。

外から足をひきずって戻った雨戸に、テウのいる九尺二間から明かりが洩れているのを目にするだけで、胸が温かくふくらんだ。

炒《い》り大豆、湯奴、それに昆布と里芋の煮しめが用意されていた。

折敷《おしき》に載ったそれらに箸を伸ばし、「なにごともなかったか」と問うた。

いましがた、新選組時代の仇討ちと名乗ってきた者が木戸に現れた。

そのことには口を噤《つぐ》み、異変のあるやなしやを訊いた。

それより早く、赤坂黒鍬谷の永井尚志様から頂戴した懐銭を見せてやりたいと、相馬はテウの喜ぶ顔を測った。

と、テウが先に口を動かした。

「アニィさま。永井先生はいかがでありました？」

またも職を得る伝手には届かなかったと顔に書いてあると思ったか、おそるおそるのようすの訊きようだった。

利発の質《たち》で、人の気を読むに敏《さと》い。島なまりは抜け、蔵前界隈の口語りで話せる。

「まあ、よい」

みなまで言わさなかった。

「お気を落としなさいますな。また明日から佐竹原に行けば食べていかれます」

蔵前から浅草に向かって二十分ほどの下谷《したや》佐竹原……秋田・佐竹藩の下屋敷近辺がいまは浅草寺に行き帰りする客で賑わいだしている。

ひと月前より、その辻に出るようになった。

牛蒡《ごぼう》に稗粉《ひえこ》をまぶして榧《かや》の実油で揚げるつけ揚げ売りで、辛うじて活計《たずき》を立ててきた。テウは仕立て仕事の貼り紙を雨戸に出している。

「きっといい日が参ります。うちゃあ、毎日、そう思ってます」

「左様なら良いな」頷いてから白湯《さゆ》をひとくち喉に落とした。「今宵は冷えるの」

「赤坂というところは遠かったのでございましょう。……雪でも積もるのでしょうか」

「いや、雪ではない。すぐ溶ける霰か氷雨だ」

「東京がこれほど寒いとは思っておりませんでした」

「いかにも。島より相当寒い。……京も冷えたがな」

なにごとでもない問答である。

だが、剣を携えて駆けまわってきた身には、深い安息をおぼえる一瞬だった。

五人組に勧められて傍らに置いただけのつもりだったが、献身を示されて情愛が募った。しかしその折りは尚、おのれは、新政府で栄達を得るためには、この水汲み女は足手まといになると思い込んでいた俗物《ぞくぶつ》であった。

島からついて来てくれたテウに感謝した。ややっ子が生まれてくればよいな。

「いやっ、寒いのを吹き飛ばすものがある。そなたに喜んでもらえるものがある」

「まあ、なんでしょうか」

相馬は、用意していった旭日竜五十銭銀貨二枚を袱紗から取り出した。

「というわけで、之は受け取ってもらえなんだ」

テウは「そうですか」と目を落とした。

「されど、まだある」

懐から、テウの目の前にさらに包みを取り出した。

重みのある音を立てて別な銀貨二枚が転がりでてきた。

「門番から……ありがたく頂戴した。強請《ゆす》りたかりと思われたに違いないがな」

相馬は珍しく目許にも口許にも笑みを泛べた。

だがテウは行灯の明かりに鈍く光る銀貨にじっと目を落としたままで、何も応えない。

発行されたばかりの菊御紋の一圓銀貨、二枚である。

テウの目に急に涙の粒が膨らんで、頰を伝った。

「これ、何を泣く？」

テウはかぶりを振って目許を手の甲で二度拭いた。

「アニイさまにお辛い目を」と口にしてから息を吞んだ。

「いわずともよい。なにも喋るな。俺こそ、そなたに苦労をかけておる。アンマアによって俺は真っ直ぐに生きる気を取り戻した。……ともに、頭《ず》を低くして歯を食いしばろうとな」

テウは鼻の頭を薄赤く滲ませた。

相馬は伸ばした指で涙の痕を拭いてやり、「東京は冷えるか」と尋ねた。

「いいえ」テウは首を振ってから「お辛い目が……きっと報われる日が……つけ揚げ売りは仮のお姿です」と良人《おっと》を励ました。

「俺もそう思っている。思えば通ずる」テウの手を引いた。

「はい」テウはアニイの膝に手を置いたままで訊く。

「安富さまさえ八丈から戻って来られれば、必ずあなたさまのお役に立ってくれますよ。その日はもうすぐ来る気がするの」

「俺も、安富さんが最後の綱だと思っている。ともに島に流され、相誓い合った仲でござる。……会うと誓わねばならぬことがある。さりながら、御赦免になっても、安富さんは八丈より戻らぬといっておった」

「戻って来られますとも」

「いや、死して八丈の島に骨を埋める、枯れ木になるとな」

「左様のようでしたが。戻って来られる気がいたします」

「戻られぬと、詫びることもできぬ」

「なにを詫びられるのですか」

「いや、そなたは知らずとも良い」

手を強く引くと、テウの躰が相馬の膝に倒れかかってきた。

その背を相馬は静かに撫でた。

島に生まれ島に育った先にいかなる望みも湧かせられなかった女である。

いまも、慣れぬ東京の暮らしに気骨を折っている。

愚痴も溜め息も漏らさぬ。

大事に思ってやらねばならぬ、と相馬はテウの椎骨《ついこつ》をひと骨ずつ温めてやろうとゆっくり圧した。なあ、ややが出来ればよいな。

背を撫でられ、そうして骨と骨を数えるように揉まれるのがテウの気に召した。

静かな宵である。

路地のどぶ板に落ちる氷雨の音が耳に届く。枕屏風ですきま風を防いでいるが今宵は冷える。

ひとつ蒲団で重なるように寝《やす》むテウの体温を左の肩と脇腹に伝えられながら、相馬は眠れなかった。

——茨木司の倅は……もういちど来る。

次は、総毛立たせていた殺気を削いでやらねばならぬ。まさか返り討ちにはできぬ、諄々と説くしかない。

茨木八五郎の生き甲斐は、とうに禁じられた仇討ち……無益のことではないか。

みな食うや食わずと聞くが、もののふの志とはなんだったか。

新選組で生き残った者はどれほどの艱難《かんなん》に遭っているのか。なにをよすがに生きているのか。残賊として処刑され、仇敵薩摩の軍門に降《くだ》るかのように巡査になり、武家の商法に失敗して素浪人となり……。

——そして島から帰った俺は士官の宛てを求めるほかに、三日にあげず、金を返してくれと松倉左衛門《まつくらざえもん》という男の家に押しかけている。

赤坂黒鍬谷を訪ねて行った前日も、芝海岸に面した通新町に松倉を訪ねた。

松倉は、元・陸軍隊頭並《かしらなみ》で、相馬と同郷・常陸笠間の出だった。

福島の平《たいら》城攻防戦で、偶々《たまたま》、ともに戦陣に加わった。

互いに活躍を見せ、のち、新政府の陸軍中将となる北白川宮能久《よしひさ》親王より褒賞を下賜された。

だが、御下賜金のことなど相馬の喜びにはなく、金嵩も検《あらた》めず、いずれ戦さが終わって生きておれば返済願おうと松倉に預けた。

松倉の所在は、元隊士・田村銀之助から耳にした。

広小路近くの尻掛け酒屋で一合一銭五厘の酒を交わしながら銀之助は、島から帰ったばかりの相馬に隊士たちの現況をぼそぼそと伝えた。

通新町に松倉を初めて訪ねた日は霙が降っていた。松倉は、絵双紙屋を出していた。

「萬《よろず》本類　絵双紙類　錦絵類　其外《そのほか》板行類　おろし処」の看板を眺めてから、店に足を踏み入れた。手前の板台には、『絵本ぺるり黒船記』『大東京買物独《ひと》り案内』が置かれ、その脇に極彩にいろどられた錦絵が並べられている。

入って行った相馬に、松倉はすぐ気づいた。

四十を越した壮齢で福々と肥え、左の眼の下に大きな黒子《ほくろ》があり、腹を味噌樽のようにふくらませている。

「福島・平城で共に……相馬です。しばらくでござる」名乗らずとも分かったありさまが松倉の布袋《ほてい》に似た顔によぎる。さっと身構える色を見せた。

いつかかならず訪ねてくる。そう懼《おそ》れていた表情だと相馬は咄嗟に見透かした。

板台のわきの小座布団を勧められ、その後の新選組など旧幕軍の消息を松倉は呟いた。

田村銀之助から上野広小路の尻掛け屋で耳にしていた話とさほど違わなかった。

相馬のぶらぶら揺れる筒袖については何も尋ねなかった。

北白川宮親王の御下賜金についても触れぬ。

相馬は苛立ちを逸らせて「今日参ったのは」と声をあらためた。

「預けた金子を返していただきに参った」

「なんと？　なんといわれた？」

「親王宮から御下賜された褒賞金でござる。福島平城攻めで」

松倉は福顔をふくらませて笑い声をあげた。「ああ、あれでござるか。あんなものは疾《と》うにない」

「ないはずはない。いや、陸軍隊の者からあとで聞かされたが、大枚五十両であったよし」

「まさか。あの折りの北白川宮に大金などございません」笑顔をやめない。

――この男は繰り返し想定してきた通りのことを答えている。

相馬は座布団から立ち上がって松倉を瞪《みつ》めた。

「どこにござる」

松倉は更に余裕を見せるつもりか、「だから貴公を捜しておったのです。あの金の行方を早く申しあげねばと気になっておりましてな」とつくり笑いを見せた。

幾つかの問答のあとで、褒賞金は陸軍隊と旧幕軍が箱館で合流した折りの軍費に消えたと告げた。

「これほどの欣快事《きんかいじ》はない。些少《さしょう》なりと幕軍のお役に立てたのだからな」

松倉は、肉付きの良い頰を崩して、眼の下の黒子を掻いた。

相馬は柄に手をかけた。

「松倉殿。醜いぞ。出せ。五十両の半分……二十五両。お手前がそれよりはるかに多い金子を宮から御下賜されたことは十分に思い致せる。だが、二十五で良い、いまここに出せ。代物《だいぶつ》はならんぞ」

松倉の顔から笑いが消えた。むくむくと肥えた丸い躰を震わせて立ち上がった。

「貴公は何を聞いておられるんぞ。全額、箱館で戦費に消えたというたのが分からんのか」

「いや、出して戴きたい」こんどは低く声を這わせた。

「ないといっておるのが分からぬのか、この島帰りが」

相馬は眦《まなじり》をあげてその男を見据えた。

「ほう、俺の島帰りを知っておったか。……いかにも。恥ずかしながらこの汚れ羽織で納得いこう。臭せえ。ほれ、腕も一本足りん。それ以上はいわぬ。二十五両でござる。なにがなんでも出せ」

「誰か。誰かおらぬか」松倉が店の奥に飛び隠れると、代わりにふたりの男が現れた。二十歳過ぎと四十を越したほどである。

刀を抜こうとした瞬息に相馬は男たちから右腕と首を捩じあげられた。

あとは覚えがない。気づいたときは、東京湾の波が足許で騒ぐ芝浜の砂を顔にかぶっていた。

――俺もとうとうここまで辱《はずかし》めを受けることになった。立ち向かう術もなかったな。

相馬は砂地を叩き、ついで右の手のひらに握りこんだ砂を指間からこぼした。

それから松倉の店に三日後、次いで五日後、「なんとしてもお返し下され。二十五両でございます」と蔵前から草鞋をつぶして頼みに行き、「ええい、これが情けぞ」と八日後に菊五十銭白銅貨を二枚投げられた。一両になる。

新時代、両はそのまま圓に変じていた。ハイカラーのブラウスというものが買える額だった。アンマアの喜ぶ顔が見られる。

芝から蔵前への帰り道、京橋を渡るとき、「ふふっ」と相馬は喉から忍び笑いを洩らした。

――二十四両を返されるまであと二十四回か、「御免下さいまし。お頼み申す」と松倉の店に罷《まか》り寄ろうぞ。いや、百日も二百日も通わねば二十四両に届かぬ。

躰を微動もさせず寝ているテウの寝息に、雨の音が混じる。

松倉に取り戻しに行く回数をかぞえかけて、相馬の胸は島の暮らしに横滑りした。氷雨の降る音に耳を取られた所為《せい》だった。島ではこれが波音だった。

――安富さんはいまなお、赤岩を畚《もっこ》に担いで斜面を登り降りしているのか。

坂本竜馬とはどんな男だったのか。

紊《みだ》れる思いが、氷雨の降る音から、島の波音に移り、殺しの嫌疑をかけられた坂本という男に寄り、またどぶ板に降る氷雨に転ずる。

八

馬場先橋前・有楽町一丁目一番地、陸軍省の窓越しに、安富才助は街路を隔てた陸軍嚮導團《きょうどうだん》の明かりを目にしていた。

嚮導團は、歩兵、砲兵など陸軍諸兵を教育培養する組織である。

氷雨の落ちる夕暮れ、硝子の窓の向こうで立ち働いている軍服姿たちが見える。

旧・江戸城の堀端に面したその界隈はほぼ陸軍の用地で占められていた。

陸軍仮士官学校、陸軍兵学寮、陸軍裁判所から陸軍操練所、兵隊屯所、武庫司までである。

徳川の時代に江戸城を取り巻いていた大名屋敷が丸ノ内大火で焼尽した跡地に建つ。

だが、まだそれでは陸軍省拡充の要望は満たせず、参謀局も市内に用地を捜していた。

堀端の瓦斯灯《がすとう》は雨にけぶっているが、二階参謀局の部屋に瓦斯灯はない。五分芯ランプがふたつついているだけの八畳間は薄暗い。

参謀局将官・安富才助は窓際から戻って、樫木の西洋タープルに載った回転する望遠鏡がついた経緯儀《けいいぎ》に手を伸ばした。

三角点の二点に照準を合わせて経度緯度を測る独逸製の測量機器である。

抱えるとずしりと重い。

参謀局がいま直面している懸案は全国に散在する軍事要所の測量をどう始めるかだった。

そのためには、測量課、三角点課、地図製作課などを、速やかに養成しなければならない。

ことに清国、露西亜からの攻撃を想定した日本海側の地図がいる。地図がなければ、兵の配置も叶わぬ。

安富はその準備に忙殺されて、決裁しなければならないことが多くあった。

準備のひとつのために、この日の夕刻、内藤二等秘書官が報告を持って帰るのを待っていた。

望遠鏡の接眼レンズに目玉を圧《お》しつけてみた。

暗い部屋の間近に何かが見えるわけではなかった。

レンズの内側に刻まれた目標を正しく視準するための十字線が映った。

安富が操作できるのはそれだけだったが、陸軍省参謀局の購入した経緯儀五台が日本の地図をつくるのだと思う昂ぶりに胸を焦がされた。

「ただいま戻りました」小三十分後、内藤の声が聞こえた。脱帽後、ドアを叩いて入室した内藤はズボンの両脇に中指を揃え、十五度の敬礼をした。

創設されて日が浅い参謀局に軍式の徹底した儀礼は未だ深く浸透していない。

だが、内藤は上官に軍礼を尽くした。

安富は立ち上がって内藤を迎え、星型を散らしたギヤマン飾りが埋まった長椅子に坐り替えた。

「ご苦労さまでした」

「行って参りました。東京の真ん中にあれほど大きな空き地があるとは思いもしておりませんでした。ついこの前までは蛇や蛙の巣ばかりだったそうでありますが、いまは佐竹藩御屋敷の正門前だった場に三味線堀というお堀がありまして」

そこを中心に、葭簀《よしず》の小屋掛け、汁粉屋、かっぽれ小屋などが並んでいるという。

「しかし賑わいはその界隈だけで、広大な原はまだ残っております。結論から申しあげまして、広さ、東京の真ん中……条件は当てはまると存じます」

「では、出かけますか。明日にも」

「是非に」

安富の肚は、この陸軍省の同じビルジングに入っている測量課を移転充実させることにあった。そのための用地を捜していた。

内務省地理寮を合併して、全国規模の三角測量を進める。そのためには百人規模の人員と測量設備を容れる用地が要る。

「三味線堀のあたりはこれからますます賑わいそうですが、空き地は地均《じなら》しをして測量課と地理寮を一緒に……丁度良い規模でしょうか。あそこより大きいところは、代々木原から駒場野にかけた陸軍演習場しかありません」

「なに、そこまで大きいのは要らんでしょ」

「では早速明日」

「二人牽きの」

安富は陸軍省玄関前につけている、車夫が二人つく人力車の手配をいった。

「はい」

出て行きかけた内藤が、「やっ」と小さな思いだし声をあげて振り返った。

「そういえば、僕、見たような気がいたします」

経緯儀の前に坐りかけていた安富は振り向いた内藤に視線をあげた。

「……何を、ですか」

「はあまあ」

「……」

「そう思っただけのことかもしれませんが……相馬さんというお方ではないかと」

「相馬？　あの相馬殿？」

「はあ、いつも上官の話されております流罪から戻られた」

「なに、本当に相馬さんが？」

「分かりません。……片腕の人はこの東京に大勢おられましょう」

「片腕？　右か左か」

「いや、つけ揚げ屋台をやっておられて、たしか右手で子供に天麩羅を」

「ということは左腕がない……で、つけ揚げ？」

内藤が出ていったあと、安富もまもなく、壁、床、階段の総構えを大理石で囲われた陸軍省参謀局の正面玄関に降りた。

衛視に敬礼を返して外に出た。

十二月の冷気に顔を払われた。

一人乗り人力の腰掛け台に坐って幌を半分だけ引き、堀端に目を送った。日比谷御門から馬場先橋まで、冬の夕暮れを灯す瓦斯灯の明かりに、霰《あられ》か霙《みぞれ》が舞っていた。

八丈島に流されている折り、まさかこのような場に勤め、宮城の堀端を目にすることなど思いもしていなかった。

鍛冶橋から左に折れ、和田倉門の先、これより宮城を新暦を刻む時計とは逆まわりし、九段下俎板《まないた》橋に近い南神保町に帰る。

天朝さまのおられる宮城は荒れていた。

堀の石垣は崩れ、隅櫓《すみやぐら》も傾いでいる。冬枯れした筒糸藻《つついとも》が堀の水面を帯状に覆い、枯れ果てて折れたり千切れたり腐敗した葦が堀を埋めている。

新選組にあった時、この城は命を挺した徳川の城だった。

だが、あっと息をつぐ間もないうちに、トウケイ城、トウキョウ城から宮城となった。

安富は陸軍省の行き帰りで見慣れたその宮城の堀端に幌の継ぎ目から視線をやって、内藤秘書官に告げられた報告に揺すられていた。

——左腕のない男……下谷佐竹原でつけ揚げ屋をやっている。

今夜はこの冬でいちばん冷えるのかもしれない。

——まさか、相馬殿が。

九段坂に上る手前の俎板橋から飯田橋に抜ける元の鉄砲同心丁に、参謀局から貸与された安富の役宅があった。

荒れた傾き家に、大工、左官、経師屋《きょうじや》、石工まで入れて手を加えた。

これで、床、壁から腰障子、戸袋、物干し場まで新しくなった。柳など幾本かの木は伐《き》り、華やいで見える木蓮、柘植、さらに食う楽しみのために李《すもも》、柿の木を庭に増やした。

いずれ出ることになるが、次の者への置き土産を育てたいという気持ちがあった。

通いの婆さんの世話になり、家人《かじん》はいない。

明かりのない玄関の板敷きから東向きの三畳間に入って、火舎《ほや》をはずしたランプの芯に火をつけた。隣りが火鉢のある六畳の居間に続く。

婆さんが火を熾《おこ》してあるので部屋の中は冷え込んでいなく、ほんのりと温かい。

二階に上る。軍装を解き、昔ながらの襦袢に丹前を羽織った。居間に降りてきて、ここのランプにも火を灯し、婆さんが用意した卓の上の今夜の菜に箸を伸ばした。

四指のない左の掌に右手で椀を乗せた。左の拇指《おやゆび》一本で椀でも鉢でも縁を摑む。

茹で烏賊、八つ頭の子煮、湯奴、田螺の煮つけ、大根汁の膳だった。

湯は火鉢の薬灌《やかん》にかかっている。

大根に汁を、米に湯をかけ、温かい汁と粥にして腹におさめる。

そうしてほぼ毎晩、安富は椀と箸の音を立てながらひとり、膳に向かう。

だがこの日は、箸を動かすあいまに聞こえてくる冬しぐれの落ちる音に耳を奪われていた。

同じような夜があった。その夜もモノを食っている耳にしぐれの音が響いてきた。

八つ頭の子を箸先で裂き割っている時に、それがいつのことだったか思いだした。

ひとりで黙々と食っていたのではなかった。

隣りに相馬主計がいた。まだ互いに指も腕もあった。

季節は違うが雨の音をずっと耳にしていた。

いや、前夜は暴風雨で、翌日、雨はおさまり、夜になると満天の星だった。

だから雨の音ではなく、先に進む艦の舳《へさき》が、べた凪の海面を静かに切り裂く音だった。

箱館から南部藩・宮古湾に向かう回天の烹炊所《ほうすいじょ》の平机で、ふたりだけで椀の牡蠣《かき》汁《じる》をすすっていた。

「静かですね。こんどは死ねそうです」品川沖から榎本艦で箱館へ伝令に行った相馬はまた戻るかたちで宮古沖に停泊している敵艦・ストーンウォール奇襲に辛うじて間に合った。

「どこで死んでも、同じだ」安富が応える。

「いや、今度は爆死です。しかも船の上、波の上……いままでとはちっと違います」

それだけの会話で、あとの耳を搏《う》つのは海面を切る舳の音だった。また牡蠣汁をすすった。

三月の宵だったか。夜が明けぬ払暁前の敵艦・ストーンウォールへの奇襲はアボルダージュ……接舷作戦と呼ばれていた。壮絶戦だったが、わずか二十分で失敗に帰した。ストーンウォールに躍りこんだふたりは死ななかった。

気がつくと、血糊で靴底が滑る自艦・回天の甲板に転がされていた。これよりまた箱館に戻る。

――相馬と私はいかなる生死の縁につながっていたのだろうか。

婆さんが汲み置いてある桶の水で大根汁と飯の椀を洗った。

夜着に身をつつんで蒲団に入り、また冬しぐれに耳を傾けた。

雨音は、今度は海面を切る艦の舳の音ではなく、島の波音に変じて耳によみがえった。

八丈島で枯れ木となって朽ちると定めていたわりにそういえば、蒸す夜分、海面から寒風が吹き込んでくる夜分……毎夜微妙に違う波の音に、心落ち着けることが少なかったと思いだした。

五人組にも水汲み女のなもいにも洩らさぬが、不揃いに音を乱す波と同じように心をもつれさせた。

その落ち着かぬ日々の隙間に、恐れていた御赦免状が島役人の手で届けられてきた。

あろうことか田島応親の簡潔な書状が添えられていた。安富は繰り返し繰り返し、目を凝らした。

東京に戻ったら会いに来てもらいたい。司法大輔《たいふ》・山田顕義《やまだあきよし》公も待っておられる。

田島の肩書に、兵学寮中教授とあった。

田島は榎本武揚について最後まで幕府軍で戦ったあと、箱館から横浜に脱出してきた。

若年時より、仏蘭西軍人の通辞を務め、近代兵学を習得した有為の人材であった。兵学とは、戦略、戦術、指揮統率の基本を学ぶ兵制の課題をいう。

新政府に反逆した田島が採用されたのは、仏蘭西式兵学を兵士たちに教授せよという要請のためだった。

最後までともに箱館で戦った田島……歳はほとんど変わらぬその男が、新政府兵部省にいることに安富は痛みを伴う驚きを受けた。

次いで落伍したという思いに胸が震えだし、その後に、田島のことなど知らぬほうがよかったという気に捉われた。

――私は置いて行かれた。……いや、勝つも負けるもない。この八丈の地で枯れ骨となって果てると決めてあるのだ。

とうに覚悟をつけていたはずなのに、思いを乱し腰の力を失くした。

富士山丸のホールドで、瘧《おこり》を起こし意識を朦朧とさせていた安富を施術してくれたのが田島だった。

――田島が兵学寮中教授という地位に昇り、そして時の司法大輔が会いたいといってきた。

山田公は、陸軍を仏蘭西式にすると決めた山縣有朋と同じ松下村塾出身の盟友で、鳥羽伏見の役の新政府陸海両軍の参謀だった。

仏蘭西は普仏戦争で独逸に敗北したばかりだったが、仏蘭西の兵制が劣るわけではない。

山縣、山田はそう結論づけてしゃにむに、仏蘭西式を採用した。

安富は、山田顕義の名を見てすぐに気づいた。

――山縣有朋公、山田顕義公の間近に田島がいる。……田島の人生に僥倖《ぎょうこう》が降りたのだ。

田島応親がはるかに遠い者に見えた。

――いや、私には無縁のことです。

安富はいつも通り、小屋を出て赤岩の山裾に向かった。

すでに積んだ岩ころは二度も崩れ、斜面に這いちらばっている。

積んでも積んでも転がり落ちる大きさの石を頭ほどもある岩に替えた。重い作業で捗《はか》はいかなかったが、それなら雨風にも滑り落ちない。

五人組や、なもいの手を借りず、ひとりで挑んだ。

その日、四度めに降りてきた斜面のなかほどで襤褸着の袋帯《ふくろおび》から田島の添え状をまた取り出した。綴られていることは同じだった。

安富はこんどは、落魄《らくはく》ではなく、もういちど生きられるという光明を灯されている切情にとらわれた。

──片意地者。

相馬に難じられた言葉も這い出してきた。

──そうだ。私は片意地者だった。

するとこんどは、もういちど生きられるという思いは相馬に対する背信になるのだと引き戻された。

繰り返し相馬に説得された。

──新政府に登用されて、若々しい時世をともにつくろう。

いや、と首を振りつづけてきた。

──田島応親は幕軍に対して裏切りも恥も覚えなかったのだろうか。田島はたしか横浜の仏蘭西語学校を卒業した。西洋の生き方を学んだ者は、たやすく御一新に馴染めるのか。

安富は更にこんどは、乗り遅れたという焦燥に迫り上げられた。

次から次へと心が裏返る。

――いや私は何に対して偏固《へんこ》になっているのか。幕軍の長・榎本総裁は新政府に登用され、東奔西走されているという。そうだ、榎本公に倣えばよいのだ。

斜面を降り、より大きな岩を求めて海岸ふちまで足を向けた。

いつもなら山裾でしゃがむが、ふわふわと足底の力を失くしたように歩きまわって、椰子の実の倍ほどの岩を持ち上げた。

何をしようとしているのか、おのれで不分明だった。

尻もちをついた。

再度、その岩を持ち上げたとき、拇指の倍ほどの小蟹《こがに》が這い出してきた。

蟹は鋏をかざして安富を見上げてから、右の二本目の肢を動かして前進を始めた。

その後ろの蟹を見た。右の二本目から前に向かった。

――蟹はみな、動き始めるとき、右の二本目の肢から踏み出すのか。

それとも一本目は手で、二本目と見えるのが肢か。

安富は、波が打ち返す岩場の海の間際に蟹を追った。

動き回っているもののあいだに、立ち止まっているものを見つけた。じっと待った。

するとその蟹もまた、右の二本目の肢から甲羅の躰を運び始めた。

特段の発見をした気持ちがこみあげてきた。

落魄から光明から背信へ、さらに焦燥へ、わずか数秒のうちに変転するおのれの思いは、動きを枉《ま》げぬ蟹にも劣る気がした。

――光明にすがって新時代に生きればよいのだ。されど相馬殿にどう説明する。

安富は立ち止まっている蟹にまた目を凝らした。

やはり、そいつも二本目から前進を始めた。

司法大輔・山田顕義公が相見《そうけん》しようと手を差し延べてくれている。

但し、新政府への登用については、何も書かれていない。

それでも安富は強い渇きを覚えた。

――相馬殿、私は愧じなければならない。目の前に差し出された甘茶は呑んでしまう男だ。

左の指が四本ない。栄進が叶わずともよい。もういちど中央で働ける。

鬼にも枯れ木にもなって果てようと息張った心は、田島応親、山田顕義公の名を出されて無節操に翻った。相馬殿、嗤ってくれ。

次の、岩間の蟹も波辺に向かって二本目から這いだした。

――二本目でも三本目でもよい、私はただ前方に足を踏みだせばよいのだ。

これまでで一番大きな岩を、左手の掌と拇指、右手の五本指を使ってもういちど拾いあげ、斜面に向かった。

──この島に棚田をつくり、水路を張り、猪《しし》避けの柵をめぐらす。

やがて、飢えから人を救う甘藷の畑ができる。

だがいま、岩を抱きかかえている足許は宙にとられている気がする。

海際から斜面の裾まで戻ると、なもいが竹筒に水を注いで持ってきた。

御赦免状が届いたことは、なもいも五人組も昨日知った。

だが、なもいはなにか尋ねるどころか、触れもしない。

一緒に来るかと、安富も切り出さない。

島の水汲み女を連れ帰る流人《るにん》もいれば、無情無慈悲に置き去る者もいる。

安富は、世話になったとそれだけを言い残すつもりで島に暮らしてきた。だが、いまもっと別なことをなもいに伝えたい気がしている。

御赦免状が届いても東京には戻らぬ、島の娘を妻女に迎える気もないと繰り返してきた。

天辺の少し下に、岩を運びあげてから裾にもどった。

なもいは、ずっと突っ立っていた。

目の先の岩間に白い波の泡が浮いている。

海は露草いろにひろがり、潮目が変わった先の向こうに濃い青色が水平線の奥までつづく。

岩に尻をおろすよう、なもいに言ってから安富は初めて島を去ることを口にした。

「世話になった」

「……」なもいの肩先が、震えた。

「そなたには、口では言い表せぬほどのお世話になり申した」

「……」振り向かないから、顔の表情は分からない。

「戻るつもりはあれほどなかったのに……戻ることにした」

「はい」初めて、小さい声が洩れた。

「……」安富は声を継がない。

「ばかアニィだば」なもいが埋めた。「初めっから、わちは分かっておった」

「初めから？」

「石なんか積んだって、わっちも皆も嗤っておった。すぐ帰るのに何やってんだばて。だからばかアニィっちいわれるだば」

黒い髪を揺らして、振り向いた。

「そうか」

「そんだ。おめさまはそうげな男だ。途中でやめるだば。いつぞ新島から客人が見えで、丁度こん辺りで話をしただばな」

話というものではなかった。相馬の激しい難詰だった。

——おぬしは俺を嘲笑っていないか。新政府に出仕して、期を画《かく》した時代をつくろうと志を立てている俺を見下げた奴だと蔑《さげす》んでいないか。

「あんお方だば、おめさまになんだば、あんげに怒っておっただば」

「そうだったな」

——相馬は正しかったのだ。

相馬は念を押した。

——安富殿、それほどいうならまことにここで果てるのですな。俺は江戸に帰ります。帰って仕官の途《みち》を得て新政府に力を尽くします。

「そなたと、あとわずかで会えなくなる」安富はなもいに告げた。

「ばかアニィだば、とっとと帰ればいいだ」

「まことに世話になり申した」

そう応えた時だった。

「ひゅう」なもいの喉からひきつれた声が撥ねた。

安富は、なもいの手を握った。

振り向いたなもいの目に涙の粒が浮きだしていた。

「……」

世話になったという以外に伝えたいことは胸にあふれるほどあった。

もっと別なこととはなんだったのか。

「申しわけね。泣いたりしただば、あなたさまを困らせる」

「いや、私はそなたに卑怯であった。小心者でありました。私の方こそ謝らねばなりません」

この女を抱くこともしなかったと、胸に湧かせた言葉を呑みこんだ。

赦免状は二隻の秋船《あきぶね》の先便が届けてきた。

あとの便も築地沖の鉄砲洲を発っている。それが迎えの船となる。この海を見るのは、あと十日もない。

――変わらないのは、なもいで、変わったのは私だ。

安富は、迎えの船が出る朝まで赤岩を運びあげようと、秋空と水平線が滲む奥に目を送って思った。いずれ誰かが引き継いで、緑の茎と葉がこの赤い斜面を覆う。

水平線を見ながら夢想した安富に、また相馬の声が聞こえてきた。

――腕を落としたのはおのれの不覚。おぬしは指四本で済んだが……。

ふっふ、俺は貴殿にいささかの遺恨もござらん。

あの折り、相馬の含み笑いに気圧されて、おのれが敗北したように思い落とした。

そしていま、なもいを妻女に迎えなかったのは正しかったのだと思う自分がいる。

足手まといがない。仕官に障るものがない。

——私は、醜い。

しかし、東京に戻る。山田顕義公にお目にかかる。

夜着の掛け衿にかかった耳輪《じりん》に、雨の音が戻ってきた。

霙か霰か、冬しぐれは夕刻より濃くなって氷雨に変わっているようだった。

屋根の竹樋《たけとい》から破れ落ちたしずくが、路地のぬかった水道《みずみち》に敷いた板を打っている。

朝起きてから三味線堀へ相馬を見つけに行くことに安富は緊張を覚えていた。

珍しく眠りが浅く、相馬の含み笑いや 眦《まなじり》 を決した口調が瞼や耳の孔にもぐりこんできた。その隙間を雨音がつないだ。

弱い冬陽が射し始めた頃、通いの婆さんの玄関戸を引く音に目をさまし、粥を掻きこみ、いつもどおりの迎えの人力に乗った。

陸軍省参謀局に入ると内藤がすぐに扉を叩いて入ってきた。

ただちに、下谷佐竹原に向かった。

二人牽き、二人乗りの人力の中で、安富は尋ねた。

「まことに右腕一本の方でしたか」

「はあ、左様に覚えておりますが」

上野広小路から御徒町にかけた一帯、少し前に開園した上野公園の下に、工部省と鉄道院が敷設を予定している上野ステンションの前面辺りである。

安富と内藤は旧佐竹藩屋敷の正門に位置する三味線堀の縁で人力を降りた。

不忍ノ池から曲がりくねってきた細い流れが成した堀である。

内藤が矢場を指さした。通りかかる遊客を、島田髷を結ったふたりの矢取り女が朝方から誘っている。

だが、浅草や湯島から朝帰りする客は立ち止まらず、軒先の御神灯や提灯も消えて、店も女も意気はあがっていない。夜になると照る輝きはいまは剝げ落ちて貧相でしかない。

「あそこです」

「なに、あそこの矢場で?」安富が訊く。

「あの隣りの……柳の下でございます」

葉を落とした枝の下に、なるほど屋台を出せるほどの空き地がある。

だが、つけ揚げ屋らしき辻売りの姿は見えない。

内藤が先に走って、矢場と、隣りののぞきからくり屋、汁粉屋に、つけ揚げを売る片腕の男のようすを訊いてまわった。

たしかに、牛蒡のつけ揚げ屋は来る。

だが名前は知らぬ。毎日現れるわけでもないという返答だった。

安富は内藤に「ご苦労さま」とひとこと返してから、一面、枯れ芒《すすき》に埋められて、浅草寺裏手の花川戸に広がる浅茅《あさじ》が原にも似た一帯をめぐった。

小半刻ほどかけて元の三味線堀に立ち戻ったが、柳の下に片腕の男の姿はなかった。

安富は、茫々とした原をめぐりながら不思議な気にとらわれていた。

相馬を捜しているのに、相馬が目の前に現れないことを願っている心後《おく》れがあった。

昨夜来の眠りの屈折をひきずっているわけではないと考えようとしたが、相馬の、俺を鼻で笑っているだろうという声が耳孔に届き、含み笑いが瞼の裏をよぎる。

「よろしいのでございますか」内藤が、ここで待たなくていいかを訊いた。

「ああ、結構です」

一瞬、怪訝を見せた内藤にかまわず、安富はためらいなく人力の蹴込みに足をかけた。

翌日から、参謀局陸軍測量課の佐竹原移転計画が議事にのぼった。

それから二か月ほどののち、冬には珍しい抜けるような鮮やかな青が空を染めた一日、安富は内藤を連れずひとりで再度佐竹原に向かった。

議題にあがらせた現地をいまいちど確かめよう、やはり相馬に会いたいという気持ちが働いたからだった。牛蒡のつけ揚げ屋が現れて、相馬でなければ、それでよい。

早速、用地を下調べする測量が始まっていた。

新政府は軍の拡充を急ぎに急いでいた。

仏蘭西式陸軍の指導訓練によって、遊撃隊、騎兵隊、農兵隊など……丁髷《ちょんまげ》を払い、日本人のかつて経験したことのない軍制にすべしと太政官府は意気さかんだった。兵は広く募られ、陸軍省兵力が、またたく間に四十八大隊、総員二万四千の規模となった。

以降、仏蘭西人の訓練下、元兵部省の殻は脱ぎ捨てて日本陸軍として発展する流れと軌を一に、参謀局に測量の仕上げ、地図作成の急務が課せられた。

そのよく晴れた一日、三味線堀池をめぐった安富の前に相馬は現れなかった。

安富が御赦免で東京に帰されたのは、陸軍拡充がいよいよ佳境に入ってきた時期だった。

船は品川沖から入り、石川島で艀をおろした。

御赦免状に添え状をつけてきた田島応親が船番所で待っていた。

上は、紺詰襟の肋骨《ろっこつ》服にホック留め、下は短袴《たんばかま》と呼ばれる短い乗馬ズボン、二条の線が入った軍帽をかぶり、腰に軍刀を佩《は》いていた。

その姿にまず、安富は胸を衝かれた。

鳥羽伏見から箱館戦は洋服で戦ったが、平時においてなお洋式軍装をまとい、それがまた一点の隙もない。

新時代は、ここまで移ってきたのかと、安富はおのれの恰好に臆した。

島にあっても、ことあらば身を正さねばならぬと、破れ小屋の飾り棚に仕舞ってあった、油紙にくるんだ袴、裂き羽織に足袋、草履履きの正装で戻ってきた。

頭だけは新政の明治の風儀に倣《なら》って、島の男にもおよんだ断髪令の散切りである。

「早速ですが」田島は丁重に下げた頭を起こして告げた。

同道を求められて着いたのが市ヶ谷台の陸軍士官学校だった。

仏蘭西軍人の教練を受ける士官生徒第一期生が入学したばかりだった。

三角屋根のついた洋風二階建て学舎の応接室で、司法大輔《たいふ》の山田顕義公が待っていた。

両端を撥ね上げたカイゼル髭の山田は、安富に目をそそいで、口を開いた。

「お待ち申しあげておりました」

意外にも山田は、安富の宮古湾海戦の働きを持ち出した。

幕府艦・回天から政府軍の新鋭艦・ストーンウォールに跳び移って戦い、奇跡を得た話を仏蘭西軍人・ニコル少尉から聞かされたと語った。

アボルダージュ奇襲作戦に参加したニコルもまた、負傷しただけで敵艦から逃れた。

「立志は特異を尚《たっと》ぶと、私は松陰師に教わりました。志を立てるには、人と異なることを恐れてはなりません」

山田があいだに挟んだのは、その譬《たと》えだけだった。

「新政府に仕える案内は田島殿からお聞きくだされ。……陸軍が海で戦った例はそうない。アボルダージュのような作戦も軍議もかつてない。今後のこともあります。ぜひ、力を発揮していただきたく存じます」

ほぼ一年半をかけて亜米利加、欧羅巴、露西亜の視察から戻った、温厚な目をした武人だった。旧幕軍と新政府軍の遺恨、新選組のことなどひと言も持ち出さなかった。

安富は、いま少し山田に面拝《めんぱい》していたかったが、麴町区の大審院に急ぐ用があるという山田に安富は西洋式の握手を求められた。

強く温かい感触が、安富の右指にも手のひらにも残った。

「ご仕官、おめでとうございます」田島も同様に手を差しだしてきた。

安富はおずおずと手を伸ばした。右にしろ左にしろ、手の神経はいつもそばだっている。

だが、左指の欠損について、山田も田島も何も尋ねなかった。視線を這わせもしなかった。

田島は、手回しよく、南神保町に借り宅も用意したという。

新政府からの思いもしていなかった申し入れである。

いや、相見しようとの仰せは登用の依頼のほかにないと見当はあったが、回天の敗け戦さを持ち出されるとは察せられなかった。

ソファーに向きあった田島はしばらく島での生活を尋ねてから、新選組近藤局長が大坂からの富士山丸を降りて、横浜の伝習所に治療を頼みに来たときの話を始めた。

田島は隊士ではなかったが、医師の松本良順らとともに徹頭徹尾、新選組の僚友だった。

「ところでこういってはなんですが、安富さんはすでに亡きお方と耳に致しまして。胸を痛めた時期がございました。ところが、八丈島でれっきと生きておられると、石出帯刀殿から偶々《たまたま》お聞きしました。それなら新政府でひと働きしてもらえる。有難かったですね。新選組のみなさんのその後のごようすなどとらえようもございませんが、安富さんに関する報《しら》せがいちばん幸運でありました」

「はあ」歳はどちらが上であるか分からなかったが、安富は低頭した。

「石出殿は是非にお力をお貸し願ってくださいと」

石出は伝馬町の牢で、八丈島に関する和本まで差し入れてくれた、安富が感謝を覚えている牢屋奉行である。

「いまは歌人となられ、源氏物語の注釈などで悠々とお暮らしですが、ただの歌詠みでお過しいただくのはいかにも損失。僕が陸軍省あるいは司法省に仕官していただけるよう遣わされました。しかしその気はないと泰然としておられました」

「そうですか」

安富は後ろ髪を引きもどされるような気にされた。

雲の上の石出奉行などに較べるべくもないが、新政府に職を得ることに沈着を失っているおのれは見苦しい。

実意に欠け、目の前の利に走る。相馬殿に二枚舌といわれてどう申し開きをする。島から戻ってすぐに石出殿に挨拶に行く思いに至らなかったことにも、胸がそそけた。

田島は膝下から足首に向けてつぼまった短ズボンの長い脚を組み替えてつづけた。

「ところで安富さんが、いちどは死んだことになった顛末はいかがなことでございましたのでしょうか」

相馬にも語ったことはなく、島でも思い出すのを打ち払っていた。

「阿部十郎氏と決戦に及ばれたかと」

「ご存じでありましたか。……決戦ということではありませんが、私はそこで死んだことになりました。新選組の残党録にも載らぬ死人となって何の不都合もございませんでした」

阿部十郎……長く忘れていた名だった。だが、その名を聞くと胸がひりつく。

田島が記憶を繰りだした。

「阿部殿は新選組を二度も脱退した稀有な隊士でしたね。将と恃《たの》んだ伊東甲子太郎先生を亡き者にされて近藤局長に深い恨みを抱きました。ここまで確かですか」

「左様、その通りであります」

「それで京街道丹波橋のあたりで局長の一行を襲いますが、討ち洩らします。のちに、阿部はあろうことか敵・薩摩軍に加わり、戊辰ノ役後、新政府の弾正台《だんじょうだい》に出仕しました」

「左様のようでございます」

「それがなにゆえに、安富さんと五稜郭後の東京で果たし合いとなったのでしょうか。ここまでは耳にしておる通りですか」

「いや、果たし合いというのではありません。私は阿部に殊更な遺恨はなかった。やあ異なところで出会った、斬らしていただくと矢庭に抜刀してきたのであります。

たしか、日比谷の陸軍操練所で天長節の陸軍整列式がある前年です。操練所前から外堀川の山下橋を渡っていた時でありました」

「日比谷はいずれ公園にして、操練所は青山に移すそうですが。どんどん変わりますね。ついこの前は海ですよ。追いこんだ魚を逃がさんように枝つきの竹や根節《ねぶし》で囲ったヒビが立ち並ぶ村でしたが」

田島は軍人であるたたずまいの欠けらも見せぬ飾らない口ぶりで、ヒビの謂われなど持ち出した。

島流し前、入牢前のできごとである。

山下橋は、数年前に新両替町と三十間堀が銀座と改称された界隈に日比谷側から抜ける橋である。その短い橋の上で、阿部にだしぬけに声をかけられた。

「安富？　安富才助」

冬長袴にゲートルを巻き、茶褐色の詰襟服を着た男だった。

まだ廃刀令が下されていない。洋装ではあるが、腰に二刀を手挟《たばさ》んでいる。

「貴様、安富」

呼びかけた瞬息から、男は殺気を孕んだようすを露わにぶつけてきた。

「どなた？　何用でござる」

「名乗るほどの者ではない。俺だよ。そう気色《けしき》ばむな。用ならなんなりとある。まず目障りだ」

「……」

「わしはいまも草葉の陰の甲子太郎先生の御守役でござる……近藤、土方、新選組への遺恨を晴らさねばならんと、死に急ぎ生き急ぎしてきた」

欄干にじりっと、膝下までの長靴の先を寄せてきた。

雪を連れてきそうな木枯らしが橋桁に吹きつけ、細狭い堀の水面にさざなみを打たせている。

「……」名乗らぬが新選組を脱隊し、近藤局長を京街道で襲ったのはこの男だ。名は阿部十郎。

――それなら斬ってやるか。

安富は理不尽に押し寄せてきた殺気に苛立ち、柄《つか》を握った。

「何用かと俺に尋ねるか。斬るほかになんの用がござろう。元・新選組のお命をひとつずつ戴いておる。……近藤と土方を奪《と》れなかったのが俺の痛恨事。名乗るまでもござらぬと申した。貴様の命を断てばいくばくか気が済む」

阿部は、細い目を鋭く張って、次の瞬間、とってつけたような怒気の形相を泛べた。狂気をはらんだ激情を矢庭につくってみせる食えぬ男だった。

「御一新の定めは、むやみな闘争は禁じております」

「わしはいま弾正台に仕官しておる。知っておろう、新政府の監察機関だが内心は過激の尊王攘夷。司法省にも兵部省にもいささか不平を抱いておっての。噂の通り、大村益次郎を闇討ちで仕留めたのは、俺たち弾正台の者でござる。そなたなど、一刀のもとに斬り捨ててなんの咎めもありゃせん」

大村は兵部省、初代の大輔《たいふ》だった。

阿部はいきなり、橋板を蹴って飛びあがりながら抜いた剣を横薙ぎに払ってきた。

「待て」安富は顎を振った。「場所が悪い」

手代風《てだいふう》、銀杏《いちょう》返しの内儀などが橋口で足を止めている。

廃刀令ではなく、できるだけ腰に差さぬようにとの脱刀令は出ている。ここで斬り合えば、警視庁邏卒《らそつ》巡査がサーベル剣を腰に蹴散らしに来る。行き遭う人に見せるのは無益で愚かしい。

数寄屋橋たもと寄りの大神宮の裏手に出た。そこなら人影が消える。

振り向きざま、一刀で仆す心に釣られた。

だが、辛うじて堪《こら》えた。おそらくこれが生涯最後の撃剣となる。

──斬るなら堂々と。

その気持ちが安富に、榊と檜葉《ひば》の茂る大神宮の門口に行き着くまで、刀を抜かせなかった。

灯籠のあかりが洩れている手水台《ちょうずだい》の際で立ち止まった。

雪がひとひらふたひら舞ってきている。

「元・新選組はどうしても斬らねばならぬのですか」

安富の問いに、阿部は無言でまた、怒気を含ませ、顔を妙に歪ませた。

「……」

「攘夷と言いながら薩摩藩にへつらった天下の嗤われ者……阿部十郎殿でございますな。あるいはその名では差し障りのあるゆえ、次々と名を変えて、阿部なんとか慎蔵か、ほかにも使っておられるとか」

「いうな。俺は新選組の生き残りを斬ることだけに甲斐を覚えておる。……よいところで出会った。おぬしが牢屋に入れられたのでは手出しができん」

神道無念流はいかなる間合いで敵と対そうと、意を決して斬り込んでいく。ゆえに間は、ない。捨て身でぶつかる。無念の謂いである。

刃と刃が結び合って音が立つ。その瞬息の間に、斬られていれば敗れ、そうでなければ勝っている。

雪ひらがまた降りかかってきたとき、阿部十郎は大きく右から左に躰をまわし、刃先を翻して正面を斬ってきた。

安富はそれを払う。阿部は〈ヤー〉〈トー〉と声をあげるが、安富は無言で、相手が籠《かご》に飛び込んでくる虫になる一瞬を狙う。

一瞬には、突きと斬り落としで応じる。四本の指のない左の手のひらと拇指で右手首を支える。

おのれは殆ど動かず、阿部を走らせて、まず突きで体勢を崩させ、ついで横に切り払い、上から切り落とす。

風が吹き舞い、雪ひらが数を増やして落ちてきたとき、敵剣が飛び入ってきた。

間合いは測っていない。横に払った剣を正中にもどし、阿部が靴底をわずかに滑らせた瞬間に、上段から切り裂いた。

五稜郭以来の速攻技・虎一足《とらいっそく》だった。

斬った手応えが躰にひびいてきた。どこを斬ったのかは分からない。

阿部はだらりと肩を下げてなお怒気を失わぬまま口許を歪めて、「貴様は俺に仆されたということにしておく」と奇怪の科白を吐いた。

「貴様はいまここで死んだのだ。ならば、俺はもう貴様を追う筋はござらん」

「いかようにも」

襲いかかって来ない男を斬るゆえはなかった。

安富は、死んだことにするといわれた身を数寄屋橋御門に戻した。

——新選組の残党同士の斬り結び……これほど無益はない。

一門一党の殺し合いを、士道不覚悟のゆえと壮語していた新選組とはなんだったのか。

やはり新政府が成るための捨て石だったか。犬死にと恨み死にと同士討ちの累々、歳先生ならどう思う。

残った力で御門の際から辛うじて背を起こし、鍛冶橋の方角に向かった。歩を進めているが、あてどはない。力を失くした病者がよろよろとさまよう様である。

阿部某とたたかったついさっきまでの気魄の片鱗もない。

志を有して明治という時世に向かおうとする意気もない。

西紺屋町を越えた大根河岸の路地に、煮炊きの煙を出す店を見つけた。

日と足はそうして喉と腹を満たす店を求めていたのだった。

板庇《いたびさし》がすすけ、厨房の烟が店の中を一層暗くしている下等の腰掛け茶屋である。

魚の腐肉、蓮根、筍、芋の皮が吹き溜まっている店隅の醬油樽に坐った。

シロウマと異名のある一合二銭の濁り酒を頼み、煮しめ、鮟のあら、それに蛤《はまぐり》鍋を目の前にした。

土鍋におそるおそるとした手つきで蛤を三個滑り入れた。

鍋底に熾《おこ》したくぬぎ炭が発火し、湯がふつふつと沸きあがってきて貝が動いてはじけた。シロウマを啜る。

一連の動作はすべて右手に依る。

新選組の折りに、土方歳三が酔うとあげていた声を思いだした。

――酒菜盤上の栄華……一睡一瞬の夢なれや。

シロウマの瓶子《へいじ》を五本倒して、安富はゆらりと立ち上がった。


市ヶ谷・陸軍士官学校――山田顕義公が退いた部屋で、田島応親は、安富の死んだとされていた謎を聞いて笑顔を向けた。

「阿部殿がひとり残らず抹殺しましたと……新選組はいまの世にはひとりも生きておられぬことになります」

「はあ」

「いや、安富さんはその日に死んだ。好都合です。おそらく陸軍省参謀局の配属になりましょう。軍がひそかに作戦を立てる局です。またアボルダージュもあるかもしれません。策も人も外に洩れてはなりません。後世に録は残しません。死人がやっておればこの世のものではありません。まことに都合良し。お名前を変えられてもよろしいのですが……これで決まりですな」

「元新選組隊士に名など要り申さぬ……とうに死んだ身……録に残らないというのは欣快です」

応えながら、しかし安富の胸から相馬への言い訳が去らない。なんと弁ずれば、敵方・新政府への出仕を思いほどいてもらえるか。いや、私は相馬の何を怖れているのか。

「ささっ」新しい職を得た喜びをともに寿《ことほ》ごうという気持ちを表すように、立ちあがった安富の背を田島が押した。

相馬に気咎《きとが》めする一方で、田島と山田顕義公になら八丈で捨てた身を預けてよいと、久しぶりに覇気が湧き立つ手応えを感じた。一合二銭のシロウマで脳中を濁らせた気配ではない。とうに忘れていた感覚だった。

一睡一瞬の夢から覚め、島から新都に戻った。生き直してみよう。

しかし田島の許を辞し、南神保町に帰る市ヶ谷三番町通まで来た人力の中で、また相馬に捉えられた。

——おぬしは俺を嘲笑っていないか。新政府に出仕して、初々しい時代をつくろうと志を立てている俺を見下げた奴だと蔑んでいないか。

九

「ややっ、内藤さん、鳥居坂に来られて何度目になられますかな。こんな老い馬のいうことがお役に立つんですかの。まあいまのお若い方は新選組というても、はて、という態《てい》のもので、それでよろしいんでごぜえますがね。時世はどんどん移り変わって、いまや世界の大国が押し寄せてきている。世界という、こりゃご時世の流行《はや》り言葉ですな。そんな猿賢《さるがしこ》い口を、このぽん太郎もジュ・ブスケ先生に出会っていなければ、使うこともなかったでござんしょうがね」

忠輔はそれからムッシュとのなれそめ、音羽夫人のありさまを内藤に短く明かした。

対日派遣で幕府に招請され、横浜の仏蘭西語伝習所に来たジュ・ブスケは、四か月目に家事手伝いの出来る日本女性を求めた。

先に沼津兵学校に渡日していた先輩と田島応親を介して、丁度よい歳の女がいると音羽が偶々《たまたま》紹介された。

ジュ・ブスケは、横浜貿易を促すには生糸の輸出が最適であると新政府を説き、推薦した仏蘭西人ブリューナと養蚕が盛んな北関東上州岩鼻県富岡の陣屋跡を製糸場にえらんだ。

その多忙の折り、ジュ・ブスケの前に現れた音羽は、西洋の美とは遠くはなれた美しい和人形のようであった。

物静かな風情に、ときに思いがけず勁《つよ》い芯を目に宿してジュ・ブスケを見据える。そして弾き返すような朗らかな笑い声をあげる。

日本女性としての分を弁《わきま》える美質を備え、しかも仏蘭西語を学ぶにためらいを見せなかった。

「ムッシュと御内儀さまは仲がおよろしく、これが新時代の連れ添いかと思いますけどな、いや、なにからなにまで世の中は変わり申した」

忠輔はいまでは若い友人として遇したい内藤秘書官に、膝を繰り出す。

前回より思いがけずあいだが空いて、火鉢の堅炭《かたずみ》がときおり音を立てて火花を飛ばす年が変わった夜半の冬、麻布区・鳥居坂に雪は降っていないが、冴えた青い月光が障子紙越しに射し入って肌に痛い。

内藤はまた瓶子《へいじ》を提げてきていた。

「しばらくでございました」

「おのしもずいぶんご奇特なお方。人生五十を越した耄碌《もうろく》の話などどこがおもしろかりましょう。……あたっしの方は大歓迎でごぜえますが」

平べったい顔を崩して笑ったので忠輔の木魚顔がふみつぶされて瓦せんべいになった。

「いえ親父さん、僕かぁ、今日は愚痴を聞いてもらいに参ったのでございまして」

内藤は、忠輔の猪口に酔い水を注いで、忠輔が手ずから用意した煮豆、浅蜊の剝き身と葱煮、蕗《ふき》の薹《とう》の田楽に箸を伸ばした。

「なんと、愚痴でごぜえますか」

忠輔は、相槌を打ちながら内藤の顔を見て、中気の箸先を震わせた。

内藤が浅蜊に口を近づけた。

「おっとっ御貴殿、その浅蜊煮黙って食ってもらっちゃ困るの」

「えっ？」内藤の箸が口先で止まる。

「いやね、その中に上白《じょうはく》シュガーというものが入ってございまして」

「上白シュガーですか」

「左様です。居留地でいうの、シュガーって。これを使うと味が染みる。いっちゃなんですが、東京あたりでは口に入りません。阿蘭陀から下って参りました」

忠輔の講釈を受け、内藤は箸先に眺め入って「涎《よだれ》が出て参ります」と生唾を呑みこんだ。

「ではどうぞ。さりながら心して」

「はいはい。やっ、こりゃ、旨い。貝の出しと、葱の薄い苦みに、そのなんとかシュガーがからんで、僕のような酒飲みにはまことに立派な相性です」

音羽御内儀は奥間で寝《やす》んでいる。男ふたりが声をひそめるような宵である。

しかし、「ちっとお聞きいただきたい」内藤は猪口の手を止め、気色ばんだ。

「なんですかな」

「日本陸軍というところはいったい何を考えておるのかと。新選組はいかがでごぜましたか」

まだ三杯ほどしか飲《や》っていないのに、内藤は声をよろけさせた。

「と申しますと？」

「申しますと、じゃございませんよ。では、申しますけどね……陸軍はいま財政緊縮を叫んで、大幅に諸費節減をはかっておりますが、親父さまにしか申しあげられませんが、なんと大佐の月給は百八十七圓。山縣有朋卿ともなると、近衛都督《このえととく》中将、参議、陸軍卿の兼務兼務で月給千四百圓らしいですよ。ところが本日、新俸給表というのが配られましてね。参謀局二等秘書官は五十五圓三十五銭三厘とあいなりました。僕ですね。僕の俸給がですね。之は歩兵一等軍曹とおなじでございます」

「恵まれておる方《ほう》ではないですか」

「先輩。僕かぁねえ、僕の俸給を下げられたことを四の五のいっているわけではありませんのです。……聞くところによると陸軍幼年学校の生徒の食事は三食とも洋食で、卵二個、ビフテキ、スープ、パンが供されるそうです。ほかにコオヒーと林檎。……ところが東北や九州の農地から出てきた歩兵や工卒、馭卒《ぎょそつ》らは大根の塩漬け、引き割りの麦飯が口にできればよい方で。

こういうありさまがですね、正されないと、僕かぁ、日本陸軍にかならずや不満士卒の騒動が起きると思っておるのですよ」

「反乱でごぜえますのか」瓦せんべい顔が訊ねる。

「いかにも」

「なんとまあ、今日のおのしは元気がおありです」

「元気なぞありませんよ、まったく。いい加減なことをいわんでください。明治新政府……西洋料理店処々開業たって、それはお上の方々が舌つづみなさっておるだけで。

市中の者は、日比谷の操練所、嚮導團、赤坂や市ヶ谷の東京鎮台、それに永田町の幼年学校から出る残飯に群がっております」

「幼年学校というと、井伊家屋敷跡裏手の桜田門の……残飯屋は、そこから拾ってきて売るのですか」

「いえ嚮導團からも。元締め役が大八車に径一尺あまりの鉄砲笊《ざる》、醤油樽を積んで二人組で士官学校、幼年学校の裏手より入るのです。……兵隊めしと奴らが呼んでいる残り飯を一貫目一銭で引き取り、五銭で売る」

「……」

「ほかに汁菜、沢庵漬けの切れ端……なにせ千有余人の食から出る残物であります。大八車に積んで往来を往けば、ひとり盛りの面桶《めんつう》、欠けどんぶりを持った腹減らしが道の両脇で待っております。それで我先に、二銭分おくれ五銭分くださいと大混雑」

「……」

「洋式の舞踏会とか、本郷の花吉栄《はなきちえい》で政談会をやるとか、蒸気車が走ったとか。それだけが御一新ではございません。徳川の時代より、飢えている者が増えた気がいたします。御新政の景気は下には滴《しずく》になってこぼれていないのでございます」

「まっ、分からぬでもねえが。この老いぼれには、ちっと難しい話でござるぞな。……今日は機嫌をおさめて飲《や》ってください」

「はいっ。突然ですが、お伺いしてまことによかった。親父さまに話を聞いていただくと気が晴れ申す。……いや、なんのやはり、本日の新俸給表というのはまことに気にいりませぬ」

青い月光に洋灯の赤が混じる。

忠輔は内藤の不平を鎮めるために、当たり障りのない食い物の話を持ち出した。

「いや、その蕗の薹《とう》の田楽もぜひ召し上がってくだされ。そこの麻布の崖下の陽当たりの良い小川土手で摘んで参ったものを味噌で擂り下ろしました。そこにもちっと上白シュガーを隠し味にいたしましてな。豆腐は飯倉坂下の矢倉屋の物でごぜえます」

「はっ」

「どうでろ」

「これは旨いっ。蕗の苦味噌が豆腐に利いております」

舌を動かし、酒をすって、内藤の不平口はいくらか治まった。

爆ぜていた堅炭はかたちを残したまま白い灰棒となって、忠輔の震える火箸の先でくずれた。

桐火鉢に、灰柱が立った。

沈黙があった。その止まった時を、障子窓の向こうの風がことりという音で埋めた。

内藤が口を開く。

「そういえばこの前は、京の都で斬った斬られたばかりが新選組ではなく、北の果ての雪地獄で最後の気力、胆力をと……あのあとのお話をぜひお聞かせください。雪中行軍は、これからの陸軍にとって大事の任務。われら、日比谷におります誰も身に覚えがございません。……あっいや、元新選組隊士であられるわが安富将官を措いて外には。ぜひ、親父さまの御武勇を」

忠輔はあわてて内藤にひらひらと手を振った。

「なんの武勇ぞ？　ぽん太郎にそんなものはありゃしませんがな。隊士といえど、馬の口取りを兼務する賄い方。箸にも棒にもかからぬ身分、お陰で命を狙われるげなこともなかった。長の年月を右往左往しているうちに耄碌してしまいました」

「いやご立派なお侍……雪との戦さです」

「あらかた忘れ申した。場所など、おのしのう、軍兵はただ歩くだけで、ここはどこやら雪の中。覚えているわけもありゃせぬし。しかしたしか、江差をめざして北上している時だったでろか。地面をめくりあげる暴風雪が吹き荒れましてな。地吹雪でござえます。

これが吹くとすべてが白一色、縦隊の兵列も見えません。

地元で雇う雪手引が声を嗄らして叫ぶの。

小便をした手が凍傷になり、軍ズボンの釦《ボタン》が止められぬことになれば総大将の手を借りてでも留めよ。留めねば、男の一物からまたたくうちに全身まで凍りつくぞ。

決して雪を食うな。体温を奪われて、凍傷にかかる。

握り飯は布で包み、油紙でくるめ。軍足靴下は唐辛子を挟んで三枚かさねて履き、雪沓《ゆきぐつ》をつけよ。

水筒の水は栓まで満たさずたえず揺らすように携行しろ。さすれば凍らん。餅が最も空腹を救う。

これら雪中行軍の要領、安富将官ならみなご存じのことです。

しかしこうして在の者の知恵を借りて前に進んでも、どこをどう歩いているのか、ただ雪の中を泳いでぐるぐるとまわって前後も覚えず、朦朧としてくるのでごぜえます。眠ると死ぬ。

江差はそこじゃ。江差に出ればあったけえ家があるぞ。泳げ泳げ、雪ん中を泳げ。

ところが嵐となって吹きつける雪の音に、そのような互いの励ましなど聞こえやせん。白魔の中をこの世でひとりになってさ迷っている気になるのでございます。

とうとう雑嚢《ざつのう》も餅も投げ捨て、円匙《えんび》で雪を掘って深い壕を掘ろうとする者が出て参りました。

掘れ掘れ、ぬっくぬくの温泉が出て来っぞ。

しかし、人の丈ほども掘り降ろした末に、湯など湧き出して来ぬことに気付くの。

すると、カンジキから靴から順にズボン、軍服、襟巻、手套《しゅとう》まで剝ぎ捨てて、母上、母上と叫びながら、ここ掘れワンワンと掘った穴にもぐり込む者、雪の上をアカウマ、アカウマと走り出す者も出る始末でごぜました」

「アカウマ、アカウマですか」

「火事だ、火事だ、だな。天から地から雪が乱れ湧いてくる。母上、父上、トドサマと泣きながら踊るの」

「土方歳三殿、安富将官、相馬主計殿、みなさん雪の戦さに従軍されたのですか」

「いかにも左様でごぜえます。新選組の最後は雪の中……まっま、もうひとつ」

忠輔はこれまでの夜と同様に、内藤に極楽水を勧めた。

だが思いがけず内藤は猪口を折敷《おしき》に伏せた。

「僕かぁまっ、今夜はこれぐらいにしておきます。しかし新選組ってのは、相馬先生が島から戻られたと思うと腹を召されて……雪の中で……何だったんでしょうかね」

「新政府が生まれる前の陣痛ですかの。ではまた次の折りに」忠輔も盃を置いた。

陸軍の新俸給に不満を覚え、そこから新政府への鬱屈《うっくつ》を晴らしたかったのか。

そう思いながら、忠輔は内藤の帰ったあとの洋灯を消した。炎の中の赤灯の鉛丹《えんたん》がくすんだ色に酸化し、青みを増した月の光で部屋が薄い水いろに浮かんだ。

二人乗り馬車は、腰を掛ければ、屋根から垂れた日覆いに半身が匿《かく》れる。

安富はその駕籠馬車の幌の内側から、鎌倉河岸を過ぎ浅草橋に向かう道端の光景をぼんやりと目にしていた。

内藤秘書官が並びに坐っている。

今夜は、浅草橋先の柳橋で参謀局と内務省地理寮との懇親の席があった。

地理寮とは早急に合併し国土の正確な三角点、地図を作製しなければならない。

馭者《ぎょしゃ》は喇叭《らっぱ》を吹きたてて神田川沿いの柳道の土埃を蹴立てて行く。

馬は庁舎の馬小舎でおよそ百二十頭が常に待機している。

鬣《たてがみ》を右に揺らせば左側に振れる馬の尾を眺めていた内藤が安富に振り返った。

「なるべく早期に、日本水準原点を置かなければなりませんね。経緯度原点もそうですが」

ふたりとも軍装である。安富の帽子には二条の濃紺絨《じゅう》、内藤には一条の黄絨《こうじゅう》が入っている。

安富は自分に問うように洩らした。

「経緯度は海軍水路寮の管轄に決まりましたが、水準原点は陸軍。それが決まらないと全国の地理が測れません。あと、二、三年かかるという人もおりますが、そんな悠長なことでは……しかしどこに据えますかね」

内藤は安富の横顔を見て続ける。

「単純に申しあげれば、参謀局陸地測量部に備えるのが至当かと存じますが」

「いやいまの陸軍本部の日比谷は地盤が弱いです。原点などつくれないでしょう」

「ではどこでしょうか」

「日比谷から坂を上った永田町なら岩盤台地です。あそこなら」

宴席で話柄《わへい》に出るに違いない〈水準原点〉の設置場所についてふたりが問答していたとき、安富の目の端にふっと過《よ》ぎるものがあった。

――いま何が動いた?

昼間、寒気厳しく晴れていた空が夕暮れごろからさらに冴え冴えとした冷気を生んで市中を覆い始めていた。短か日《び》の二月である。

心なしか人の姿は少なく、みな衿口に首をちぢこめて精気がない。

冬冴えの夜でなければこの刻限、反り橋を渡って、主に軍人、銀行家、相場師らが芬香《ふんこう》をふりまいて色と芸を売る柳橋芸妓百余名の賑わいに繰り出す。

遊客を乗せた小型の猪牙舟《ちょきぶね》、屋形船、鮮魚を運ぶ押送舟《おしおくりぶね》も橋下を行き交って百本杭《ぐい》の立つ大川に漕ぎ入れる。

酒楼の軒下に吊るされた提灯は神田川、隅田川の水面に揺れ映え、鰻屋の煙が吹き流れる。

だがいつも通りにさざめき騒げぬ雪でも降りそうな光景で、却ってそれが好もしいと安富は胸を撫で下ろしている。

——いまさっき何が見えたのだろうか。

馬車の日覆いを内から広げて、越してきた方角を振り返った。

だが、特段のものは目に映らず、小雪か氷雨が水路に散り落ちてきそうなようすしかない。

「この辺りで降りますか」

安富の声に参謀局付きの馭者は手綱を引いた。

馬繋ぎの場だった。内藤に続いて安富は躰を起こし、両輪につながった蹴込みから足を降ろした。

橋の東側から南の路地に向かって丹波、尾本……橋の西側に芳野、桔梗などの船宿合わせて三十が、軒をならべている。

馭者に、一刻ほどそこで待つように伝えて橋北の裏詰めまでやってきた。

亀清《かめせい》や大中村《おおなかむら》の色賑わいから置き去りにされたような裏岸の翁屋《おきなや》が今夜の宴場である。

参謀局と地理寮の小人数が集う。荷足船《にたりぶね》しか着かず、芸も色も貧相な小妓《しょうぎ》しか呼べない小楼である。

安富の申し出だった。八丈島で数余年を過ごしてから、酒を呑む騒ぎ場、女のいるところは癇に触れる。客も妓《おんな》も饒舌でなく、三弦もない方が有難い。

二本の柳が立ち並び、翁屋の手前の小ぶりの天水桶を備えた三浦屋まで来たとき、またふっと安富の目の端に動くものがあった。

路地と路地がぐるぅっと行き交って、さっき向こうの裏角にいた者が三浦屋の表にまわりこんできたのか。翁屋は三浦屋の四軒先の行き止まりである。

額にひと粒落ちてきた。

「やっ、雨」と暗がりの空を見あげた安富の袖を、その時、内藤がつつっと引いた。

「片腕の……」

何をいっているのか聞き取れなかった。赤と青の軒灯がうそ淋しい灯りを放っている裏路地に人の影もとらえにくい。

「左様です。あそこの柳の向こうに。片腕の……辻売りの」

「この前の……三味線堀の？」

と、ふたりで川に落ちる闇小路に目を凝らしたとき、

「ああ、これはこれは」と呼びかけてくる男たちの声があった。

今夜の宴席の地理寮の三人の技官だった。

闇の奥、輪郭がぼやけた暗がりを、一瞬もういちどたしかめたが何も見えぬままに、安富は内藤と一緒に男たちにつづいた。

宴はやはり水準原点の据え場所と陸軍省参謀局、内務省地理寮の合併が主な用向きだった。

小串を通した焼き鮑《あわび》の二の膳に箸を伸ばしながら安富が表情を崩した。

「鉄砲を担いで前進するとか、馬を馴らすとか。それが陸軍の仕事だと思っておりましたが、毎日、測量の話であります」

連れ笑いがはじけたとき、安富は、内藤と目を凝らしたさっきの闇の奥の片腕に気を戻された。

――まさか、相馬ではなかっただろうな。

よもや、柳橋の路地が川に落ちる裏詰めで、つけ揚げ屋台を出している姿を不意打ちのように見せるということはあるまい。

しかし安富の目に、縦長の箱型の屋台を天秤で担ぐ相馬の姿かたちが泛んだ。

――向こうからは私が見えていたのか。

私たちが宴を始めてから、いまもまだ同じ場所で商いをしているのかもしれぬ。

すると安富の心持ちはざわつき始めて、水準原点、合併と、問いかけられたり、相槌を求められても心が向かわぬ。

椀と香も載せた二の膳が済むと、安富は技官たちへの挨拶もそこそこに、翁屋を辞した。

橋をくぐり、路地、裏通りへまわりこんできた大川の風が小雪を吹き回している。まだ雨や霙《みぞれ》は含んでいない。雪は空から縦列して降らず、横斜めに濁り走っている。朝までに積もるかもしれない。

内藤が「捜してきます」と、小路が川に行き止まる裏詰めに靴を向けた。将官は宴席のあいだずっと暗がりの片腕に気を取られておられたのだと、内藤は気を配った。

だが、「どこにも見当たりません」と戻ってきた。

「たしかに、ひとつ腕でしたか」安富が訊く。

「左様に見えました。せんだっての三味線堀から小商いの多い柳橋に移ってきたものかと咄嗟に考えましたが」

「いつも話しておった相馬主計殿と思いましたか。足をひきずっておられましたか」

「いや、それは判じかねます。なにしろ、僕かぁ相馬先生にお目にかかったことがなく、ただ、隻腕で剣をよくする痩身のお方としか」

馬繋ぎに戻ると、煙管をくゆらしていた馭者が慌てて辞儀をして、幌《ほろ》をあげた。

――相馬主計であったのか、なかったのか。

安富は降り落ちてきた雪を払いのけて、後方に目を送った。

――会えなかったな。

――安富殿、貴殿のほうが浅ましい。こんなところで、赤石を積みあげてなんの真似だ。善行でも施しているお積りか。……俺はこんな島で犬死にはせんぞ。

耳底で這いまわっている相馬の声を思いだしながら、駕籠馬車に乗りこんだ。

馭者が喇叭を吹き右綱を強く引くと、馬は橋袂を右にまわって前進し始めた。

神田川からの水流が隅田川に落ちる手前、雪のせいか、吉原に上る猪牙舟に舟頭がいない。

櫓の音、櫂の音がない。代わりに、枯れ葦、落ち柳の積もる川縁を洗う増水の波音が立っている。神田川の上流、井之頭池の辺りで雪ではなく強い雨が降ったか。

俺を鼻で笑っているだろうという相馬の声が耳の底に届き、含み笑いが瞼の裏をよぎったのは、三味線堀で初めて相馬を捜したときだった。

あの時、相馬を捜しているのに、相馬が目の前に現れないことを願っていた。

安富は折れ曲がった底心《そこごころ》を羞《は》じた。

「柳橋に来ても、胸がすくことはやはりなんにもないですね」安富は力なく洩らした。

内藤が応える。

「いえ、ここは日比谷にはない風情です。いつかこの帽子と軍装を脱いで、美芸、美妓と一夜の狂燥といきたいものであります」

「そうですかねえ」

「吉原、深川よりここは近いですし。一酌《しゃく》百金一夕《せき》千金……これみな文明開化のおかげでございます」

わずかの酒で上機嫌を見せる内藤の酔い口に振り返った。

その瞬息、馬車の際《きわ》、内藤の肩越しに見えた黒い影に、安富は「あっ」と声をあげた。

——間違いない。見紛うはずはない。天秤棒を担いでいるのは、相馬主計の横顔……右手右肩で棒を担ぎ、左腕は筒袖に匿れている。

咄嗟に、馭者に声をかけた。

「止まってくれ。止めてくれ」

幌をはねのけ、膝を乗り出して叫んだ。

「相馬殿、相馬殿、俺だ、私だ、安富です」

地蔵菩薩が立つ柳土手の薄暗がりに入る手前だ。

花街入口を示す石造りの小門にかかった瓦斯灯が明るい。

白い灯りの下でだしぬけに声をかけられた男は棒立ちとなった。

濃い無精ひげの顔が蒼黒い。草鞋に脚絆を巻き、薄汚れた夏用の袷《あわせ》に兵児《へこ》帯を締めている。

「相馬殿、お懐かしゅう。捜しておりました」

安富は尻をあげて馬車から降りるかたちになりながら、声をあげた。

無精ひげの男は安富のその姿勢に視線を返し、右肩の天秤棒を持ち替えた。

屋台箱の中の道具が、ごとっと音を立てて揺らいだ。

たしかに左腕がない。袖が力なくぶらさがっている。

「相馬さん、捜しておったのです」

中腰のままで、ふたたび安富は声をかけた。顔面に喜色をあふれさせた。

三味線堀の時の、捜しているのに現れないことを願う得体の知れぬ気持ちは湧かなかった。

だが立ち止まった相馬は安富に険相を向けた。

瘠せ枯れた頬、こけ落ちた目の縁などすべて尖った印象をあたえる相馬の顔面の、目だけが、光を放っている。

相馬はゆっくり安富の軍帽、軍装を舐め眺めた。

「ほう」と声を落とした。

「ほう、貴公。声はかけてみたが、降りて来られぬのか。そちらから呼びかけるのであれば、同等に並ぶか折り屈《かが》むのが作法ぞ。安富殿は、そうして二頭立ての駕籠馬車の上から儂《わし》を見下ろすようになられましたか。……御同慶の至りでござるな」

「いま降ります」

「遅いっ」相馬の声が小雪をちぎった。

「いやなんとしても、これは失礼つかまつった」

安富は内藤をついて先に降ろし、自分も柳土手に向かう溜まりの空き地に軍靴をおろした。

「お目にかかりたかったですぞ。八丈島以来です。……私はこのような陸軍の戦さ恰好になり下がりましたが、相馬殿に聞いていただきたいことがいまもこの胸にあふれております」

沈黙がある。

内藤が「申し遅れました」と肩書と名を告げた。

「参謀局？」相馬は訊き返す。

「……」安富は直立のままで黙っている。

「陸軍省参謀局が、俺になんの用がある」

雪が三人の顔に降りかかる。

「三浦屋の前の暗がりで俺を見つけたな」

安富は頷きながら雪を払う。内藤もそうした。

だが、相馬は雪に降られている手も足も動かさない。草履が濡れている。

「柳橋から去ろうと思えば去ることができた」相馬は息をついだ。「待っておったのだ安富殿……安富殿、今の今まで、貴公が八丈島から東京に戻っておったとは毫《ごう》も思っていなかった。

よもや、とまさか、いや、やはり、俺の目に狂いはなかったと。この新都に戻ってくるとは思わなんだが、しかし思ってもいた。……暗がりの中で貴殿らしき面影に出遭って豁《か》っと開いた目を閉じることができなかった。しかも軍装……陸軍に出仕されたのか、俺は夢を見ているのか」

「……」

「だがこの新都で、この機を措いてわれらが相まみえることなどこの先あるべくもない。偶々は二度とない。そのためにここを去りはせなんだ。ひょっとして安富殿、俺を捜して歩いておられたのか」

相馬の口調と目に、いくぶん柔らかいきざしが戻ったのを目にして、安富は思いを弛《ゆる》めた。

「お捜ししておりました。お目にかかって詫びねばならぬこと、これからどうお過ごしになられるか、お聞きしなければならぬことが山ほどございます。ぜひ、近々に機会を」

「俺が、どうお過ごしと？」

「……」

「時を失った男の成れの果てを見たいと言われるのか」

「なにか暮らし向きのお役に立てることがあり申さぬかと」

「いや、それは無用」

「……」

「お手前に聞いていただくことなど露のしずくもござらん。このなりだ。分かろう」

相馬は薄汚れた継ぎはぎの袷羽織の前を拡げた。「鍋底をつつきながら仕合せに暮らしておる」

――頭《ず》を低くして真っ直ぐに生きる。だがその思いと安富のことは別だ。新しい時世は銭こがなければ生きられぬ。テウに誓った。他の者になら、御免下されまし、忝《かたじけな》いと縋りもできるが、安富は別だ。

「嗤ってくれ。……新政府への出仕など、俺には夢でござった。……その代わりにお手前か」

「……」安富は声を返せない。

馬が足踏みをして、泥雪が立った。

「見ての通りだ。もう一度申す。このなりだ」相馬はふたたび汚れ羽織を見せた。

誰もなにも応えない。

足踏みをした馬の前胸から上腕を、馭者が軽く二度たたいたとき、相馬が声を放った。

「二度とお目にかかることはない」脚をひきずる躰を左に傾がせた。「お手前の仕官、祝着なり」

火鉢、葛籠《つづらばこ》箱、枕屏風で囲った夜具、それに硯箱があるだけの九尺二間の裏長屋で、相馬の妻・テウは一心に針を動かしている。

大川沿いにひろがる蔵前の二月の凍りついた夜……寝静まった長屋に物音はない。どぶ路地の奥の細民宿から時折り漏れ出してくる哄笑、馬鹿騒ぎが熄むと静けさがきわだつ。

小座布団に坐って躰を揺らさず、手だけを動かしているテウの脇腹に相馬が話しかける。

「何の仕立てだ。精が出るな」安富につい先刻、柳橋で声をかけられたことは明かさぬ。

――陸軍省参謀局に出仕していたとは。

胸を激しく叩かれ、全身を引き回された程の愕《おどろ》きだった。

安富殿がまさか島から帰っていたとは、まさか陸軍省に出仕していたとは、まさか駕籠馬車から声を掛けてこようとは。すべてが思いも致せぬ不意打ちだった。

テウに伝えるには、卑屈を押し匿さなければならない。

「いえ、精を出しているのではありません。針を動かしておりますと、仕合せでございます」テウの口調はいつもどおり柔らかい響きをたたえている。

「いや、アンマアを辛い目に遭わせておる」

「うちゃあ、小袖や単衣《ひとえ》の頼まれの針仕事をして……木綿判のこの座布団四方だけがこの世です。ここでせっせと手を動かしていれば嬉しいのです」

堅く澄んだ月光を浴びた雪灯りが障子越しのテウの、秀でたおでこ、ふっくらと伸びた鼻梁に映えている。

「いつぞそなたは、島に帰ってもよいといっておったが本心か」

「まあ先に先にと心配なさらずとも、なんとかやって行けそうな気がしていますから。……いまに、良い目がまわって来ますすとも」

「……」

「つけ揚げを売るのは仮のお姿です。安富さまが島から戻られたらきっとこれまでのアニィさまのご苦労は報われます。必ずお役に立ってくれますとも」

「……」

「アニィさまも、安富さまのおっしゃることなら、なんでもお聞きになられますでしょ。……詫びたいことがあるとおっしゃっておられましたし」

相馬は部屋隅の破れ壁を眺めながら声をあげない。

——今しがた安富が、駕籠馬車から俺に声をかけてきた。陸軍省参謀局に奉じているようすであった。俺は、簡短の挨拶を交わして別れてきた。それ以上でも、それ以下でもない。

「案じなさることなどなんにもありませんよ。早くお寝《やす》みなされ」

「うむ」

「すぐ、春がやってきます」

「雪もあがるな」

「ええ、春はこの家にも」

「そうだな」

旬日前、相馬は芝・通新町の松倉左衛門の絵双紙屋をまた訪ねていた。すでにこれまで十数度になる。つけ揚げ屋より、とりあえず金を手にできるのは松倉を訪ねるしかない。親王宮から頂戴した千鈞《せんきん》の重みを持つ金である。松倉は預かり置くと称しておのれの懐に仕舞い、小商いまで始めた。

——俺の正しい金だ。

相馬にはその存念がある。

だがその日、松倉左衛門の姿は帳場になく、初めに訪ねた折りに芝浜の砂州で相馬を打ちのめしたふたりのうち屈強の壮年の方が坐っていた。

上り框に坐ることなく相馬は、ある方の腕を伸ばし掌を開いた。

「御免下され。この手に金を返して下され。拙者の金でございます。ここへ参るのもいい加減飽きた」

維新前には十手でも握っていたような底光りする目のその男は声を放った。

「まだ懲りねえのか。先には、砂を食わせてやったろ。どこの馬の骨か、知りゃあせんが。まあ外で待ってな。おめえが訪ねて来なすった御主人様は、四、五日先には帰って来らあ」

「どこかへお出かけで?」

「さあな」

「四、五日先にお戻りでございますか」

「いや十日先になるかもしれんな。おぬし、腕がひとつないが、脳もひとつ足りないか」と顎をしゃくった。「そうでなければ、五十銭百銭とそう強請りたかりに来られるもんじゃねえ」

男に金の所以を説いても益がないと忍びながら、場を去る気にもなれず、目をつぶって男の動きを耳で聞き分けていた。

帳づけをしながら、ときおり冷えた眼をあげてくるのが瞼の裏に映る。

男のその目玉の動く音、口を歪める音を、相馬は店が仕舞うまで立ち尽くして聴いているつもりだった。

──幾多の戦塵をくぐり抜けてきた新選組隊長・相馬主計、これしきのこと辱めにもならぬ。

だが、男が先に焦れた。

「いつまでそこに立っていやがる。目障りだ」

「……」

「腕もう一本落としてもらいてえのか……達磨にして欲しいか」

何も応え得ずに棒立ちを続けたが、やがて「ではまた」とだけ声を残した。

剣を揮えば一撃で仆せる相手だ。だがそれは昔の杵柄《きねづか》、今は、申し訳ございませぬ、御免下されと頭を下げて卑しく肩身をせばめるのが身に染み始めている。

店の外に歩を落とすと、冬枯れの町並みは暮れなずんでいた。

この辺りは瓦斯灯もない。凍り月の白い明かりで、軒端《のきば》を行く女の襟巻の色が薄紫と知れた。皮の赤剝けした犬が右に左にさ迷い歩いている。

わずかでも、テウに胸の芯が温かくなる銭こを持って帰ってやりたかった。

気落ちした足を、帰る蔵前に向けた。

新橋から銀座への途次、出雲町に差しかかった。

裏手の金春《こんぱる》屋敷の方角から、福々とした円い躰の男とほかに二人の男、そして勝山髷の芸妓らしき白塗りの女が向かってきた。

「やっ」と声をあげるまでもなく、左の眼の下に大きな黒子、松倉左衛門に違いなかった。

霰《あられ》地の絹物に半羽織、四十を過ぎたにしては粋をまとい、金太郎と綽名したい程にむっちりと肥えている。

まだ気がつかない。

笑いさざめきながら近づいてくる。

放縦に崩れかけた円陣に相馬は真っ直ぐ顔を向ける。

すぐ際まで来たが、金太郎は白塗りの女とふざけ合って気づかない。

通り過ぎかけた肩先に、だしぬけに声をかけた。

「松倉殿、松倉殿。御免なして、金だ、金を返して下され」

いいながら躰をぶつけて羽織を摑んだ。

連れの者たちから悲鳴と頓狂声があがった。

「臭ぇ」と放った声もあった。

松倉は羽織を引いて顔を向け、初めて相馬に心付いた。

「なんだ。そなた」と声をあげ、相馬の右手をふりほどいて逃げようとした。

相馬は追う。

「お許し下され。頼む。なんとあっても今日は残りを返していただきたい。芝の店で先程お待ち申しあげて……お願いでございます。あと二十四圓」

振り返った松倉は赤みが勝った艶々とした頬から吐きつけた。

「貴様、それでも元新選組隊長か」

――暖かい春の日はこの家にも訪れるのか。

相馬は、テウの絹地を突き刺す針の先の音を聞き分けようとする。

「新島は波の音ばかりだったが、ここに来て儂《わし》らは路地に吹いてくる風と雪の音を聞いているだけの気がするな」

「ほんに」

「明日の朝までに仕上げるのか」

「いえ、小《こ》一日遅れてもよいようでございます」

針を動かしているのは、紅絹《もみ》の裏衿を付けた白地の夏ゆかたである。派手を見せたい柳橋辺りの芸妓のものかもしれない。

「婆さんから？」相馬が訊く。

長屋の主のような、ハルオという婆さんが請けてくる針仕事だった。テウはだからどこの町の誰の縫い物を預かっているのか知らない。婆さんが口銭を取る。そういう賃稼ぎである。

「はい。ハルオ婆さんが」

「五月蠅《うるさ》いしわくちゃだが、悪い婆あではない」

「まあ、そんなことといって」

長屋の路地を吹き抜ける風がまた薄い戸板を揺すった。

「アンマアは波の音が聞けんで寂しい思いをしていないのか」

「もう波の音など思い出しません。……けど」

テウが言いごもったあとを相馬が請ける。

「けど？　生まれて育った島だ。波音が懐かしくないわけはあるまい」

「いえ。波音は恐ろしゅうございます」

「恐ろしい？」

「アニイさまを遠くに持っていかれるようでございます」

「またそんなことを。そなたとずっと変わりなく一緒だ」

テウは強く首を折って「はい」と応えた。

――ややっ子をさずかればよいな。

相馬の耳の中で割れ半鐘が鳴り響いた。ルズンの抜け舟があった嵐の夜明け、浜にみなが集まった。そこへ阿波徳島藩士・海部某というものが現れた。相馬殿、貴殿は新選組の残党と聞いた。命をくれ。

刀を抜いて押しかかってきた。

長老の弥五兵衛らとまわりを囲んでいたテウは、時折りその悪夢を持ち出す。「恐ろしゅうございました。アニィさまを持っていかれるようで」

何度そんなことはないと説いても、テウは「持っていかれる」を口癖にした。――島を出るときに「生涯、そなたを守りぬく」と誓ったではないか。「ややっ子を授かろう」と肯き合ったではないか。

いままた波に持っていかれる、恐ろしゅうございますと言われて、相馬はいつもと同じように「そんなことはない」と言い聞かせながら、別な思いを行きつ戻りつし始めた。

安富と出遭ったことをテウに打ち明けるのか、黙しているのか。

松倉左衛門から五十銭、一圓を取り返しに芝に出向いていることは知っている。だが、どういう首尾があったか、テウは尋ねない。

それよりも、安富のことだった。安富さまだけが最後の蔓《つる》だと心頼みにしているテウの希《のぞ》みを断つことはできない。安富殿なら官途の途を紹介してくれるかもしれぬ。

だが、ふたたび安富と会うことはない。

——このありさまで、安富に遭ったと告げてなんになる。

「明日は出られそうですか」つけ揚げ屋台の小商いのことを訊かれた。行くなら、蔵前口の天麩羅屋・天寅で粉や牛蒡の材を仕入れてこなければならない。空模様との相談だった。

——俺は安富をなぜ遠ざけるのか。

自問してみると、安富に対する心情の輪郭が霞んだ。

いや、霞んでいるどころか明瞭だ、疑いを容れる余地はない。

——なぜ俺が一本腕で、貴殿は指を落としただけか。そのことを訊きたいのだ……

神仏は俺を鞭打ち、俺を嗤い、安富を加護した。なぜだ。

「さあ、もうお蒲団でお寝みなさい」テウが振り返って、枕屏風を拡げに立ちあがった。

「こんばんは。まだ起きてなさるか」

障子戸を叩く声は、ハルオ婆さんだった。

「はい」テウが水甕を置いた上り框に向かった。

突っかいの樫棒をはずして戸を開けると、口の尖ったねずみかいたちに似た皺くちゃ顔がぬっと闇間から突き出てきた。

「こんな遅うにな」婆さんは嗄《しゃが》れ声をあげ首を折った。「こん人が訪ねて来なすって、わたいが案内して」

仕立てのことでなにか追いかけの請けでもあったかと戸を開けたテゥは、一瞬戸惑った。

いたち婆あの後ろから高背の男が顔を出した。

立木のように瘠せてどこか荒れた気配がある。二十の半ば程か。

瞬時に、それだけ認めてからテゥは尋ねた。

「どなたさまでございましょうか」

男が応える前に相馬が枕屏風の脇で声をあげた。「誰だ」

いたち婆さんが「こんお人がな」と応えると、男が「久しゅうしておりました」

と行灯の明かりが届く戸口に顔を出した。

相馬は咄嗟に行灯の脇の刀架に手を伸ばした。

「来たのか」訊いた。「来るとは思っていたが」

茨木八五郎は、抜刀して来たわけではなかった。

テゥと部屋のようすを窺うように首と目を回し、それ以上の動きは見せない。

「まあまあ、お入んなさいますか」婆さんが場違いの声をあげた。「雪が降って来やして、まあ足許ぁ、びちょびちょ」

この男は誰か、何用があって訪ねて来たのか、何事か起きるのではないか。

婆さんは聞き耳を立て、尖り目を開き、皺胸《しわむね》をふくらませて、立ち去らない。

テウは尋常の客ではないことを察して、男を招じ入れる様子は取らず、二の句も出さない。

「どけ」低声を発し、茨木が、テウの肩を押しのけた。

相馬は堅牢な柳生拵《こしら》えの刀装をほどこした二尺三寸四分、当世あらたまりつつある寸法でいえば七十・九センチの刀身を鞘から抜いた。

銭乞《ぜにご》いのために「御免下され。なにとぞお許し下さいまし」と頭を下げ続けているが、剣は、抜けば、新選組の頃より変わらぬ北辰一刀流に衰《おとろ》えはない。

「先《せん》にも申した。そなたの父は大石鍬次郎に討たれた。断じて間違いない。俺をつけまわすとは沙汰の外《ほか》。明治の世、新制の寸尺で生きてみよと申したはず」

茨木は上り框に一歩足を踏み入れてくる。だが、柄《つか》を握ったままで剣は抜かない。

婆さんが「ひっ」と縮《ちぢ》かんだ鶏に似た喉を鳴らした。だが、去ろうとしない。

テウが婆の袖を引っ張ってどぶ板に出る。

「たってとあらばこの命、呉れてやってもよい。俺もほとほとこの世に未練がないでな。しかもほれこの通り腕は一本。おぬしは俺を仆せるにちがいない。抜け」

「……」

「仇討ち……そのような時世ではないが。情けを掛けてやろう」

茨木はひとことも発さず唾を呑みこみ、顴骨《けんこつ》の上の瘠せた膚をひくっと攣《ひきつ》らせた。

柄《つか》を握った指は動かない。尖った殺気もない。

しばらく、部屋のありさまを窺ってから、声を這わせた。

「私は父を陥れた新選組そのものに深い恨みを覚えております。残っている者をひとりずつ討つのが宿願。目の前にいる元新選組隊士・相馬さまのお命まず頂戴いたしとう存じます」

「いかにも。先にも同じことを聞いた。だから情けを掛けてやろうといっておる」

「なれど、いずれまた参ります。新選組は何を為したのだ。地獄に落ちよ」

部屋をあらため、それを宣《せん》しに来ただけか。茨木は一瞬の間に踵を返した。

皺婆さんが、がたっと音を立てて雨戸に仆れ寄り、鶏肌の口許から泡を吹いた。

「シンシェングミ？　相馬さま……シンシェングミ？」

崖下から南風《はえ》が吹きあげて来る鳥居坂の居宅に内藤二等秘書官が久しぶりに姿を見せた。

この若き友を忠輔は、心待ちするようになっていた。

例のごとく庭から入ってきて廊下に上がった内藤に「おうおう」と手をあげ「し

かし、今日はなにも膳立てしておらんが、さて」と厨《くりや》に戻りかけた。

「ああ、親父さん親父さん」内藤は下げてきた藁苞《わらづと》を掲げて見せた。「持ってきましたよ、こんな顎外しのもの」

廊下板の上で開けると、いまにも瀬下から跳ねあがって来たような十四の小ぶりの若鮎が、背と腹を山吹色に輝やかせている。

「さきほど本省に騎馬で来た、多摩堤《づつみ》の歩兵部隊の手土産です。昼に獲れたばかりのぴっちぴち……これを肴に、親父さんと一杯と……飛んで参りました」

「鮎はこの下の古川でも釣れるそうだが。では四匹は御内儀にとっておいて、あとは串で焼きますか」

庭先に出した竈《かまど》七輪で塩を振った鮎が焼けたのは、南風が吹き止まり、小暑の上弦の月が白々と庭土を照らし始めたときだった。

焼ける鮎から垂れた脂は炭灰《すみばい》に浸み入り、小粒の化粧塩は赤い熱に音を立てて跳ねた。

塩の焼けるその音を耳にしながら内藤が訊いた。

「この前にお伺いした、雪中行軍……あれからいかがあいなりましたか」

「どこまで話したのかの。まあ、どこまででもよろしいが、手前ども、と申す、われわれ、貴公の上官・安富才助、新選組最後の隊長・相馬主計、そしてまあ軽輩の身分のゆえに五稜郭籠城は許されず、安富殿に湯の川へ落ち延びる計らいを受けたこのぽん太郎・沢忠輔。……まことに、土方歳三先生の最期に立ち会ったのでござります。

先にもお話しして、二度お耳を汚すことでしたら御免なさい。

しかし、これだけは忘れも致しませぬ、あとの月日は皆忘れ申したが、明治二年五月十一日のことでごぜえます。五稜郭から一里の箱館・一本木関門。わずかな百姓家が散らばっておるだけの陣屋通りと呼ばれる畑中の往還に、あたっしども三人突き進んでおりました。

敵の弾丸が発射され、橋、川、道に無数の砲煙が立ちますの。

馬上の歳三先生は橋の欄干に馬を寄せました。

はっまっ、やはり先に申しましたね。年寄りの繰り返しで御免なすって下さい。

しかしここは生涯の大事、我慢なすってお聞き下され。

その一瞬に先生は、円い弾、はい、筒から放たれるその頃の弾薬は椎の実のかたちではなく砲丸でございまして……その円い弾に歳先生、腰を撃ち抜かれ、馬の背から転げ落ちたのでござります」

「吹雪という馬でしたね」

「いかにもいかにも覚えて戴いておりましたか。……あたっしは仰天いたしまして、先生を抱きかかえに寄りました。安富先生、相馬先生も橋の袂から駆け寄ってきた。

先生っ。先生っ。歳先生、歳先生っ。

あっ、この若鮎……このまま齧《かじ》るのかの」

「蓼酢《たです》などに浸すと申しますが」

「そんなものいりゃせん。……いや、ちっとお待ちくだされよ」忠輔は離れる。

内藤がもう一本の串を炭の上から引き上げたとき、「庭の隅にこんなもん、いくらでも」と戻ってきた。

矢生姜だった。

「洗ってきます」

忠輔は台地の井戸に桶を降ろして水を汲み揚げた。生姜を洗い、厨《くりや》から味噌壺を抱えてきた。

「お忙しい思いをさせますね」

「いや、性分じゃ。我ながらよう動くでろ。

さて、何か。あっ、それで歳先生が仆れなすった。あっ、吹雪から転げ落ちて。

安富先生が指を、相馬先生が腕を落とされたのは、この一瞬ののちのことでございます。

ぽん太郎は悪運を得て助かりましたが、両先生だけではなく、腕、脚を失くされた方は数知れず……皆さま、首までぶっ飛ばされ、顔まで吹きちぎられ」

それからまあひと月後、負け戦さのあたっしども、士官、兵、傷病者ほぼ一千名は新政府に割り当てられた寺やお社に閉門されまして、残りは逃亡、残党狩りで逐われました」

「親父さんに僕がお伺いしたいのは、今後の参謀局の役に立つ先人の戦いぶりであります」

「なに、こんな末枯《すが》れ身の話を聞いていただけるのか。ならば、もう一匹いただきますぞ」

「はいはい、もちろん。……先日、蝦夷・二股口の戦さのお話の先っぽが出かかりましたが、それはいかなる？」

鮎の背を横咥えに齧《かわ》りかけた忠輔は手を止めた。

内藤は瓶子《へいじ》からギヤマンの猪口に注いだ酒を、白い月光に透かし映してから喉に落とした。

「今更、新選組の話などしたくねえがな。されど京のことでなけりゃ、ちっと聞いていただきたいこともある。……なるほど、それを早く言わねばならなかったの。歳先生がなぜ皆から慕われたか。二股口の戦さがあったからでござります。あの方はやはり立派な大将でござった」

「それほど？……新選組で剣を振りまわして人を斬ってきた人ではないのですか」

「なんの」

忠輔は黄ばんだ歯で、こんどはがっしりと鮎の背を噛み取った。木魚顔がさらに横に広がった。どういうわけか中気の手が震えていない。

「剣どころではねえの。銃でごぜえます。京では使うこともなかった鉄砲を振り回して。仆れる二十日ほどまえのことでごぜえました。歳先生とあたっしども、安富先生、相馬先生の三人は、箱館平野の大野村・二股口に官軍を迎え撃つために出陣いたしました。一本木関門の最後の戦いの前ですよ。

自軍、百三十、敵兵、さあよく数えられませんでしたが四、五百でしょうか。

あっ、その前に。話はちっと逸れるがよろしいかな」

忠輔は指についた塩を払い落とし、頭の天辺を撫でながらつづけた。

「だしぬけで相すまぬがの、新選組の一等の男振りは誰かと……あたっしには、男伊達、剣技、面目、どれをとっても歳先生が眩しかったのでごぜえます。

みなさんも申されましたが、長い髪を振り回し、眼光人を射る迫力を持ち合わせ、こういうように、どの相手に対しましても膝から頭の先まで黙したままで見上げ、そのあとで漸《ようや》く口を開くのが常でありました。

いつも思いだしますが、歳先生の句はぽん太郎を励まします。

梅の花咲ける日だけに咲いて散るね、どうでろ。男惚れ致しますでろ。しかも分かり易い。咲ける日にだけ咲いて散る、なんの疑いを容れる余地もございません、ぱさっとしたもんです、ああた。と、歳先生の話を始めればきりがありませんが、こんなことを申すのも、これからお話しいたします歳さんの陣頭指揮がいかに優れておったかの前口上でごぜえまして」

「剣戟ではなく、銃撃戦ですね。これからの陸軍になによりのお話」

「左様です。左様です。衆軍に対する寡軍、小人数の圧倒的な劣戦であります。あたっしどもは谷筋に配備され、左様です、交替で一刻きざみに寝て、夕から朝から夕まで応戦するという。糧食は、道手引きのアイノ民が世話をしてくれました。夕刻より雨が降って来ましての。それも空も地もひっくり返すほどの降りようで、ぽん太郎も安富先生も、絨衣《じゅうい》、軍装を脱いで弾薬箱を包み、雷管を懐にしまって躰で温めましての。

斯様の話を維新からこっちのお方にお伝えできるのは、安富先生、相馬先生、それに不肖、この沢忠輔のほかにはそうおらん。新選組の京の話なら誰でも聞いておろうがの。

敵は最新のスペンサー七連発銃。あたっしどもは先込めのミニエー銃。筒の先っぽに弾を詰める、あれね。飛びゃしないの。

双方で三万五千発の弾薬が飛びかったちゅう激戦でごぜました。

山のほうぼうで出る怪我人も敵に気づかれぬよう下へ降ろさなければなりません。引き板も綱もない。仕様がねえから、両足を握って下へずり落とす。当人はエーエー痛え痛えと泣くのです。

しかしこれは致し方がない。

内藤さんあのね、参謀局で勇ましい軍略を立てても、現地では兵は痛い痛いと泣いておるのでござりまする」

「はあ、まことに以て」

「しかし、鮎の腸、鱁鮧《うるか》というのか、この苦み……ほかの魚は虫などを食って成長し、鮎は苔を齧ってということにそうでろか」

「遡上してくる海から河口に、苔などありませんがね。まあいいではないですか。なにせ香魚ですから。苔しか食わないということで結構でございます。先輩、親父殿、まっ、いっぱい」

「むっ、香魚でろ。香魚でろ」

「で、その戦い、土方歳三さんが指揮されたのでありますか」

「左様です。もはや京都で刀と槍を振り回して練り歩いておった歳先生ではありません。

山、谷の地形を読み、寸刻の間も置かずに火線の配置を割り出して指揮する。安富先生もぽん太郎も千発以上は弾を撃つのです。終いに銃身が熱くなって持っておられんのよ」

「なるほど、銃撃戦をやったお方でないと分かりません」

「であたっしども、谷水を汲んできて、三発撃ったらじゅっと銃身に水をかけて冷やし、五発撃ったらまた、じゅっとやって。熱いわ、手間はかかるわ、たまったもんではねえぞ。新選組のかようの話、聞いたことねえでろ。

崖上にのぞく東の空が明るくなりましたときに敵軍の砲弾が熄み、歳先生の指揮で新選組の『誠』の文字を染め抜いた旗を振りあげたのでごぜました」

「衆寡敵せずと申しますが」

「歳先生の機略に敵は退却したのです。

後にあたっしは、歳先生がいかに優秀な歩兵指揮官であられたか、多くの方から褒めそやされて肩身を広くしたものでごぜえます。

薩摩長州の者で占められる維新政府が、死んだ坂本竜馬を惜しい逸物と申すは屁のよな話でごぜえますぜ。

二股口の歳先生のお働きこそ、語り継がれるべき大勲功。新政府の陸軍卿も大蔵卿もこなされる知力でござりました。

話はあと先致しますが、それから二十日ほどもせぬうちに、前にも申しあげた最後の別れの盃となります。

武蔵野楼で、相馬先生、安富先生、そしてこのぽん太郎、二股口の奮戦を歳先生に褒められ、色違いの形見の下げ緒を頂戴したのがこの時でござりました。

歳先生は、命三ツよく戦ってくれたと仰《おっしゃ》いました。

寡を合わせてよく衆を制したと。いや、俺も入れてくれ。命四ツだ、と。

それから手前ども、戴いた下げ緒は新しい時世をつくりあげる誓いの証しと昂ぶりました」

「参謀局に仕える身に貴重のお話でございます」

「この時節に若鮎を戴いたのはありがたい。ほぐれた身、なるほど苔に似た香り。この美味のおかげでまた過ごしてしもうたな。……二股口、一本木関門の話は疲れますな」

忠輔は珍しく躰を横にした。

十

安富将官は陸軍省参謀局参謀室のソファーの対面に坐る相馬主計に息をととのえ静かに口を開いた。

「変わりないごようすです」安富の眉、太い声、耳たぶ、鼻……顔の造作はどれも太く濃い。声まで野太い。

相馬は目の玉をわずかに俯けて、返事に代えた。

「先には失礼いたしました」

安富の誘いに相馬はなお無言である。

——この男を援《たす》けるには何をすればよいのか。

安富は踏み惑った。

箱館の武蔵野楼で歳先生からともに頂戴した下げ緒のこと、八丈島に送られる前夜、永代橋際の牛鍋屋の二階の席のこと、八丈島の山の斜面に赤岩ころを運びあげていた傍らでいくつか声を交わした日のこと、二股口の激戦……それらの忘れがたい懐旧を口にしかけて安富は、いや何か場はずれと感じた。昔日《せきじつ》を語り交わしたいから来てもらったのではない。もっと別なことがあったはずだ。

だが、援けたいと真底にある思いが口からついて出ない。

日比谷陸軍省の正面玄関から右手の螺旋階段を上ると、深閑とした赤絨毯の通路が左右に長く延びている。

衛視からの連絡で玄関まで迎えに出た内藤秘書官に、相馬はその中程の一室に案内された。

控えの二畳ほどの室を抜けると、陸軍省の中庭を背に安富が大理石タ－フルの向こうに坐っていた。

――安富さん、なぜ二歩でも三歩でも立って迎えに来ぬのですか。駕籠馬車から降りてこなかったありさまと同じですか。

坐したまま迎えられて、声を発さず眼球を動かしただけで応えたのは、相馬にその屈折が生じたからだった。

――いや、左様なことは取るに足りませんな。

慌てて取り消し、安富から目をはずした。

互いが互いを瀬踏みするような再会だった。

逆光を受けた細《ほそ》い雨が、窓硝子に白い糸を引いている。

ターフルの前まで進んだ相馬は無言で辞儀をした。阿蘭陀から渡ってきた机である。安富は相馬の眼の動きを見てから「待っておりました」と告げながら立ち上がった。黒の詰襟に肋骨服、釦留めの将校軍装をまとい、胸に三個の星章、左手に白い絹手袋をはめている。

ターフルには陸軍武官の制帽・シャコー帽、それに手許を照らす洋灯、地球儀、水差しが置かれている。シャコー帽は目庇《まびさし》のある高い円筒形の制帽で、鉢巻き部分に将校の階級を示す濃紺線三条が入っている。

ほかに束ねた書類がひと山、表書きに「内務省地理寮　新設　土木用達」脇に「大倉組商会」とある。

大小ふた振りの軍刀が壁ぎわの刀架けに架かり、壁上の額にふたりの軍服姿がいかめしく入っている。

向かって右手、山縣有朋陸軍卿。

左手に、鳥尾小弥太参謀局御用掛。

参謀局は、兵史課、地図政誌課、測量課などを擁して、「機務密謀に参画し、地図政誌を編纂し、間諜報などの事を掌《つかさど》る」を目的に、元は兵部省に設けられた部局だった。

相馬は表情を和らげず、テーブルの前になす術もないようすで立ち尽くす。紺無地綾織のメルトンの背広に、白綾のチョッキ、縞セル洋袴に、短い軍靴を履いている。

内藤秘書官の配下が蔵前の相馬の居宅に届けてきた。

相馬は軍装に馴れている。姿かたちは細枯れているが、骨格は頑丈で肩がいかっている。

「お待ち致しておりました。先生、よくお似合いです」

省の玄関先で内藤にいわれたが、相馬の顔にも素振りにも、表情はあらわれなかった。

「さあ」と安富は、八人から十人ほども坐れる方形に囲ったソファーに相馬を誘った。

ソファーの背には、勾玉に似たかたちの柑子《こうじ》いろの松笠模様が刺繡されている。

安富は、相馬が坐ってからおのれもその刺繡ソファーに尻を落ち着かせた。

「やっと来ていただけました」

六月初めの季節だ。降りみ降らずみの地雨が毎日、陸軍省の玄関口、中庭を濡らしている。

内藤秘書官が席を外すと申し出ると、安富はとどまるよう制した。

向き直って相馬にいう。

「今年は長雨の来るのが幾分早いですな。青葉の時季ですがこう降っては、寒いぐらいだ」

相馬はこんどは目だけでなく、軽く首を折った。

「梅雨というのは、五月雨《さみだれ》とは違うのですかね」安富は続ける。

相馬の堅い表情に変化はない。

棒杭のように枯れた躰をわずかばかりも動かすわけでもなく、周りの肉が落ちて皺ばんだ口を一文字に結び、顎を深く折り込んでいるために眼球が瞼の奥に鋭く据わっているように映る。

安富が四歳上である。続けるのは安富ばかりである。

「いや月日の経つのは早い」

「……」

「陸軍省も数年後には、ここから三宅坂に移転することになっております」

「……」

「柳橋でお目にかかったが、私はあの日、内務省地理寮との……近いうち陸軍省の地図課、測量課と改称されるようですが、そことの合併のことで」

こんな話をしている場合ではない。時間もない。しかし、安富はどう声をかけていいか混乱する。

腕一本のその後はいかがか。痛まぬか。

つけ揚げ屋は繁昌しているのか。

テウ殿と申したか、アンマアはお元気か。

私が陸軍省参謀局に仕えていることを知ったあのあとでおぬしは何を思って過ごした。

尋ねるべきことは喉許まで溢れている。だが、安富は埒もない無駄口をきく。

「しかし島の雨とここらの雨じゃ、まったく様相が違いますな」

「……」

「長雨が上がれば、この辺りも夏になる。いや、ここの中庭の青草がいっぺんに伸びます」

安富はほんの少し、躰を窓にねじった。

「横浜の居留地に庭球というものが渡ってきましてね、私もいちどやってみました。杓文字《しゃもじ》に似た受け網で、護謨毬《ごむまり》を打ち返す戸外遊戯ですが、これがなかなか面白い。長雨が上がれば、そこの中庭に敵味方を分ける網を張って皆で楽しんでみようかと思っています。

午砲のドンが鳴って休み時刻になると、陸軍省の全部の部屋に毬の音がぽんぽんと撥ね返るのです。これも欧化の便法」

ドンの空砲は、宮城内練兵場の正午所で毎昼、一発打たれる。

内藤秘書官が口を添えた。

「安富将官は舞踏会の用意も練られております。欧米列強に追いつくのは、省庁を問わぬ喫緊事でありまして、舞踏会はもともと外務卿の先導によるものですが、外国の賓客は軍人が多い。そこで手前ども参謀局にも準備怠りなきよう命《めい》が下ったのであります」

安富が継ぐ。

「いまは浜離宮の延遼館《えんりょうかん》や、三田の蜂須賀侯爵邸に諸国の賓客をお招きしているが、早い話があの者どもは酒を呑んで踊りたいのだということが分かった。で、大倉組に施工請負を注文して、毎夜、呑んで歌って踊れる大騒ぎできる使節御接待賓館がいますぐにも要ると」

安富と内藤の喉から、笑いが洩れた。

「あいやっ」初めて相馬が声をあげた。

「あいやっ、お手前方の話は手前にはいささかの興もない。……庭球、舞踏。時世は変じたと申されたいのでござるか。柳橋でつけ揚げをやっておる時柄《ときがら》にあらずと」

「相馬」安富も初めて強い口調で応じた。「相馬殿、おぬしと私、柳橋でも広小路ででもお目にかかっても良かった。だがな、ここに来ていただいた。私の存念がお分かりか」

相馬はじっと安富を見返す。

安富の左手の白い手袋に視線が行った。袋の先端まで指があるように膨らんでいる。

——何か格別なものでも入れているのか。この男は昔から食えぬところがあった。

相馬はソファーに凭《もた》れず、背を真っ直ぐに立てて身じろぎもしない。

安富が続ける。

「ここなら、四の五の説明は要らないでしょう。私は八丈島から戻ってこうなりました。

一目瞭然、ご覧になれば分かって戴ける。望んでなったのではないが、それは措く。人と人の縁です。島で石を積み上げて、甘藷の緑を増やそうと願うことで一生を了えるつもりになっておった私が、こんな所に坐っておるのは、縁としかいいようがない。運より縁です」

「あいやっ」相馬はまた強い口調で制した。

「手前にいうことではあるまい。好きなように生き、好きなように死ねばよいのだ。

……ひとつだけ感傷を申しあげる。歳先生なら、どう思われる。ただひとりの武士であられた歳先生……手前どもの尺の取りようはそれしかない。歳先生ならこの新時局に、義と勇と仁と誠の道をどう生きる。その外に、いかな規矩《きく》がござろう」

相馬の強い口調を耳にしながら、安富はソファーからゆらりと立ち上がって窓辺に倚《よ》った。

雨は、小糠を撒いたように散っている。すぐそこにせまっている東京湾の海風が大気を揺らめかしている。

――腕一本。

と、安富は思う。

――一瞬の違い。

それでしかなかった。

――それは運という。縁ではない。だが参謀局出仕は縁だ。

運と縁、運か縁か。

されど、相馬に向かって口にすべきではない。

代わりに脇から内藤が、相馬に声をかけた。

「本日、お越し願いましたのは」と頭を軽く下げた。「丁度採用がございまして。この本庁の衛視補を務められるお気持ちはございますでしょうか。いえ、ぜひとも相馬先生にお越しいただきたいと、軍務第一局の了もいただいております」

相馬は、立ち上がった内藤をソファーから見上げた。

内藤はズボンの筋に中指をそろえ、「何卒《なにとぞ》、何卒」と深く腰を折った。

「安富殿の差し金か」安富を横眼に見ながら相馬は呻いた。

「いえ、参謀局決定機関の」内藤が応える。

窓際から安富が戻る。

「相馬殿、何もいうな。何も訊かんでくれ。この秘書官が考えたことだ。秘書官のいうとおりにしてやってください」

相馬は坐ったままで、一文字に結んだ口をさらに絞った。

――なにいってやがる。

「衛視がお気に召さなければ課報に携《たずさ》わっていただいてもよいのですが」内藤が添える。

――安富殿、貴公の手の内に決まっておる。俺に憐みをかけたな。

「……」

相馬の呼吸が一瞬止まったのを見て安富は喉を開いた。

「課報も、腕がのうてもできる」

参謀局に安富を訪ねる前、相馬は変わらず柳橋や佐竹原の辻売りに出ていた。雨が続き、つけ揚げは思い通りに売れなかった。

内儀のテゥのほそぼそとした縫い賃だけが寄る辺の見えぬ勝手向きの種だった。芝・通新町の絵双紙屋・松倉左衛門を訪ねた帰り、金春《こんぱる》通りの表路地で、男や白塗りの女の一団に囲まれている金太郎のような左衛門にめぐり会い、取り縋った。左衛門に「貴様、それでも元新選組隊長か」と吐き捨てられた。

それからも都合四度、相馬は通新町に泥田に踏み込んだような重い足をひきずって通い、テゥを喜ばせられるなんの成果も得ずに、長屋の貸し間に戻った。いよいよ刀を売るしかないか。深い溜め息を胸に畳みながら板戸を開けると、テゥに「お帰りなさいませ」と常にも増して明るい声で迎えられた。テゥの声はいつも弾けてくるように朗らかである。島にいるときから変わらない。

「こんなものが届きました。……陸軍省参謀局の内藤さまからとおっしゃって」

相馬は胸を衝かれた。柳橋花街の入口を示す地蔵菩薩の前で安富が馬車の中から声をかけてきた。あの折り、共にいた者に違いない。

「ご丁寧に挨拶されまして、これを召して是非、参謀局にお運び下され。かならずやお似合いになられます。いつなんどきでもお待ちいたしておりますと……参謀局にどなたかいらっしゃるのでしょうか。安富さまなのですか」

木舞竹《こまいだけ》と荒縄と土が剝き出しになった土壁の際に、重ね座布団を包めるほどの花唐草の大風呂敷が置かれている。洋装だと見当がついた。

包みに向かって顎を振り、相馬は言い捨てた。

「見ずとも分かる。背広とかズボンとかいうものだ。それを着て顔を出せというのだ」

「やはり……お待ち申しあげておりました安富さまですね。島から戻って来られたのですね……でも、陸軍省？　島から戻って陸軍省にいらっしゃるのですか」

柳橋で声をかけられたことは話していない。

テウはそれ以上尋ねない。松倉左衛門の首尾がどうであったかも問わない。

「……」

いつも通りに針を手にした。

相馬は脇から針の動きを眺めた。

——これだけの暮らしだ。

そう思った。

だがこの夜、粟粥《あわ》に冬瓜《とうがん》の漬物、鰯が二尾ついた。幸先《さいさき》を祝おうとしてくれたのか。

——これより外《ほか》の暮らしがあるかもしれぬ、と思い返した。

テウの横姿に話しかけた。

「売ろうと思うが」

テウは針を止めて振り返る。

「刀をな……持っていても役に立たぬ」

「……」

「聞いたことがあろう。神田川に架かる左衛門橋の見世物……撃剣興行。昔と違って剣は志も具《そな》えぬ曲芸包丁になり下がった。こんなものを振り回している者はいまやどこにもおらぬ。新政府が刀狩りを始めるのも目に見えている。で、その見世物……誰がやっておるか。直心影流の榊原鍵吉師範でな」

「よくは分かりませぬが」

「武術練兵場、講武所の教授方を務めた人だが、いまは竹矢来で囲った空き地で剣の立ち回りをして見せて、木戸銭を取っている。浅草橋の隣りの橋の袂です。客の投げる餅や端銭《はしたがね》で暮らしをつないでおる」

「刀は無用の長物になり下がったのですか」

「明日、売りに参ろう」見当はつけていた。

「古物屋では買い叩かれるでな。芝西久保に異国人相手の刀剣の店がある。Ｊａｐａｎ Ｓｗｏｒｄと看板がかかっておる」

「スオード？　なんのことですか。世の中はどんどん難しくなります」

雨は降りやまず、庇から垂れ落ちた粒が裏路地のどぶ板に音を立てて跳ねている。ものみな腐《くた》す長雨である。

硯を取って静かに墨を磨《す》り、久しぶりに小筆でなにか書いて気を落ちつけたい気がした。

「アンマア、紙はあるか」

テウは首を左右に振った。

「そうか、紙もないか」

どぶ板に落ちる雨の音が大きくなった気がした。

竈の神、荒神様の脇にテウはかきつばたを一輪活けていた。

部屋のなかのただひとつの色彩である。花すがたは、濃い紫いろの翼を持つつばめが宙を飛び交っている恰好に似て、目を凝らせば動き飛びそうだった。

相馬はその濃紫をしばらく瞠めてから頷いた。

「あそこなら、高く売れる。いや大刀だけだ、小刀までは売らぬ。俺も笠間藩の御中間頭の譜……時世は変わっても最後の魂はかたわらに置いておきたいでな」

「島の女には難しいお話です。剣の見世物があるご時世ですか」

「いかにも、人斬り包丁を振りまわす場所は、往来から竹矢来の中に代わった。さりながら俺は京都から箱館まで長く、何本もの大と小と苦労をともにしてきたからな。いや、島でもな」

――つけ揚げ屋台を牽き、通新町の松倉に「お返し下され」といつまで這いつくばるのか。本心は安富に縋って銭の途にありつきたい。

時世の移りをテウに向かって声にした。

「陸軍省が舞踏会の用意をしておるという話もある」

「……」

テウは運針の手を休めない。

「その包みは島から戻った安富殿が届けてきた背広とかズボンというものに違いない。……なんの腹蔵もない。明日、参謀局に参る」思い惑いもしない足先がつっと前に出た気がした。

「はい。やはりお帰りでした。安富さまは」

「給金にありつけるかもしれぬ」

テウが喜ぶ。島を出るとき、衛《まも》ると誓った。

針を動かしていたテウは、手を止め、思い切ったように良人《おっと》に顔を向けた。

「うちゃあ、アニイさまのおそばにおられれば、それだけで仕合せでございます。食べていくのはなんとかなりますよ。……お気持ちが進まなければ、そんな風呂敷の御洋装で陸軍省になどいらっしゃいますな。そんなところに参られると何か見慣れない恐ろしいことでも起きる気がいたします。……島に戻ってもよろしいのですよ。みなさん喜んで待ってくれております」

「いや、安富殿に会いに参る」

陸軍省参謀局――。

安富はもういちど同じ科白を相馬に絞りだした。

「腕が一本なかろうと、なんの大事はない」

――それは貴様のようにある者の、言い種でござろう。

安富に返した視線を相馬は、山縣有朋陸軍卿、鳥尾小弥太参謀局御用掛の顔に移した。

鼻下に髭をたくわえ、斜め前の一点に目を据えている右側の壮年と、短い目庇のついた略帽をかぶって正面に目を尖らせ威儀をただしている左の男から、威圧を受けた。

――安富もいずれこのような額《がく》に入るのか。まさか。俺はここに何をしに来た。

かきつばたの濃い紫が眼によみがえった。「島に戻ってもよい」というテウの柔らかな響きが耳から滲みだしてきた。

──また島に帰るか、安富殿にひれ伏すか。いや、決めてきた。銭が要る。

──いや、腕だ。片腕一本の器量を確かめるのだ。

──いやそれを今更問うても始まらぬ。それはとうにおのれに釘を刺したことではないか。

ここには、つけ揚げ屋をやめ、御免なすって、金を返して下されと言わずとも済む俸給を求めてきた。それ以外になにがある。

「安富殿」相馬は初めて呼びかけた。

「この、腕が一本の男……身も世も見栄も見掛けもありません。家内を楽にさせてやりたい。そのためには御給金が要ります。貴殿の漉《すす》める奉公先ならなんでもよい。喜んで奉ずる」

三日後、委細、取り決めのため、相馬はふたたび参謀室に安富を訪ねた。

陸軍省の隣り、馬場先橋通りをひとつ距《へだ》てた陸軍嚮導團《きょうどうだん》正面玄関の衛視補を拝命した。俸給四十一圓二十四銭五厘。

芝・通新町の松倉左衛門に「返して下され。返して下され」と取り縋る金嵩より多く、相馬は全身が強く温められるのを感じた。

──テウに一刻も早く伝えてやりたい。

その日もまた、ソファーから、額縁に納まった陸軍卿と御用掛を見上げた。いや、こんなふたりに威厳はない。歳先生のほうがはるかに凛々しく深重《しんじゅう》だった。それを思うと、たとえ片腕であろうと臆することなく仕官できる気がした。武士なら腕を落とそうと首がなかろうと試練に耐える。

安富がつけ添えた。

「相馬さん、これは砲車や弾薬車を牽く一等馭卒《ぎょそつ》と同額です。思案はありましたが、ここから始めてください」

望外の提案であったが、伍長で六十圓ほど、少尉にもなれば四百圓を超すことを相馬は知っていた。

だが、腕一本の島帰りには十分すぎる額だと謝した。

参謀局の重要な使命である諜報の職務に奉ずる途もあったが、これは人付き合いをまめにこなして報を手に入れなければならない。

諜報の主な職責は、新政府に反逆する不平旧士族への潜入である。

新選組のたび重なる密謀、浪士狩りを思い出し暗澹とした気持ちを抑えられない。

それに較べ、衛視は長い警邏棒を支え、帯剣し、歩哨をするだけが務めの基《もとい》である。

嚮導團なら不審者を玄関先で誰何《すいか》することも少ないだろう。

「国家平常の治療」を謳って制度づけられたばかりの五千三百名の東京警視庁の邏卒でもない。

市中には出向かず、あくまでも陸軍省の局に置かれた課員である。

両の腕がなくとも務められる。

嚮導團は、毎年五百名の歩兵、騎兵、砲兵を採用し、成績秀逸の者は陸軍士官学校に編入させる。修業期間は十六箇月から二十箇月、自由時間はなく、帰郷は許されていない。

その厳しい秩序を戍《まも》って成業をめざす学び舎《や》を警衛することに、相馬の迷いはなかった。

それより、御給金を懐から出して、テウに差しだす一瞬を喜びに満ちて夢想した。生涯かつていちどたりと手にしたことのない正金である。

頬がゆるんだ。

「ところが相馬さん、軍の内部には」安富の顔は少し暗鬱な色に戻った。「不平士族だけではなく、不満が溜まっているのです。徴兵令を発布したばかりで軍予算が逼迫しております。

徴兵制は四民平等、国民皆兵で、生まれ育ちとは無縁の俸給が戴けます。これが強い兵卒を生み育てるいちばんの要諦です。旧秋田藩や出羽藩の雪に埋もれて耕す田畑もない百姓の倅も兵に徴されれば飯が食える。それが軍隊です。ところが相馬さん、申しあげたように軍は増え続ける兵を養うのに金がない。あっ、そうだ」

安富は立ち上がってターフルの引き出しを掻きまわし「ここに」と綴りを持ってきた。

「私の手元に届いた不平兵士の訴えです。足が痛いと泣いております。少し読みます。

小給の兵卒皆難渋致しおるところ、このたび更に日給、加えて、靴下等官給品も減ぜられ、練兵皆足痛に堪えがたい。かつまた賑恤金《しんじゅつきん》、退職金ですが、これが廃せられ、満役帰郷ののち、一戸を建つるの手段にも足りぬ。さればとて、終身、父兄の厄介と相成ることも致しがたい。さらにまたいつ戦役御召集に相成るも計りがたく……と、陸軍の底の方で不平が渦巻いているのです」

これらの不平がいつ暴動になるかもしれず、とさらに顔を曇らせてから安富は声をこごめた。

「大元帥天皇陛下を御奉《おんたてまつ》ると兵には教導しておりますが、今上帝は二十歳を過ぎたばかり、まだいかにもお若い。深酒の二日酔いで天覧演習に出られぬこともあります。それも一度二度ではなく……天皇の御臨場のない天覧演習はありえない。中止です。山縣卿らが諫言《かんげん》なさっているようですが」

「英明であられると……声もありますが」内藤が脇から口を挟む。

「天皇陛下をこれからいかに神格として奉ずるか。目の前に難儀は山積しておるのです」

相馬は、安富が遠くに進んだのをあらためて感じた。つけ揚げを売っているだけでは知りようのない話だった。

しかしと、ひとつ腑に落とした。

――生き直し、志を掲げると島では意気込んでいたが、なに、俺が天朝のことなどに思いを致さねばならぬ大義はない。テウを明日のめしに困らせなければよい。俺はそれだけの男だ。

職責と給金が決まれば、室にとどまる用もない。

九月に入った日から出仕すると決まり、相馬は立ち上がった。

「あいやっ」と安富が声をあげた時だった。

長廊下に出る控え間から戸が叩かれて、ひとりの老人が入ってきた。

五十を過ぎていると見えるのに、無邪気を具《そな》えた目つきの年老である。

小座布団に載った平らな木魚か瓦せんべいに似た顔つきの、前頭から頭頂にかけて、地肌が照っている。

越後上布の単衣《ひとえ》に黒絽の夏羽織を付け、角帯を締めている。

だが人生を九割方越した齢《よわい》にしては、皺が浮き出した褐色の顔面には十歳ほども若い四十過ぎの生気が溢れ、屈託のない笑みを泛べている。

老い枯れても、邪気や剣呑を具えぬ者のひとつの型であると、相馬は咄嗟に見た。

――拗ねこびた瘠せ浪人の俺とはまるで違う。しかし、はて誰か。

相馬はソファーから立ち上がって、暇乞《いとまご》いをするつもりで安富に視線を送った。

「いや、相馬さん」安富が手のひらを挙げた。「この方は貴公を訪ねてこられた。私がお呼び申した。……覚えておられぬか」

不意のことで何を言われているのか混乱したが、男の顔を覗いた。

男は皺ばんだ手の甲で、目をこすってから呼びかけた。

「相馬隊長、近ごろ、あたっしの眼はなんでも白みが、かかっておりますが、間違いございません。お懐かしゅうございます」

といってから軽く辞儀を寄越した。

相馬の喉から「あっ」と声が洩れ出した。

「沢さん。沢忠輔さん。お声、そのお声。耳に……覚えております」

「相馬先生。相馬隊長ですね」

相馬は三歩あゆみ出て、「ええ、ええ。間違いござりません」と頷きながら忠輔の腕を摑んだ。

「思いがけぬ人が来られるからとここに招かれたのですが」と忠輔は洩らした。

「よもや」相馬は応じた。「ここでお目にかかれるとは」

安富は首をしきりに縦に振っているが無言である。

「さっさっ」と促したのは内藤だった。

コの字のかたちに、三人は坐った。年上の忠輔を間に、安富と相馬が対面となった。安富の隣りに二等秘書官が坐る。

「どれぐらいになるでしょうか」

「あれ以来。……生き恥をさらしております」と、忠輔は中気の手を膝の上で震わせた。

相馬の視線がその手に注がれているのを受けて、「目は濁り、手も震えるようになりましたわ」と忠輔はまた木魚に微笑を泛べた。

一本木関門で土方歳三が斃れ、相馬が腕を落とし、安富が指を飛ばされる日の前夜、政府軍の艦砲射撃の標的となった五稜郭は、幕軍みずからの手によって打ち壊された。

崩れた石垣の上に立っていた安富が声を励ました。

「明日はどうなるか分からぬ。城もわれらも、もはや是まで。この世でまた三人が会うのは叶うまい。……歳先生から形見分けされた下げ緒、離すまいぞ」

ほどなく夏を迎える光が射す時季だった。この夜は受け月が低い空を黄色く切り抜き、足許は仄かに明るい。ぐらっと靴底を動かすたびに、土煙が立ち、硝煙の臭いが掻き混ぜられた。

砲声はなく、静穏が辺りを覆っている。

「いやいつか必ず三人でお目にかかりましょう」硝煙の臭いを払う手つきをみせて、忠輔は安富と相馬に強く放った。

内藤が割って入った。

「本来ならこんな無粋の場ではなく、赤坂、柳橋にお席をつくりたかったのでございますが」

安富が引き継いだ。

「箱館の武蔵野楼ならいまいちど三人で揚がりたいが……ところがな、ああいう場所に行くと私と相馬殿はどうも行き違いになる。沢さんに行司を取ってもらえばよいのですが」

内藤が膝を乗り出させた。

「ということで僕かぁ、別館の烹炊所《ほうすいじょ》に手配してございまして、大いに飲ろうと。……陸軍省庁舎で酔いの算段、挙句に大騒ぎしようとする者などこれまでいなかったでありましょうが、なに、将官の御裁許があれば、向かうところ敵なし」

内藤の上戸振りを見てきた忠輔が半畳を入れる。

「いや向かうところ敵なしは、いちばんお若い内藤秘書官の突撃一番酒でごぜえますな」

頑《かたく》なな殻をまとっているように見えていた相馬の気配も、この音頭でほぐれた。

内藤は跳ねる勢いで洋食、和食いくつかの厨房をまとめた烹炊所に行き、厨房員に横浜と神戸の居留地でしか手に入らない葡萄酒と、灘の下り酒を運ばせた。

両国若松町の西洋菓子屋・凮月堂のケークと貯古齢糖《ちょこれいとう》も添えられてきた。

相馬は胸の縁をざわつかされた気がした。

額縁のなかの山縣卿への懼《おそ》れは消したが、見慣れぬ西洋菓子に臆した。

――ともに島から戻った。この彼我《ひが》の違いはなんだ。安富さんはこんなものを食っているのか。

コの字のソファーが思いがけぬ酒席に変わった。

「山縣卿も鳥尾局長も同席いたしたいと、額の中から見ておられます」

音頭を取る二等秘書官は、元新選組隊士らの気をほぐそうと躍起である。

ギヤマングラスに葡萄酒を注ぎあい、再会を祝した。

「のちほど、いま海軍で大流行りしておりますカレーなるものが参ります。いざ諸先生、これは赤坂、柳橋、そんじょそこらの花街ではお目にかかれませんぞ。カレーライスというものでございます」

相馬はまた鬱陶しい過敏に支配され始めた。

——俺はなぜこうもおのれを惑わす。なぜ素直に安富の出世を喜べぬ。安富が陸軍省に出仕しているから、給金にありつく口が見つかったのではないか。真っ直ぐに生きようとテウに誓ったのではないか。……しかしカレーライスとはなんだ。

内藤はしきりに座を賑わせたがっていた。鳥居坂の沢忠輔の許に、ときおり二升樽を提げて新選組や鳥羽伏見、蝦夷二股口の斬撃戦の話などを聞きに行っているようすを明かした。

さらに陸軍省のおのれの上長の気もほぐそうと、酒を藉《か》りて少々の逸脱に挑んでいるありさまが伝わってきた。

その秘書官の奮闘ぶりを目の前にしている相馬に、ひとり思い屈していても見苦しいと、沢、安富、内藤に対して恥入る心が生じた。

安富が八丈島に送られる前日、永代橋の際の野田安で苦い思いを呑んで別れたこと、斜面の天辺に赤岩を運びあげている安富に「この島で果てて見せるとの空言が気に入らぬ」と吐き捨てた悔いをいまさら引き摺ってはならぬ気がした。

実際に、言い当てたとおりになった。

安富は島で果てず、陸軍省に出仕し、葡萄酒を飲み、西洋菓子を食っている。しかし、過去を言い立てても始まらぬ。

内藤に勧められた貯古齢糖を口にしてみた。苦みがあるだけだった。

内藤が説明した。

「軍用の非常食として凮月堂に陸軍がつくらせましたので、これは不味いものであります。旨かったら、兵はすぐ食ってしまう。行軍の時などは、腹に保《も》ちます」

沢忠輔が声をあげた。

「行軍といえば、あたっしはいつも思い出します。敵艦・エソプ号らが箱館攻撃に向かうとの報を持って、宮古から八戸を越し陸奥・野辺地まで歩きました。……陸奥小川原湖辺り、山背が吹き、低い木しか育たぬ荒涼の大地でありました」

安富が返す。

「今日はまあ、昔の話はあまりせぬことで」

「いやいかにも、そうでごぜえました。あたっしゃ相も変わらぬぽん太郎……なれどあたっし声高らかに申しあげたい。今時分では誰も語りませぬが、我ら新選組生き残り勇士三名」忠輔が応じる。

「いや死に損ないの、な」安富が混ぜる。

笑いが弾けた。

「いやいや兎に角、元新選組隊士三名がここに会したことと、相馬殿の前途を祝しましょう」安富は盃を掲げた。

――そうだ、真っ直ぐに生きよう。

安富さんにはくれぐれも感謝しなければならぬ。テウもそれを願っている。

相馬は安富に腹蔵を抱いている場合ではないと、改めておのれを戒めた。

「されど」相馬は皆を見まわした。「前途を祝して戴いて……有難き仕合せ。されど、でございます」と左腕の袖をまくった。

「皆さんは先刻ご承知でございますが、あれ以来、やはり生えて来ぬ。目が覚めたら一本つるつるっと生え出してくる夢を見たりもしたのですが、一向にその気配はございませんな」

三人からまた笑いがあがった。

筒袖をまくり、削って丸棒になった断端を皆の眼に晒しかけてとどまった。

「お笑いなさるが、一本腕で勤まるかどうか」

安富が制した。

「相馬殿、案ずることはありません。立派にお役が果たせます。腕など問題ではない。鳥羽伏見で傷ついた薩摩長州の元藩士が宮城の警衛に就いたり、警視庁邏卒に採用されております。なかには脚一本の方もおられる。……なにより文武両道に能《よ》く通じた者が採られます。相馬さんはしかも利き腕ではなく、左です。左の腰に供奉刀《ぶとう》を吊るし右手で引き抜いて応戦できます」

安富は続ける。

「ただ島でのんびりと波音を聞いていたようには参りませぬ。朝は明け五ツに喇叭《らっぱ》が鳴らされて、いまで申せば午前八時十五分からの勤めです。翌朝の昼四ツ半、十一時まで二十六時間四十五分の勤めであります。明けは、休務」

「そんなことは苦にもならぬ」

と、応えつつ、相馬の胸にまた屈託が積もり始める。

――供奉刀を腰に差し、直立不動で嚮導團の正面玄関を警衛している俺の目前を、安富殿は配下を連れ、いまよりさらに軍帽に緋絨を増やし、軍服に勲章をぶらさげて通り過ぎるのか。

俺は敬礼する。そういうことになるのだ。

相馬の酒は進まない。

「葡萄酒というもの、相馬先生はお好みではござりませぬか」

内藤に訊かれても曖昧にしか頷けぬ。

内藤と沢忠輔がいちばん燥《はしゃ》ぎたがっていた。

忠輔は「めでたいめでたい」と前頭部から頭頂にかけて禿げあがった光沢部をぺ

たぺたと打ち叩き、内藤は「これみな、わが陸軍省のため……日本国陸軍に光輝あれ」と吠《ほ》えた。

「これこれ」安富が窘《たしな》める。

だが内藤は軽燥《かるはしゃ》ぎする。

「将官殿……いいではありませんか。将官殿があれほど捜しておられた相馬先生が眼の前にいらっしゃる。これほど欣快至極はございません」

相馬はだが、三人の流れには乗れない。

舌に甘く絡みついてくる葡萄酒のギヤマングラスを置いて、灘の下り酒に代えた。気持ちがいくぶん揺り戻ったとき、「光輝あれ」と内藤の叫んだ言葉に呼び戻された。

――いつか聞いたことがある。

思い出そうとすると酒の香りの中から武蔵野楼の訣《わか》れの宴の記憶が這い出てきた。

――榎本総裁の挨拶だったか。歳先生の死ぬ前夜。

「いまさらじたばたしても始まらぬ。蝦夷共和国に光あれと声を張り上げて果てようぞ」

総裁の声、言葉が絡みついてきた。

――光輝などどこにある。あとは老い末枯れていくだけだ。

灘の猪口に手を伸ばしたとき、忠輔が「いやいや、相馬先生にお目にかかって嬉しく、折角の物をお出しするのを忘れておりました」と、夏羽織の袂から小さな桐箱を取り出した。

安富と相馬に交互に目を遣ってから、蓋を開けた。

黄丹《おうたん》色の袱紗《ふくさ》にくるまれた小さな箱で、金錺《かねかざり》の錠がついている。

出てきた油紙をほどきながら「お分かりになられますよ」と安富と相馬をもう一度視た。

脇差し用の下げ緒が現れた。紫いろだった。

「いかにも」と安富が呻き、相馬は繰り返し無言で頷いた。

「これを下さったとき」と忠輔が言い足した。

「たしか、寡を合わせてよく衆を制した、われら四ツよく戦ったぜと、歳先生が。

……いや、内藤秘書官殿、カレーライスと申すものは参るのかな」

十一

陸軍嚮導團の衛視補に就いてから三日目となった。一日半勤めて翌日は休みになる。

九月に入って六日ほどが過ぎていた。野分《のわき》が来そうもないのに、秋雨の匂いを孕んだ大気が蒸し、軍衣の内シャツも軍帽の内側も汗にまみれる。

相馬は詰所で記帳した訪問登庁者に不審はないかいまいちど、内玄関で他一名とともに検《あらた》める。銃、剣を匿し持っていないかを素早く探るのが要点である。

三日目になったが、怪訝を抱かせる者は現れていない。

安富のいる陸軍省の隣りに位置するこの庁舎は、来訪者を圧する威容を見せている。

初めに目に飛び込んでくるのは中央の三角屋根と脇に聳《そび》えるふたつの半球形の覆いである。

覆いは建物内側で、四本の弓なりになった鉄の穹隅《きゅうぐう》に支えられ、外観は、飾り鉄柵に囲われ、石灰岩と泥を焼いてつくった壁に覆われている。その壁に薄い板状煉瓦《れんが》が貼られ、外光を採り入れる硝子窓には細い桟格子が嵌まっている。

すべて洋式建築である。

煉瓦は東京府南葛飾郡の小菅煉瓦製造所が焼いた。

内壁面には、深い浮き彫りの図像がふたつかかっている。

一枚は、書籍を拡げている八人の少年兵、もう一枚は同じ数の者が銃剣で突撃の姿勢を示している。

左右ともに、人の丈の倍ほどの大きさがある。

書籍を拡げている少年兵の像の前が、相馬の立哨する定位置となった。

正面玄関、向かって左の六角詰所には、辺りに目配りの利く大きな素通し硝子が嵌められ、同じ勤務体制の四人の衛視が常駐している。相馬はいわばこの四人の補佐である。

――何も思うまい。何を論ずる是非もない。

この勤務に就くに際して決めた、腹構えだった。

何も巡らしてはいけない。好運も悲運もない。何も感じてはいけない。目に映ずるものを瞪めるだけである。遠景はない。大理石に囲われた方四方《ほうしほう》の空間に眼を遣る。それが立哨者の気構えである。

ほとんどの時間は、立ち尽くして眼球を凝らすほかに動きは不要である。

たった三日で気づいたが、見ることによっておのれが見られている感覚もあった。一日、ほぼ二百数十名、眼前を行き過ぎていく者が、疑心を泛べた視線を送ってくる、ような気がする。

――立っているこの男は何者か、と問い寄ってくる。

口を閉ざして身じろぎもしないが、そいつに応えてやりたい一瞬がある。

――俺か、俺は新選組隊長だった、おめおめと生き永らえてここにある。ふっふ、これが成れの果て。

いや、歳先生ならここで何を思うか。耐えよ耐えよ、耐えて誉れを浴びよ、というに違いない。耐えた誉れこそ最も美しい。

――いや何も思うまい。何も動じまい。元・新選組隊士でも新島《にいじま》流人でもない。衛視補だ。

相馬の頭の中から、痛切が浮き立ってくる。

「御出仕はいかがなごようすですか」

つい夕べ、テウに訊かれた。

蚊遣りの線香を焚いているが、長屋をつなぐどぶ板、雪隠《せっちん》、塵芥場《じんかいば》……蚊が涌き出る所は八方隅々にある。

殊にこの長屋は、奥に貧窟が控えて、茹で蟹の殻から破《や》れ蒲団まで路地端に投げ捨てられ、兵隊めしの饐え残りも雪隠の脇に積もっている。

孑孑《ぼうふら》、蚊、蛆《うじ》、蠅のここより外にない繁殖地だった。

「冬の寒さは防げても、蚊からは逃れられんな」

「蚊帳があるだけ助かります」

かぎ裂きと穴は、テウがつくろった。

テウが、勤めのありさまを尋ねたのは、そうして初秋の蚊の話になり「ひと晩中、刺されては出仕にも障る」と相馬が答えた時だった。

「ただ立っているだけだ。何も見ない」

「それで勤まるのでございますか」

「ああ、それが勤めだ。眼が勤める」

「お厭ではございませぬか」

「なに俺は誉れを持って勤める。これでアンマアと案ずることなく食っていける。島以来初めての平安でござる」

蚊帳の中のやりとりである。菜種油の焼ける匂いが行灯《あんどん》から網目をくぐってくる。

みずから炎に飛び入った蚊は、汁や食物を吸い取る口吻《こうふん》、長い肢、翅を一瞬のうちに焼かれる。硝子行灯にそのありさまが映る。相馬は炎に焼ける蚊の姿から目を離さない。

「嚮導團に出られて、うちゃあ、初めは憂き月に遭うのではないかと怖かったのですが、いまは何か福の神が舞い込んできそうな気がいたします」テウは相馬の手を握った。

汗の浮いていない柔らかく冷たい触感が伝わってきた。五指を組み合わせて力を込めた。

「アンマアには、苦労をかけた。離れまいぞ」

――ややっ子がさずかればよいな。

「勿体ない。仕合せです。でもひとつお聞きいただけますか。給金が出ましたら、連れて行ってもらいたいところがあるの」テウは、指を握ったまま、相馬の腕のない肩に顔をうずめた。

「三河屋でシャンパンというものを飲み、牛肉勝烈《カツレツ》が食べてみたいのです」

三河屋は神田橋外の西洋料理店である。

「そりゃ、いいな。参ろう」

「あとね、みつ豆というお菓子も」

茹でた豌豆《えんどう》に賽の目に切った心太《ところてん》を加え、蜜汁か砂糖水をかけた菓子だと人からの口伝えをねだった。

その昨夜の思いからとつぜん引き戻されたのは、内玄関に数人の兵卒みなりが入ってきたからだった。六角詰所の検めも受けずに、突進してきた。

相馬は長い警邏棒の柄《え》を左脇にかかえ、供奉刀サーベルの先を右手で彼らに向けた。

「待て。待たぬか」瘠せ枯れた姿かたちからは想像もできぬ強い音声《おんじょう》で問うた。

四肢を踏ん張り、形相を怒らせてさらに前に出た。

闖入してきたのは、スペンサー銃と長剣を帯びた兵卒七人である。

詰所の四人の衛視がかれらの背を追ってきて警邏棒を横一本にして押し出そうとした。相馬と同様に立哨している建物内の男も棒で塞いだ。

闖入してきた七人と、警衛する六人が入り紊《みだ》れる。

「この軍装恰好を見れば分かろう。市ヶ谷から参った我ら七人、怪しい者ではござらぬ」

顎に髭をたくわえた背の高い主導者らしき男が声を上げた。

「嚮導團長にお目にかかりたい。我は東京鎮台予備砲兵第一大隊、一等銃工長・猪倉竹四郎」

相馬は、安富が不安を漏らしていた陸軍兵卒の不平一件を思い出した。

だが押し入ってきた彼らは暴徒となるわけではなかった。銃も構えず剣も抜かない。

七人みな粛然とその場に立ち、名乗りをあげた猪倉は静かに続けた。

安富が案じたとおりの上申だった。

「人民一般苛政に苦しんでおる折柄、嚮導團長に是非お聞き願いたい儀がございます。我ら皇国の防備に万死を以て奔走すること毫も厭《いと》わぬ覚悟、なれど近々、各種勲章、大尉以上がこれを賜り、兵卒の如きは勲章どころか、日給、ならびに官給品も減少せられ、実に不公平の事と存ずる」

暴動を起こす懸念はなさそうだ。

衛視たちの警邏棒を持つ手が緩んだ。

相馬には、思いがけなかった。

――ここは嚮導團……勲章、官給品の減ぜられることといかなる関わりがあるのか。

と、男たちは足並を揃えて矢庭に前方の階段に向かって進み始めた。

軍靴の音が大理石の床と壁に谺《こだま》する。

制止しようと相馬たちは追う。

通路行き当たりの手前、階段を駆け上がると団長室がある。

彼らは室を知っていた。

相馬は息を切らした。追う六人のなかでいちばん遅れた。

抱え込んでいる警邏棒に、左脇の前鋸筋《ぜんきょ》がごとごとと突つかれて痛い。

——こんなはずではなかった。二股口の死地を切り抜けてきたではないか。通路を走っただけで、喘ぐとは。

昇りかけた階段の手摺の下に警邏棒を、滑り落とした。

葡萄の蔓を模した華麗な彫刻がほどこされた手摺である。

急いで拾いに降りようとしたとき、階段上から嚮導團の者の声が落ちてきた。

「お聞き致します。お聞き致しましょうぞ」

責任ある者が、兵卒たちの訴願に耳を藉《か》すという意味か。

「いや、多勢は相成りません。お二人まで」

歩兵生徒隊副官の入来隆一だった。相馬と同じ年齢の団長に次ぐ位階の嚮導團の副官である。

ほかの者は玄関の外で待つようにと指示され、五人と相馬ら衛視たちは正面入口に戻った。だが、玄関前まで来たとき、五人はこの内側で待つと言い出した。

「ならぬ」詰所の衛視長が声を放った。

揉みあいになったが、頑として動かない。

相馬はまた警邏棒を左の脇から落とした。腕、手首、手指がなければ、肩に力が入らないのはとうに気づいている。

――だが、肝心の警邏で大事の物を二度までも落とすとは。これで務めを全うできるのか。

混乱した。と、膝を屈めた相馬に折れ曲がった心根《こころね》が浮かんだ。

彼らが何を強訴しにきたのかは判然としないが、「人民一般苛政に苦しんでおる折柄」「兵卒の如きは、日給、ならびに官給品も減少せられ、実に不公平の事と存ずる」と猪倉と名乗った首謀の者が弁じていた。

なぜ、陸軍省ではなく、嚮導團に来たのかは不明ながら、申し立てのおおよその筋は分かる。

屈曲した切情とは、安富に紹介された大事の務めでありながら、務めとは違背して猪倉たちに寄り添いたい気持ちが湧いたことだった。

――できることなら、彼らの中し立てに耳を藉してやりたい。だが、安富と違って彼らの言い分を聞ける位置にない。

相馬は五人を外に追いやる力を込めるどころか、拾いあげた棒を床《ゆか》に立てた。

詰所の男が訝《いぶか》しげな視線を向けてきた。

――ほう、何をやっとる。その棒で塞がんか。立ててどうする。

ほぼ半刻後に七人は帰って行った。

彼らの談判は、詰所の記録に残り、陸軍省参謀局と卿官房軍部第一局に申し渡され、市ヶ谷・東京鎮台の処分に遇うことは明白だった。

安富の危惧どおり、陸軍はいま内部外部問わず、不平分子の存在と行動に神経をとがらせている。悪い芽は早く断つに如《し》くはない。

彼らの背を送りながら、相馬は一瞬で陸軍省や安富の心労に思い至ったにも拘わらず、兵卒たちに肩持ちしてやりたいとあらためて心が向いた。

明けた翌日の勤めに出た朝、衛視長から前日の入来隆一副官の応対の顚末を聞かされた。

七人がなぜ嚮導團に押しかけてきたのか明らかになった。

硝子の張られた六角の詰所で衛視長は、警衛の目を正面玄関に配りながら声を落とし、次いで低い笑いを這わせた。

「なんとまあ、奴ら、食いもんのことで談判に来やがったと。ここの嚮導学校の食いもんと、儂ら兵隊さんのめしがあまりにも違うっちゅうって。

兵隊は軍隊に行けば、白いめしが食いたい放題だと思って来ておる。徴兵んときの誘い文句はまあだいたい、白いめしに生卵かけられっから有難てえぞ、だな。それに、山形の三男坊も東京のお屋敷の若旦那も軍に入れば同じ服だ、平等だと。ところが、最近、軍の財政緊縮でめしは減らされ、卵なぞめったにつかんと。豆腐、油揚げも四、五日に一度になったと」

相馬は衛視長の説明を黙って聞いていた。安富の憂懼《ゆうく》とかさなって、愕くことではなかった。

「だども、昨日の奴らがいうには、ここの生徒らはパンを毎朝食っておる。パンほど高級な食い物はねえ。ときどき赤飯も出る。昼にはビフテキという牛肉に、コオヒーがつく。毎晩、生卵に白いめしっちゅう。……しかも、ここん嚮導團の裏口に大八車を牽いた残飯屋が毎晩押し寄せて来ておる。なにゆえ、かような不公平が生じておるのか、是非、お聞かせ願いてえと。こういうことでござったそうな。相馬殿、まことに食い物の恨みは怖ええというほかは、ねな」

「……」

「でけえ声では言えぬがの、わが陸軍もこりゃ並大抵の苦労でねか」

衛視長は皆を見まわした。

それから二度の終日勤務となった夕暮れ、相馬の目前を背を伸ばした将校軍装の男が通りかかった。

――何も見ぬ。何も思い巡らせぬ。眼前を誰が通りかかろうと知らぬ。警邏棒を落としたことも、パンのことも山形の三男坊のことも、ビフテキという牛肉のことも聞いたことがない。心を空《あ》ける。ただ立哨している。

無感覚へ心を傾けようとする相馬の目の端を、その男の右から左になにか動くものがあった。

眼の下方で白いモノが上下動した。絹の手袋だった。

手袋が行き過ぎてから、見覚えのある後ろ首に眼を奪われた。安富だった。

軍帽の庇の右側で指をそろえる挙手注目を安富から送られたかどうかは覚えがない。

安富の方が上官で年齢も上である。挙手礼などあるわけはないと思うが、いや礼を尽くされた気がしないでもない。

――いや何も見ぬ。心を無きものとしなければならない。

だがひとつだけ、喉に小さな棘の刺さる思いが生じた。

安富の部屋で先日、葡萄酒と灘酒を用意してきた内藤秘書官ではない、見たことのない男が安富の半歩後ろに付き従っていた。

四十年配の頬骨と顎の鰓《えら》に分厚い肉がつき、尻と下半身が肥えている躰つきの男だった。

その男とは目が合った。目はうっすらと嗤っていた。

鰓男《えらおとこ》はいちど射込んできた視線を外し、再度送ってきた。また薄嗤いを泛べた。

――成程、一本腕の……こ奴か。

そう問いかけてくる気配に相馬はたじろがされた。

正面玄関から階段にあがって行くその男と安富の背を見送り、立ち尽くした。上訴に及びに来た市ヶ谷・東京鎮台七人の処分のための審問に出向いてきたのか。参謀局とはそういうこともするところか。それとも他用か。

四半刻後、安富と鰓は帰りの玄関に戻ってきた。

安富は挙手ではなく、軽い目礼をして玄関の外に出て行く。まばたきを返した相馬の眼に、後ろ姿の安富のズボンの脇で動く白い手袋が残った。

建物は隣りである。歩いて帰庁できるが急ぐ風であった。だが供の鰓の男は立ち止まった。

鰓は今度は相馬に窺うような目をつくって近づいてきた。

「腕一本の……元・新選組隊長……ふっふ、売ったな」

それから半刻ほど経った。警邏棒を壁に立てかけた相馬がとつぜん、八人の少年兵の浮き彫り像がかかった壁面の定位置から離れ、低く圧《お》さえた声を発しながら玄関口を回り始めた。

「一尺五寸七分。六十センチ、六十センチ」と呻いていた。

ふたりの衛視がそばにきたが、様相を察しかねて立ち尽くしている。

二周して、相馬はこんどは軍靴を脱ぎ、ついで軍服の釦《ボタン》をはずし、帯革をゆるめた。

幸い誰も通りかからなかった正面玄関だったが、衛視らは只事《ただごと》ではないと気づいて相馬を抱きとめた。

相馬は暴れ動きも、喚《わめ》きもしなかった。

代わりにもういちど「一尺五寸七分のことです」と声を這わせた。

次いで「母上さま。掘っても湯は出ませぬな」と笑いながらつづけた。

衛視に「これこれ」と促されて、おもむろに帯革を締め直し、軍釦を嵌めて「いや、どうも。アカウマが出なくてようございました」と頭を下げた。

衛視たちは、呆気《あっけ》に取られた。

何をしようとしていたのかと詰所で他の衛視に取り囲まれたときも、相馬は笑いながら「左様で左様で」と不得要領を繰り返した。

「まあ本日のところは早めに帰るがよい」と衛視長に裏の車寄せから人力をまわされた。

尻と背を蹴込みから奥に押し込められた相馬は「いや、どうも。いや御免下さいまし、御免蒙《こうむ》ります」と丁重な辞儀を重ねた。

人力が去ったあとの玄関口を歩きかけた衛視長が、おやっと足を止めた。

――かようなところにこんな汚い古びた青紐、こりゃなんだ。

摘まみあげてみたが、よく分からぬ。刀の下げ緒に似ていなくもないが、サーベル剣の時世にそんな昔のものがあるわけはない。

それ以上に思い深めることなく、詰所の屑入れに抛《ほう》りこんだ。

同じころ、浅草橋に差しかかった人力の中で相馬は、口角にまた笑みを漏らしていた。

――警邏棒を二度も落とし、安富殿が眼の前を過ぎ、押し掛けてきた兵卒らに寄り添いたい気がした。俺はこんなところに勤めるべきではないな。

「母上さま、オッカサマ」相馬主計、時世に後《おく》れました。くたびれ果てました。

ただちに、衛視長から安富殿に報告がいく。

相馬衛視補は何をしようとしていたのでありましょうか。軍靴を脱ぎ、軍装を解き、雪上で踊りだすに似た恰好を始めました。あれは乱心の気のある男でありましょうか。

安富殿には分かる。それで良し。

「一尺五寸七分」と呻いていたのは、伝わっても伝わらずともよい。だがこれもいずれ分かる。

左様、これで思い存分。……、アンマアには相済まぬがな。いや島に帰ればよいのだ。

しかしこの日の顚末はこれでは終わらなかった。

人力を木戸前で降り、どぶ板を踏みしめて行く間、テウにどう話すべきか思いがもつれた。その前に、嚮導團に戻るつもりも安富にふたたびまみえる気も失っている。

——島流しとなった新選組隊士、しかも腕がない。嚮導團への出仕など高望みが過ぎていた。

細長く奥に向かう棟割りの借り家に近づいた時、テウに縫い物の賃仕事を紹介するハルオ婆さんが飛び出してきた。

婆さんは相馬の顔を見るなり「はほ、はほっ」と呻いて頽《くずお》れた。

何をいっているのか分からぬ婆を押しのけ、部屋に飛び込んだ相馬の目にしかしいささかの変わりもなかった。

ときに躰がだるいと臥す普段通りのテウが、折り畳んだ蚊帳の前に横たわっていた。

胸を抱えるようにして寝んでいるかたちが、いつもと変わらぬ。

「戻ったぞ。アンマア」呼びかけながら相馬は、莫蓙敷きに上がった。胸騒ぎに迫られたのは、後ろから、婆さんが息せき切ってきたからだった。

だがやはり、テウに僅かばかりの小変もない。

あるのは、初めて目にする、夏の涼を見せる露草いろの紬《つむぎ》だった。

青い蝶が小さな羽をひろげて飛び交う模様が裾にひろがっている。柳橋の小妓からの請けか。

「アンマア、アンマア。具合が悪いのか」

露草いろの裾を押しやって、横たわっている躰を後ろから抱きあげた。

手のひらに赤がねっとりとまとわってきた。指を拡げて、血だと気付いた。

揺すり起こすと、テウは目を開け、小刻みに首を横に振った。

言葉は発せられない。何をいいたくて首を振っているのか不明瞭だった。

胸をさぐった。

鋭利な刃で突き刺された白い肌から鮮血が噴きだしている。

「どうした。いや大したことはない」相馬は励ました。

ハルオ婆が脇から、「いつか、わたいが連れて参った若い男が」突然上がり込んで来たと、息を喘がせながら告げ、問答の間もなく脇差でおかみさまを刺した、と続けた。

「この白帯の糸かがりをどう致しますか、わたいらが話しておる最中でごぜました」

婆さんは、単衣の無地の白い帯をかざした。

「なにか申していなかったか」

「そういえば御内儀さまに恨みはございませんが。シンシェングミ、シンシェングミと……わたい、その男に冷やっこい眼で睨まれての。腰を抜かしました」

――茨木八五郎。

相馬はテウを背中から強く抱きしめた。

「医者を呼ぶ」と、後ろから胸に片腕をまわして励ましていると、「それならわたいが」と婆さんが「ひと走り」と反応したときだった。

テウが声をあげた。

声というより切なげな顫音《せんおん》に似た呻きである。

「いらない。いりません」

「医者か」

「はい。アニイさまにこうして抱かれておりまして」

「……」

「うちゃあ、仕合せでございます」

その後も幾つか似たやり取りを震える声で繰り返すテゥに、「医者だ、銭こならなんとかする」とも伝え、一刻二時間ほどが過ぎた。

「島へ帰ろうな……私があそこから連れ申した。詫びねばならん」

「……」

「こんな東京でアンマアに苦労をかけたな」

繰り返し、告げた。

その刻限辺りには、テゥは痛みも訴えず、身もだえも見せなくなった。

だが、血は流れつづけている。

小蝶が飛ぶ柄の露草いろの紬の裾に、赫が染まり始めた。

生臭い匂いも立ち昇ってくる。

蚊が寄ってくる。抱きしめたまま、ふたりで蚊帳に入った。

くれぐれも医者を呼ばぬよう念を押して、ハルオ婆を帰して半刻が経つ。

斬られた者、撃たれた者……血を流して死んでいく者、生き返った者……俺はいったいどれほどの者をこの同じかたちで抱いてきただろうかと、相馬は昔に揺り戻された。

「歳先生、歳先生」と抱いた。「死なんでください」と呼びかけた。

となると、歳先生からテウまでかけがえのない者を失くすばかりで、おのれはひとりこれから枯れ野をさ迷わされるのか。

若い輝きではちきれそうに動きまわっていた島の時のテウの姿が蘇った。

「元・新選組隊長……ふっふふ、売ったな」

――そうだ、売った。銭金が欲しいと……御免下さいましと。

そしてさて、テウがおらぬ世のどこに生きる甲斐があろうか。

そろそろ始末を付けなければならんな。元は京の辻饅頭売り、それからは鳥羽伏見、五稜郭をかけめぐった侍。侍ならば命を捨てよ、身を捨てよと、歳先生なら言い励ますだろう。

島から東京に戻りこの貧居で暮らしを重ねて、ふくらんできた思いでもあった気がする。

――もうこの先は、芝・通新町の松倉に「御免下さい。返して下され」と這いつくばることも、安富殿の親切に偏狭で下種《げす》な疑いを容れることもない。テウが死ねば、志の支えとなる杖もない。

これまで人の区切り、天命の跡始末に思いを致すことはなかった。御免下さいまし、銭をお返し下され。それだけであった。

──だがこれにて落着。

郷導團の玄関で軍装を剝ぎ始め、軍靴を脱いだのには、区切りをつけたいと醒めた意識が働いていた気がした。

「母上さま、父上さま」と発してみれば、おのれの始まりの場に還《かえ》れるか。いや、それも頼りない遥かな遠景に映る。

そのうちでひとつだけ輪郭が露わなものはあった。

──一尺五寸七分……太政官符が発する予定の度量衡取締条例の寸法では、六十センチ。俺の腕は上腕骨頭から下六十九センチが切り落とされ、安富殿は九センチの指を欠いた。即ち安富殿は俺より六十センチを残した。算ずるまでもなくその違い、これが人生を岐《わ》けた。

いやもうひとつ、明瞭がある。

人の区切りも始末も千態。とうとう、あ奴は狂ったと見せて、俺の場合はテウへの愛著《あいじゃく》でございます。

安富殿にも沢忠輔殿にもそう思ってもらえば埒《らち》が明く。

硝子で囲んだ小行灯に飛び込んだ蚊がまた、細い長い肢から先に焼かれて油皿に舞い落ちた。

「牛肉勝烈《カツレツ》……行こうな」テツの頰の脇から呼びかけた。

返事はない。座睡した相馬の思いの向こうに、今日一日起きたことどもが遠ざかっていく。

豌豆《えんどう》と心太《ところてん》に蜜をまぶしたものも……それも幻のことか現《うつつ》のことかおぼろげに宙に浮く。

日を越え、暁七ツ夜明けの四時を過ぎた。

出入口の打ちつけ障子戸から夏に向かう陽が射しこみ始めた。

薄汚い、暗い借り家に徐々に朝の白い明かりが映える。

島へ帰ろう。ややっ子をつくろう。

相馬はもうテウに話しかけることはしなかった。

新島の思い出をなにかひとつ……波の音でも、風の音でも伝えたいと思ったが、島で耀くばかりだったテウの躰は微かな動きも見せない。

血だけが細く流れつづけている。

ずっと抱きしめていたテウを、朝のその光の中で相馬はようやく放した。

——島へ帰らなくてよい。ややっ子をつくらなくてよい。しかしアンマア、あの世でも一緒ぞ。歳先生、参ります。

まだ燃えていた菜種行灯の芯を吹き消し、壁脇の硯を取り墨を磨《す》った。

紙はない。ハルオ婆が請けてきた白い夏帯にゆっくり筆をおろした。

「莞爾《かんじ》ニ候《そうろう》不取敢《とりあえず》落着《らくちゃく》」

悲壮も深刻も、語るべきものもない、と意を込めたつもりだった。軽い独り笑いが泛んだ。誰にも彼にも笑ってもらいたい気がした。

刀架から七寸五分の小刀《しょうとう》をおろした。Ｓｗｏｒｄの看板がかかった芝西久保の刀剣屋には大刀だけにしてこれを売らずに済んで良かったと思った。

蚊帳に入り直し、心気を鎮めてから左脾腹《ひばら》に七寸の先端の二寸五分ほどを突き立てた。声はあげなかった。切っ先が嵌入《かんにゅう》したままの腹部から血が噴き出してくるのをしばらく眺めていた。

ややあってから小刀を放した手で、帯を手繰り寄せて裏返した。

筆を持ちあげて、「一ッ」と染めた。

「命一ッ御免」と書くつもりだったが、力が残っていなかった。

ふたたび握った柄《つか》をこんどは、大腸の右側に引きまわした。

次いで「やあ」と声を発し、腹から抜いた刃先で頸動脈を切り裂いた。

――へえ、左様で。いや、邯鄲《かんたん》の枕と申すのか、なんというのかぽん太郎は存じあげませんが、歳月流るる如しでごぜえます。変わらぬのは、庭籠のぴー公の鳴き声だけでござんして。

相馬先生の最期を伝えにすっ飛んできたおめえっち、あれからあたっしとなんどばか酒を汲んでくれたことでろ。すっかり酔っぱらっちまって、とんだ失礼を致したこともごぜえました。

新選組の話？　そんなもなあ犬に食われても誰も悲しまねえという御時世でごぜえますよ。

どうですか、こんどは鰻でも食わねえですかい。山王社の下の赤坂溜池。あっこの五厘渡しの舟が出る手前は、網入れただけでごそっと揚がってくるそうでございますよ。

それを串打って、醤油、味醂を垂らした蒲焼というもので食うのが御一新からの当世流。なんでもかんでも飛ぶよに変わります。

たしか、貴兄に多摩川の若鮎を馳走になったことがごぜましたな。

後先いたしますが、おのしが鳥居坂の家に飛び込んできた明けの日に、あたっしは御内儀と横浜へこの蒸気車で出向いたのでごぜましたでしょうかね。

さして昔のことでもねえのに、若鮎を美味しく頂戴したのも、相馬先生の果てたのも、たった今しがたのような気がいたしやす。

眼前に内藤秘書官がいるわけでもないのに、沢忠輔は木魚顔にくっついた小さい目を瞑《つむ》ってそこにいるが如くに話しかけている。手先は細かく震えている。

午後四時に新橋のステンションから乗った蒸気車の中等、四十銭五厘の板座席にごとごと揺すられていた。いまは川崎駅を過ぎた辺り。

横浜ステンションには四時五十三分に着く。ほぼ十里、三十九キロの鉄路である。

「イレタグリアブ　ドウブニ　ア　ヨコアマ」

傍らの御内儀がとつぜん仏蘭西語で話しかけてきて、忠輔は内藤秘書官との思い出から今に戻された。

「忠さん、いま聞こえてましたか。横浜に久しぶりに来られて嬉しいわっていったのよ」

音羽に呼びとめられて慌てて忠輔は背を立てた。

「あっそうでござりますか。いやいやあたっしはちっと内藤さんと若鮎を食ったときのことなどを思いだしておりました。でも聞いておりましたよ」

「本当？　本当に聞いてたの？　忠さんは内藤さんと新選組の話をしているときがいちばん生き生きするんだから。……わたくしは仏蘭西山や野毛浦からの海を見ると気持ちがうんと晴れ晴れするの。だから横浜に来られてうれしいなって」

「えっ？」

「やっぱり、なんにも聞いてないのね。……仏蘭西山や野毛浦からの海を見ると気持ちが清々しますねってね」

「へえ、むろんのことでございます。仏蘭西山、野毛浦……でございますよね。あたっしは新選組なんぞになんの思いもございませんのですが、とはいっても、折節《おりふし》ひょっくら、隊士先生方のお顔が眼の奥から飛び出してきたりするのでございます」

「ねえ、どう思う?」

「なにがで、ございましょ」

「こないだから、マリと話してる。忠さんも聞いておいでの」

「はい?」

ふたりの思いは蒸気車に乗った横浜行きの昂ぶりで行き違う。

ジュ・ブスケ、ムッシュは、音羽を娶《めと》った折りに故国には帰らぬと決めていた。望郷の念も口にしない。だが、近頃、ときおり激しく咳き込むありさまがあったり、暴漢に襲われたりして、弱気を見せるようになった。

居留地で労咳に仆れる英吉利人、仏蘭西人も少なくない。

いずれ日本に骨を埋める。どこがよいかという話が持ち上がっていた。

相馬主計の死を耳にして、音羽は余計にマリの末を思うようになっていた。

例に倣うなら居留地の脇の外国人墓地に入る。だが、音羽は外国人ではないのでともに眠れない。鳥居坂にほど近い開かれたばかりの青山墓地はどうかと、音羽の提案だった。

この日は、横浜に出向いてその話がある。

音羽は、小さな柳行李と、ムッシュから贈られた葡萄の実と葉を彫り込んだ革の胴乱を膝に載せて窓の外に目を遣った。

行李には、鳥居坂から新橋ステンションに履いて来て濡れ汚れた草履を仕舞ってある。

車内は乗客にも清浄を求め、ステンションの脇に脱ぎ捨てられた古草鞋が雨泥にまみれて塵芥の場となっていると、朝野新聞に難じられたばかりであった。

音羽は、そのために行李に草履を仕舞って抱えた。

ステンションは薄暮れていく雨の中にあった。

対称になった両翼の八ツの硝子窓と正面入口の黄色い明かり、それに三十台ほども並んでいる人力車の灯が濡れた広場に尾を引いていた。

広場を洋傘の乗客たちが行き交う。新都のどこにもない光景だった。

構内に入ると、顔覚えのある袴恰好の小僧さんが、卓に並べた四つ折りの東京日日新聞を「新聞、新聞でございます」と声をあげて売っていた。入線している蒸気車の先頭に袴の裾のように取りつけられた牛避《うしよ》けのカウキャッチャー柵が、瓦斯灯の橙色《だいだい》の明かりに光っている。
踏み上がり台に足をかけ、乗り込んだ。
六郷川の橋を越えた蒸気車は、やがて神奈川に向かって、埋め立てた築堤の上を行く。
「ねっ、見て見て」
忠輔も身を乗り出す。
ムッシュに同道して幾度か蒸気車に乗った音羽と忠輔のいちばん好きな光景が現れた。
前方を分けつつ進んでいく窓に、雨のあがった夕暮れの海が茜いろに照り映える。

明治を生きた新選組隊士が教えてくれること

末國善己

新選組は、郷土史家、歴史愛好家から隊士をキャラクターとして愛しているファンまで世代を越えて人気が高く、当然ながら歴史小説でも激戦区の一つとなっている。

現在では、徳川幕府に最後まで忠誠を誓った、佐幕勤王路線を貫いたとされている新選組だが、明治時代は〝維新の元勲〟の同志を暗殺した〝逆賊〟として語られることが多く、再評価が本格化するのは新選組研究の古典とされる子母澤寛『新選組始末記』と平尾道雄『新撰組史』が相次いで刊行された昭和三（一九二八）年以降のことである。

戦後になると、子母澤、平尾らの基礎研究を踏まえ新選組を題材にした歴史小説が書かれるようになり、特に新選組隊士のエピソードを連作形式で描いた『新選組血風録』、オルガナイザーとしての土方歳三に着目した『燃えよ剣』――司馬遼太郎の二作品は、テレビドラマ化されたこともあって新選組ブームを巻き起こした。

司馬『燃えよ剣』や童門冬二『新撰組一番隊』といった高度経済成長期に発表さ

れた新選組ものは、新選組幹部の運営方針や、厳しい「局中法度」に圧殺される平隊士の葛藤を追う一種の組織論にもなっていた。だが浅田次郎『壬生義士伝』『一刀斎夢録』、小松エメル『夢の燈影《ほかげ》』、葉室麟『影踏み鬼』、門井慶喜『新選組颯爽録』『新選組の料理人』といった近年の新選組ものは、隊士を英雄ではなく等身大の人物としてとらえ、その悩みや苦しみを活写することで普遍的なテーマを掘り下げる作品が増えている。第十回舟橋聖一文学賞を受賞した『本懐に候《そうろう》』を改題した本書『新選組 最後の勇士たち』もごく普通の人間として隊士たちを取り上げているが、新選組が華々しく活躍した幕末ではなく、仕えていた幕府は消滅し、人を斬る技術も無用の長物になった明治時代を舞台にすることで、新機軸を打ち立てている。

鳥羽伏見の戦いに敗れ京を追われた新選組の一部は、東日本各地で新政府軍と戦い、箱館の五稜郭を拠点に榎本武揚ら旧幕臣といわゆる蝦夷共和国を作り最後の抵抗を試みた。だが戦力差は埋めがたく、明治二（一八六九）年に降伏。激戦のなか、新選組副長だった土方歳三も命を落とした。これにより新選組も壊滅したが、箱館まで戦い新選組研究の貴重な史料『島田魁日記』を記した島田魁、新選組再評価の契機となった『新選組顚末記』を残した永倉新八、西南戦争に従軍し奮戦した斎藤一、昭和十三（一九三八）年まで存命で〝最後の新選組隊士〟と呼ばれている池田七三郎など、動乱の幕末を越え明治以降も生きた隊士は少なくない。本書の主人公の安富才助と相馬主計、重要な役割を果たす沢忠輔も、生きて明治を迎えた新選組隊士である。

備中足守《あしもり》藩出身の安富は新選組で馬術師範を務め、土方の側近でもあったようだ。箱館戦争では土方の最期を看取り、土方の甥・作助宛の書簡を記している。西村兼文『新撰組始末記』（別名『壬生浪士始末記』）に「安富才助ハ函館降伏ノ後江戸ニ於テ阿部十郎ニ切殺サル」とあることから、長く元御陵衛士の阿部十郎に殺されたと信じられてきたが、近年の研究で新政府軍に降伏後、故郷の足守藩に送られたことが確認された。常陸国笠間藩出身の相馬は、箱館で土方の後に隊長になったことから、〝新選組最後の隊長〟とされる。降伏後は新島へ流罪となり島の女性と結婚、赦免後は妻と東京で暮らしていたが割腹自殺した。自殺の原因は、はっきりしていない。沢は近藤勇の馬丁で、近藤没後は土方に仕えて箱館まで転戦、安富が書いた土方作助宛の書簡は立川主税に託されたが、主税が捕縛されたため忠輔が届けたとされる（解放後に、主税が届けたとの説もある）。その後、忠輔は京へ送られた近藤の首を探したというが、後半生はよく分かっていない。

著者は、安富、相馬、沢の晩年に不明な点が多いことを踏まえ、箱館で土方を看取ったのがこの三人であり、それぞれが土方の教えを胸に新しい時代をどのように生きるかを模索したとのフィクションを織り込んでみせる。作中には、幕臣として戊辰戦争を戦うも、維新後はフランス語に堪能な近代兵学者として新政府の陸軍に入り、フランス公使館付駐在武官などを歴任した田島応親、幕府の要請でフランスから派遣された軍事顧問団の一人として来日、ジュール・ブリュネらと異なり箱館までは従軍しなかったが、維新後もフランス公使館の通訳やお雇い外国人として日本に残り、日本人と結婚し日本に骨を埋めたジュ・ブスケら実在の人物が顔をのぞかせている。また新選組から分派した御陵衛士との確執から、安富が阿部十郎に斬られたとの誤伝を換骨奪胎したかのようなエピソードも出てくる。こうした史実と虚構を絶妙にブレンドする著者の確かな手腕は、幕末史や新選組に詳しい読者ほど驚きも大きいだろう。

新選組の末期を支えた人物として歴史ファンには有名だが一般的な知名度は高くない安富と相馬は、馬術師範時代の安富を描く門井慶喜「馬術師範」（『新選組颯爽録』所収）、本書と同じく相馬が切腹した理由に迫った中村彰彦「明治新選組」（『新選組秘帖』所収）も取り上げているので、本書と読み比べてみるのも一興だ。

物語は、安富が勤務する陸軍省参謀局の二等秘書官が、ジュ・ブスケの馬丁をしている沢の長屋を訪れ、相馬が割腹自殺を遂げたこと、白い夏帯に墨で「一ッ」と書いた遺言があったと告げる場面から始まる。相馬は陸軍の下士官養成機関・嚮導團で働き始めたばかりなのに、なぜ自殺したのか？　遺言「一ッ」の意味は何か？

この謎を軸にしたミステリ・タッチの本書は、〝負け組〟になった佐幕派だったがゆえに薩摩藩、長州藩などの〝勝ち組〟が我が世の春を謳歌している新時代を生きることを迫られた安富、相馬らの現在と、箱館で降伏するまで奮戦し敗残兵として処分を受けた過去をカットバックしながら進んでいく。

歴史の結果を知る現代人は、歴史上の（特に敗者の側にいる）人物について、〝なぜあの時、あのような判断をしたのか？〟と考えてしまいがちだ。だが歴史の当事者は、どちらの道を選択した方が有利かどころか、現在、何が起きているかも判然としないまま難しい決断を迫られている。本書の複雑な構成は、時代がめまぐるしく移り変わった幕末から維新への流れと、この一歩先も見えない中で懸命に進むべき方向を見定めようとした人たちの戸惑いを象徴していたように思える。

当時、負傷者の治療法は簡単な消毒か壊疽《えそ》を防ぐ切断くらいしかなく、重傷を負った者は落命して死臭をはなち、負傷者の傷口からも腐敗臭がしていた。目を背けたくなるほど凄まじい描写は、英雄や豪傑など存在せず、前線の兵士は敵も味方も大量殺戮《さつりく》兵器に蹂躙《じゅうりん》されるだけの近代戦の悲劇を的確に伝えている。そして、地獄のような戦場で戦い箱館で降伏した蝦夷共和国のメンバーは、江戸から名を変えた東京へ送られた。その中には、土方の最期の戦場となった一本木関門で負傷した安富と相馬もいた。

箱館で指を四本失った安富と、片腕を切断されたうえ跛行《はこう》となった相馬は、東京で吟味を受けた後、安富は八丈島へ、相馬は新島へ流罪となる。相馬は「坂本竜馬暗殺」の嫌疑をかけられるが、坂本など「どこの馬の骨か。聞いたこと」もなかった。現在では維新の立役者として真っ先に名が挙がる「竜馬」だが、明治維新の直後はまったく無名の志士に過ぎなかった。「竜馬」の再評価が始まるのは、「竜馬」と同じ土佐藩士だった坂崎紫瀾《しらん》が「竜馬」を主人公にした政治小説『汗血千里駒』を連載した明治十六（一八八三）年からであり、日本人なら誰もが知る〝偉人〟になったのは、司馬遼太郎が昭和三十七（一九六二）年から連載を始めた『竜馬がゆく』以降の現象なのである。

それはさておき、八丈島に流された安富は、潔く散った土方への忠義のためにも島で朽ち果てようと考えていた。新島へ送られた相馬は正反対で、明治という新時代は才覚と能力があれば身分を問わず出世ができるし、現政権に不満を持つ一派は国会開設を求める自由民権運動も起こしているので、どのような手段を使ってでも再び世に出たいと思っていた。島民に頼み相馬との面会を果たした安富は、栄達を焦っている相馬を五稜郭までの「義と魂を売り渡す背信者」とみなしていたのである。

ところが赦免され東京に帰ってきた安富は陸軍に迎えられて出世し、相馬は仕官先が見つからず、北白川宮親王（孝明天皇の義弟にして、明治天皇の義理の叔父。戊辰戦争時は奥羽越列藩同盟に迎えられ、天皇に即位したとの説もある）からの御下賜金の返還を求め、今は絵双紙屋をしている松倉左衛門を追い回すことまでしていた。なぜ安富は遠島時の初志を貫徹することなく、かつては敵だった新政府の軍人になったのか？　努力をすれば出世できる新時代の風潮を摑み、それを実現したいとの意志もあったのに、なぜ相馬は挫折したのか？　中盤以降は、二人を見舞う運命の変転も物語を牽引する鍵になるので、最後まで先の読めない緊迫感が楽しめるはずだ。

やがて新選組への忠義も、剣技も遜色なかった安富と相馬の人生が大きく異なってしまったのは、一本木関門で戦った時にいた場所がわずかに違っていたため負傷の程度に重軽が出たという、まさに〝運〟の差でしかなかった事実が浮かび上がってくる。

現代社会でも、好景気が不景気に転じたことで卒業年次がわずか一年違っていただけで就職が難しくなるケースはあるし、偶然のめぐり合わせで優良企業に転職できる人もいれば、優良企業に就職できたと思っていたら経営陣のミスで破綻したり、別の大企業に吸収されたりするなど、個人の力ではどうしようもない〝運〟で人生が大きく変わることは珍しくない。そのため、〝運〟によって成功したがゆえに忸《じく》